dtv

Das Schicksal zweier Schwestern, in dem sich die Geschichte spiegelt: Lea und Ruth stammen aus einem Ort, der einmal Brünn hieß und in dem Deutsche und Tschechen, Juden und Christen zusammenlebten. Der Faschismus und die Folgen haben dieses Leben zerstört, die Schwestern aus ihrer bürgerlichen Welt gerissen und nach Schwaben verschlagen. – »Härtling hält Zeitgeschichte und individuelles Familienschicksal in bewundernswerter Schwebe, Privates und Politisches verschmilzt zu einem exemplarischen Zeitbild ... Ein großer Roman, der durch seine Unaufdringlichkeit um so nachdrücklicher auf den Leser einwirkt.« (Martina Gollhardt in der ›Welt am Sonntag‹)

Peter Härtling, geboren am 13. November 1933 in Chemnitz, Gymnasium in Nürtingen bis 1952. Danach journalistische Tätigkeit; von 1955 bis 1962 Redakteur bei der ›Deutschen Zeitung‹, von 1962 bis 1970 Mitherausgeber der Zeitschrift ›Der Monat‹, von 1967 bis 1968 Cheflektor und danach bis Ende 1973 Geschäftsführer des S. Fischer Verlages. Seit Anfang 1974 freier Schriftsteller.

Peter Härtling

Große, kleine Schwester

Roman

Deutscher Taschenbuch Verlag

Ungekürzte Ausgabe
April 2000
3. Auflage Januar 2001
Deutscher Taschenbuch Verlag GmbH & Co. KG,
München
www.dtv.de
© 1998 Verlag Kiepenheuer & Witsch, Köln
Umschlagkonzept: Balk & Brumshagen
Umschlagfoto: © Mauritius
Satz: Kalle Giese Grafik, Overath
Gesetzt aus der Walbaum Standard (Berthold)
Druck und Bindung: C. H. Beck'sche Buchdruckerei,
Nördlingen
Gedruckt auf säurefreiem, chlorfrei gebleichtem Papier
Printed in Germany · ISBN 3-423-12770-8

I

Kurz nach vier wirft um diese Jahreszeit die Sonne, die hinter dem Dach des gegenüberliegenden Hauses untergeht, den Schatten der Gardinen ins Zimmer, ein verzerrtes Waffelmuster.

Ruth kommt aus der Küche, durchquert das Wohnzimmer und schließt die Balkontür, obwohl es noch warm ist. Für Lea das Signal, sich aufzurichten, an den Armlehnen zu zerren und den Stuhl um eine halbe Drehung zu wenden. Ächzend stößt sie den Atem aus, läßt sich in den Sessel zurückfallen. Jetzt könnte Ruth den Fernsehapparat einschalten, doch das wird sie erst Punkt sechs, so wie es die Schwestern nach einem endlosen Streit vor Jahren geregelt haben. Auch wenn die Nachrichten schon seit längerem auf sieben verschoben worden sind.

Bis die Nachrichten kommen! Nur damit die erstrittene Abmachung hält, sagt Lea diesen Satz jeden Abend. Und auch Ruths Kommentar ist bloß ein Nachhall: Ich möcht gern wissen, wieso wir sie uns antun.

Sie tauschen Sätze aus, ohne auf sie zu hören. Sie wiederholen, was sie gestern, vor einem Monat, vor einem Jahr sprachen. Die Betonung können sie verändern, nach Situation und Laune. Die Folge der Wörter, der Sätze bleibt. Manchmal allerdings werden sie von Gleichgültigkeit und Müdigkeit aufgeweicht.

Hat Ruth sich neben Lea vor dem Fernsehapparat postiert, beginnt im allgemeinen Lea mit einer rituellen Frage: Wissen möcht ich schon?

Worauf Ruth antwortet, zu antworten hat: Wenn ich wissen wollte, was du wissen möchtest, Lea, müßt ich verrückt sein.

Ohne einander anzusehen, gleichen sie sich in ihrer Haltung und in den Bewegungen an. Als sei die eine jeweils das Spiegelbild der andern. Schiebt Lea die rechte Hand bis ans Ende der Lehne, dann Ruth die linke.

Kurz vor sechs, bevor Ruth aufsteht und den Apparat einschaltet, steigern sie sich in ihrer Erwartung und Ungeduld. Lea reibt mit der rechten Hand die Lehne heiß, Ruth mit der linken. Beide schaben mit den Füßen auf dem Teppich.

Ich bitte dich, Lea, gib Ruh.

Was willst du? Ich rühr mich überhaupt nicht, sitz still und warte. Du bist nervös. Das wird es sein.

Wer sagt dir, daß ich nervös bin?

Ich sag es mir. Das wird genügen.

Aber es stimmt nicht, Lea, ich bitt dich, fang jetzt nicht zu streiten an.

Wer hat begonnen? Du oder ich?

Du.

Ich?

Ja, du.

Daß ich nicht lache.

Aber nicht Lea lacht, sondern Ruth. Sie preßt geübt ein trockenes Lachen aus der Brust und beendet damit den Wortwechsel.

Wir haben nicht mehr viel Zeit, sagt sie, was der Wecker auf dem Fernsehapparat bestätigt: Gleich wird sechs Uhr sein, Zeit für Nachrichten, die es zu dieser Stunde einmal gegeben hat, die aber nun erst in einer Stunde zu sehen sein werden.

Sie haben sich an die Veränderung nicht gewöhnt, doch auf sie eingestellt.

Lea drückt ihren Rücken noch fester gegen die Lehne, schließt die Augen, preßt die Knie aneinander und rührt sich nicht mehr. Ruth wirft ihr einen Blick zu und nickt zufrieden. Sehr langsam, sich abstützend, richtet sie sich auf, geht Schritt für Schritt auf den Apparat zu, zögert, blickt sich nach Lea um, die noch immer die Augen geschlossen hält.

Jetzt? fragt sie. Jetzt?

Sie bekommt die erwartete Antwort: Laß dich nicht aufhalten.

Lea reißt die Augen auf, als sähe sie schon ein Bild auf dem Schirm. Wir versäumen das Wichtigste, insistiert sie plötzlich.

Das Gerät ist alt. Es braucht Zeit, bis das Bild erscheint und sich festigt.

Ruth kehrt zu ihrem Sessel zurück. Lea hingegen steht auf, was ihr mühelos gelingt, nur bewegt sie sich zu hastig, zu angespannt, verrückt auf dem Couchtisch den seit Jahren nicht mehr benützten Kristallaschenbecher und überrascht sich und Ruth mit einer Feststellung, die ihr unversehens eingefallen ist: Wenn ich daran denke, wie wir noch zusammen Radio gehört haben. Es war viel intimer und spannender als vor dem Fernseher.

Beinahe auf den Zehenspitzen schleicht sie sich zur Tür, spannt den Rücken. Sie ahnt, daß sie ohne eine hämische Bemerkung der Schwester nicht davonkommen würde, hört, wie Ruth den Atem einzieht, greift nach der Klinke und ist eher erleichtert, als die quengelige Stimme in ihrem Rücken laut wird: Wenn du weiter philosophierst, wirst du nicht rechtzeitig mit dem Abendessen fertig. Soll ich, weil du plötzlich denkst, verhungern?

Wie üblich hat Ruth nach dem Mittagessen alles schon vorbereitet, die vier Scheiben Brot in Folie gewickelt, Wurst und Käse in Portionen im Kühlschrank verwahrt, so muß Lea bloß noch das Brot mit Butter bestreichen und mit Wurst und Käse belegen, die Essiggürkchen aus dem Glas in Scheibchen schneiden und in Zweierreihen das Brot dekorieren, die beiden Bierflaschen öffnen und alles aufs Tablett stellen. Bis zu ihrem Tod hat Mutter das besorgt. Es ist schon eine Ewigkeit her. Die Schwestern sind inzwischen älter, als Mutter wurde. Auch die meisten alten Nachbarn sind gestorben. Andere sind aus dem »Flüchtlingshaus« ausgezogen. Mit den neuen Mietern haben die Schwestern kaum Kontakt.

Lea wirft einen prüfenden Blick auf das Tablett, dann geht sie zum Fenster, öffnet es, lehnt sich hinaus. Die

Leute kommen von der Arbeit, kaum jemand schaut hoch und grüßt. Sie darf sich nur einen Augenblick Ruhe gönnen, mehr nicht, Ruth könnte ungeduldig werden. Sie nimmt das Tablett auf, droht aus der Balance zu geraten. Die wenigen Schritte über den Flur helfen ihr, sich wieder zu fangen. Vor der Tür hält sie an.

Könntest du mir bitte öffnen, Ruth?

Die Schwester hat hinter der Tür auf sie gewartet. Auf der Schwelle reißt sie ihr das Tablett aus der Hand.

Übernimm dich nicht und deck uns den Tisch.

Solange Ruth damit beschäftigt ist, lehnt sich Lea gegen den Türrahmen, reibt sich mit den Händen die Wangen, verteilt die Hitze, die vom Hals hochschießt bis zu den Schläfen.

Schwerfällig, immer wieder Atem holend, ordnet Ruth Teller, Gläser und Besteck. Lea folgt jeder ihrer Bewegungen und staunt, wie heftig sie noch immer das Kind haßt, das eine fette alte Frau wurde, die spillerige, vorlaute Schwester, um ein Jahr älter, doch in diesem Moment um Lichtjahre entfernt.

Ruth steht über den Tisch gebeugt, sieht sie von unten an. Was stehst du so blöd und tust nichts?

Entschuldige, ich hab mich vergessen.

Solang du mich nicht vergißt! Wütend drückt Ruth sich vom Tisch ab und dreht sich, ohne sich aufzurichten, um die eigene Achse und läßt sich in den Stuhl sinken.

Könntest du den Apparat etwas lauter stellen?

Ruth sitzt mit dem Rücken zu ihm. Lea kann die Bilder sehen. Sie essen schweigend.

Neben den Stimmen aus dem Fernseher werden andere Stimmen laut, die beide hören, die sie eifersüchtig für sich beanspruchen, Stimmen, die manchmal, weil sie so entrückt sind, die Namen wechseln.

Pünktlich zu den Nachrichten nehmen die Schwestern ihre Plätze vor dem Apparat ein.

Ruth hat noch abgetragen. Lea für einen Augenblick gelüftet.

Zum Abschluß der Nachrichten werden Bilder aus einem neuen Ballett gezeigt. Über eine graue, flimmernde Fläche springt in weitem Bogen ein junger Mann. In einem weißen Kleid folgt ihm, immer wieder innehaltend, eine Ballerina, sehr klein, beinahe noch ein Kind.

Lea nickt dem Geschöpf zu und sagt: Das Wetter bleibt sich sowieso gleich. Sie steht überraschend auf, hüpft in den freien Raum zwischen Couch und Eßtisch, hebt die Arme und dreht sich vorsichtig um sich selbst.

Ruth schaut über die Sessellehne, den Mund ein wenig verrenkt und sagt ruhig und schneidend: Bist du wahnsinnig geworden, Lea? Du wirst stürzen, und ich habe die Schererei.

Lea bleibt schuldbewußt stehen. Das waren die Bilder, sagt sie. Ich habe mich angeregt gefühlt. Weiß der Himmel, wieso. Früher habe ich doch auch gern getanzt. Und gut, fügt sie hinzu, wirklich gut.

Ruth hat sich wieder zurechtgesetzt mit dem Rücken zu Lea. Übertreib nicht.

Du kannst doch nicht abstreiten, daß ich eine vorzügliche Tänzerin gewesen bin. Und du, du hast überhaupt nicht tanzen können.

Mit dem letzten Satz hat Ruth nicht gerechnet. Er macht sie klein und erbärmlich, drückt sie in den Stuhl. Es ist kaum zu hören, als sie sagt: Warum das jetzt? Warum? Und, wie um aus einem Eingeständnis Kraft zu schöpfen, gibt sie Lea recht: Wenn du auch lügst wie gedruckt, tanzen hast du können, schon als Kind, und ich hab dich beneidet. Das ist wahr.

Die Maus

Im Sommer steht die hohe Tür zwischen Wohnzimmer und Terrasse offen. Wer sie morgens öffnet, weiß Ruth nicht. Wahrscheinlich Pan Lersch, der ein Zimmer im Souterrain bewohnt, meistens als erster aufsteht, um den Ofen im Badezimmer zu heizen. Vielleicht auch Zdenka oder sogar Vater, der, wie er behauptet, nur eine Mütze Schlaf braucht. Und Ruth versucht vergeblich, sich den Schlaf in der Mütze vorzustellen.

Wenn es regnet, ist im Wintergarten gedeckt.

Lea trödelt morgens. Sie muß von Zdenka oder Mutter zur Eile gemahnt werden, im Bad, auf dem Flur. So kommt Ruth stets vor ihr zum Frühstück, hat längst ihren Platz am runden Tisch eingenommen, ehe Mutter und Lea erscheinen.

Vater begrüßt sie mit einem runden kaffeenassen Kuß auf die Stirn und fragt, wo Lea denn bleibe. Darauf hat sie nur ein Mal Auskunft geben müssen, meistens verschanzt sich Vater sofort hinter der Zeitung. Ruth zieht sich auf dem Stuhl hoch, läßt die Beine baumeln, holt tief Atem und genießt den Vorzug, mit Vater allein zu sein. Auch wenn die Zeitung ihn verbirgt.

Carlo, den älteren Bruder, bekommt sie morgens nie zu Gesicht. Er ist früh in die Schule aufgebrochen, frühstückt mit Zdenka und Pan Lersch in der Küche. Der große Bruder hat viel mehr Aufgaben und Pflichten als sie und Lea.

Sie mustert die mit Marmelade bestrichenen Semmelhälften auf ihrem und auf Leas Teller. Falls Leas Portion üppiger ausgefallen ist, kann sie jetzt noch tauschen.

Ein paar Mal hat Vater sie deswegen gerügt. Sie sei futterneidisch, ob sie sich nicht schäme?

Lea würde es an ihrer Stelle genauso machen.

Sie blieb hartnäckig. Vater gab nach.

Jedes Mal, wenn sie in die Semmel beißt, wundert sie sich, wie es in ihrem Kopf prasselt und kracht.

Im Dompark unter der Terrasse sind schon Spaziergänger unterwegs. Sobald Ruth nicht mehr kaut, kann sie Schritte auf dem Kies hören, kurze und lange, eilige und schleifende, und sie zerstört diese Musik, wenn sie von neuem in die Semmel beißt.

Lea läuft Mutter voraus, hüpft, die Hände in den Hüften abgestützt.

Ruth schaut nicht ihnen entgegen, sondern auf Vater, und weiß im voraus, was geschieht: Vater senkt die Zeitung, wirft einen Blick über den Rand, nickt, als wolle er Lea ermuntern, noch alberner zu hüpfen, legt die Zeitung über Teller, Tassen und Kanne, öffnet die Arme, und Lea springt ihm auf den Schoß. Jeden Morgen, wenn sie das tut, zieht Ruth sich zusammen und kneift die Augen zu.

Ja, Mädelchen, guten Morgen! Vater drückt Lea kurz an sich und hebt sie dann auf ihren Stuhl.

Mädelchen zu sein, ist das unerklärte Vorrecht Leas. Ruth bleibt immer Ruth, obwohl sie, denkt sie, mehr ein Mädelchen ist als die jüngere Schwester, viel feiner und zarter.

Nachdem Vater beschlossen hat, Lea und sie gemeinsam zur Schule zu schicken, und sie ungerechterweise ein Jahr warten muß, ist sie allerdings von Pan Lersch triumphal getröstet worden. Auf dem Gang hat er sie abgefangen, ihr zugeflüstert: Gräm dich nicht. Die Lea ist um ein Jahr blöder als du, und deswegen kannst du noch ein Jahr faulenzen. Ist das nichts?

Geht ihr Lea besonders auf die Nerven, wird sie von Vater unnötig bevorzugt, wie jetzt, denkt sie an Pan Lerschs Zauberspruch, der sie wunderbar stärkt: Die Lea ist um ein Jahr blöder als ich.

Lea, die ihr gegenüber sitzt, kichernd, das Kinn mit Marmelade beschmiert, hat davon keine Ahnung.

Die Eltern unterhalten sich, selten in ganzen Sätzen. Vater schaut nur ausnahmsweise über die Zeitung zu Mutter hin.

Ruth beobachtet sie dabei.

Mutter achtet darauf, daß sie genausoviel kaut, wie sie spricht.

Ich hab den Besuch – sagt Vater.

Die Breslauer? – fragt Mutter.

Wie kommst du auf die? – fragt Vater.

No ja, ich dachte – sagt Mutter.

Du irrst dich – sagt Vater.
Ja? – fragt Mutter.
Du hast es einfach vergessen – sagt Vater.
Möglich – sagt Mutter.
Der Indigofärber aus Wien – sagt Vater.
Ja, richtig, sagt Mutter. Aber ja!

Vater faltet die Zeitung, legt sie zur Seite, zieht die Uhr aus der Tasche, läßt den Deckel springen, schaut in die Runde, klappt den Deckel wieder zu, schiebt die Uhr in die Tasche, erhebt sich, beugt sich aber sogleich wieder, um Mutter auf die Stirn zu küssen, Ruth mit dem Zeigefinger über die Backe zu fahren und Lea mit der ganzen Hand über das Haar zu streichen. Es gelingt ihm, alle wie in einem Sog hinter sich herzuziehen, nicht in seine Fabrik, doch in den Tag hinein.

Mutter putzt Lea den Marmeladenmund und wirft Ruth einen prüfenden Blick zu. Fertig? Sie klatscht in die Hände, was für Ruth und Lea bedeutet, gemeinsam aufzustehen und ins Haus zu laufen. Nun gehören sie wieder zusammen, nun trennen sie keine väterlichen Ungerechtigkeiten, schieben sich keine bösen Sätze zwischen sie.

Auf Lea wartet Zdenka und bringt sie hinunter in die Stadt zum Theater. Zwei Stunden lang wird Lea tanzen mit anderen Kindern und angewiesen von einer alten Ballerina, die schöne Schritte und Körper liebt, Kinder jedoch nicht ausstehen kann.

Auf Ruth, die schon das Notenheft unterm Arm hält, wartet Pan Lersch. Er muß sie nicht weit bringen, nur den Domberg hinunter. In einem der Häuser am

Rande des Parks wird Ruth von Fräulein Stüberl, der Klavierlehrerin, erwartet, die, winzig und kugelrund, an Heimweh nach Wien seit beinahe einem halben Jahrhundert einzugehen droht und sich mit Unmengen von Knoblauch betäubt. Wenn sie spricht, hält Ruth sich die Hand vors Gesicht. Am Klavier allerdings ist ihr das nicht möglich.

Bevor Vater die tänzerische Begabung Leas feststellte, sie bei der alten Tänzerin, mit der die Eltern gut bekannt waren, anmeldete, hat Ruth schon Klavier gespielt.

Warum sollte sie nicht auch tanzen können? Ganz leise hat sie an einem Abend ins Zimmer gefragt, ohne sich an Vater und Mutter zu wenden: Warum darf ich nicht mit Lea tanzen lernen?

Schau – hört sie den Vater.

Du lernst doch schon seit einem halben Jahr Klavier, fällt Mutter ihm ins Wort.

Schau dich an, hört sie Vater.

Ich bitte dich, sagt Mutter.

Doch schon legen sich Vaters Hände fest auf ihre Schultern. Er schiebt sie vor sich her, hinaus in den Vorsaal vor den großen Garderobenspiegel: No, Kind, was siehst du? Du siehst die kleine, süße Ruth Böhmer, viel zu zart und zu dünn für den Tanz.

Sie steht vor sich, blickt sich zweifelnd, dann wütend und endlich beschämt vom Scheitel bis zur Sohle an, findet sich überhaupt nicht schwach und keineswegs besonders dünn, bis auf die Beine, wegen denen sie immer ausgelacht und gehänselt worden ist. Bis auf die Beine. Lea hat richtige Waden, die fehlen ihr.

Ungerufen hat sich Lea neben sie und Vater aufgestellt, zum Vergleich, und Vater, nun etwas verlegen, faltet seine Hände vor Ruths Brust, wie zum Schutz: Die Lea wird tanzen, du wirst Klavier spielen. Jedes Schustermädchen bleibt bei seinen Leisten. Er verschwindet ganz rasch aus dem Spiegel, in dem die Schwestern einen Augenblick stehen bleiben, jede für sich, auf ihr Spiegelbild starrend.

Beide sind sie Sommerkinder. Lea hat ihren Geburtstag im April, Ruth im Juni.

Am 2. Juni 1914 wird Ruth sieben, und Lea, die schon zwei Monate lang sechs ist, kann bald mit ihr zur Schule. Ruth wird gefeiert. Carlo spielt mit ihr vierhändig ein Stückchen von Czerny und überhört ihre Patzer. Vater will überhaupt nicht aufhören zu klatschen. Mizzi und Sarah Ribasch, die Töchter von Vaters Geschäftspartner, sind eingeladen.

Ruth darf die Torte anschneiden. Vater hält eine Rede. Ehe er dazu ansetzt, schimpft Mutter Lea aus, die sich mit Schokolade begossen hat, von Zdenka hinausgebracht und geputzt wird. Als sie kleinlaut wieder hereinschleicht, klopft Vater gegen das Glas.

Ruth ist viel zu aufgeregt, um richtig zuhören zu können. Er spricht von der Schule, aber auch von der Schwester. Zum Schluß ruft er: Pan Lersch, Ihr Auftritt.

Pan Lersch trägt ein großes, bunt eingepacktes Paket vor sich her und setzt es vor Ruth auf dem Boden ab. Glückwunsch, Ruth. Er macht eine Verneigung, als wäre sie erwachsen.

Das Geschenk muß Vater sehr wichtig sein. Er fordert sie ungeduldig auf, es auszupacken. Aus dem Papier schält sie unter den anfeuernden Rufen der Festgesellschaft zwei Ranzen. Zwei rote Ranzen.

Zwei? fragt sie.

Ja, zwei. Vater lacht. Lea braucht doch auch einen.

Aber sie hat doch nicht Geburtstag.

Vater seufzt, nimmt sie in den Arm und versucht, die Verdoppelung des Geburtstagsgeschenks zu erklären: Du wirst es nicht glauben, du mußt es mir glauben –

Mutter unterbricht ihn: Bei Leas Geburtstag im April ist uns der Ranzen noch nicht eingefallen. Obwohl er doch so wichtig für euch ist.

Und Vater setzt hinzu: Wichtig, Hella, wichtig für beide, möcht ich schon sagen, gleich wichtig.

Mizzi Ribasch findet die Ranzen entsetzlich elegant, und Carlo packt Ruth den ihren auf den Rücken.

Ein richtiges Schulmädel!

Fabelhaft.

Mutter dreht und wendet sie, damit jeder sie rundherum betrachten kann.

Womit für euch ein neuer Lebensabschnitt beginnt, sagt Vater. Er sagt nicht: für dich.

Lea zieht sich nun auch den Ranzen auf den Rücken, beginnt stolz und selbstvergessen im Zimmer zu kreisen, zu tanzen. Nach und nach werden alle auf sie aufmerksam. Carlo setzt sich ans Klavier und deutet einen Walzer an.

Auf einmal steht die Schwester im Mittelpunkt und wird gefeiert, als habe sie Geburtstag. Ruth beobachtet Lea, wie sie sich vorführt. Allmählich steigt ihr die Wut in den Hals oder das, was sie für Wut hält, was aber ein Knäuel von Verzweiflung ist, an dem sie beinahe zu ersticken droht. Sie keucht, reißt sich den Ranzen vom Rücken, wirft ihn in weitem Bogen ins Zimmer, will hinaus und rennt Pan Lersch in die Arme.

Aber Fräulein Ruth, wer möcht sich so gehen lassen?

Sie weint.

Sie hat geweint.

Sie schlägt um sich.

Sie hat um sich geschlagen.

Bis sie wieder am Tisch sitzt, vor der zerstörten Torte, erschöpft, alle andern stumm um sie herum. Vielleicht feiert sie gar keinen Geburtstag mehr, muß nur aus irgendeinem Grund zwischen Vater und Mutter sitzen, Torte essen und Schokolade trinken.

Lea sitzt ihr gegenüber, den Ranzen auf dem Schoß.

Ruth fragt sich, wo der ihre geblieben ist. Sie wagt es nicht, sich umzusehen.

Später als Vater die Tafel aufhebt und Zdenka abzuräumen beginnt, hört sie Mutter sagen: Schade, daß Ruth so ungezogen ist und uns das Fest verdorben hat. Als ob es nicht ihr Geburtstag gewesen sei.

Nicht das erste Mal hat der Kater aus dem Nachbarhaus eine Maus auf der Terrasse abgelegt, einen

Mäusebalg. Bisher sorgte Pan Lersch dafür, daß solche Gaben verschwanden, die Kinder nicht ängstigten und die gnädige Frau nicht erschreckten.

Dieses Mal liegt die Maus am Rand, im Schatten der Brüstung. Niemand hat sie bisher entdeckt. Sie ist besonders klein, wirkt wie ausgetrocknet. Ruth ist allein auf der Terrasse, schaut über die Brüstung hinunter in den Park. Um mehr sehen zu können, kauert sie sich hin und späht zwischen den Säulen hindurch. Das Nachmittagslicht sammelt sich auf dem Brunnenplatz, der von einem weißen Pudel beherrscht wird.

Ruths Blick fällt auf den winzigen Kadaver. Sie ekelt sich, ist nah daran zu schreien, nach Pan Lersch zu rufen. Aber sie bleibt hocken, berührt mit der Schuhspitze den grauen Balg, der ein Stückchen mehr in die schattige Ritze rutscht, und der Ekel gibt sich. Pan Lersch hat die Mäuse, wenn er sie wegschaffte, am Schwanz gehalten, zwischen zwei Fingern. Sie könnte wie er die Maus irgendwo verschwinden lassen. Sie könnte sie an dem scheußlichen dünnen Schwanz packen, vor sich hertragen, und Lea, wenn sie auf die Terrasse käme, würde vor Schreck in Ohnmacht sinken.

Mit dem Finger tippt sie gegen den Schwanz. Er rutscht ein bißchen zur Seite.

Sie könnte –

Noch überwiegt die Furcht vor dem Balg.

Sie könnte die tote Maus –

Noch kann sie sich nicht überwinden.

Sie könnte die tote Maus über die Terrasse tragen, schnell, solange niemand in der Nähe ist, ins Kinderzimmer laufen und den Kadaver auf Leas Kopfkissen betten. Wahrscheinlich würde Lea, wenn sie ihn entdeckte, in Ohnmacht fallen. Vielleicht sogar verrückt werden.

Ruth schafft es, wie ausgedacht. Keiner läuft ihr über den Weg. Den Schwanz hält sie zwischen zwei Finger geklemmt. Es wird ihr etwas übel, als sie den Kadaver baumeln sieht. Als sie ihn langsam auf Leas Kissen sinken läßt, ist ihr dafür um so wohler. Sie läuft aus dem Kinderzimmer, zu Zdenka in die Küche. Danach in den dunklen Vorsaal und wartet auf Leas Gekreisch, auf den großen Aufruhr.

Sie lassen sich Zeit, spannen sie auf die Folter.

Das Abendessen geht vorüber.

Sie geht ins Bad, steht regungslos vorm Spiegel und hat den Eindruck, in ihm zu versinken.

Leas Schrei bleibt aus.

Die Tür wird mit Wucht aufgerissen. In den Spiegel wächst Mutter hinein, packt Ruth, hebt sie hoch, rüttelt sie, schimpft sie ein blödes Geschöpf, ein mißratenes Kind, schwingt sie auf und ab, rammt sie gegen den Boden und möchte wissen, ob sie diese Gemeinheit erklären könne. Sag ein Wort, Kind, wenigstens ein Wort!

Doch Ruth preßt die Lippen zusammen, schweigt, wird auf alle ratlosen Fragen, die ihr gestellt werden, von Zdenka und Vater und Pan Lersch, keine Antwort geben, auch später nicht, als fast alles wieder wie sonst ist, sie mit Lea spielt, Lea ins Ballett gebracht wird und sie in die Klavierstunde, und Vater davon anfängt zu schwärmen, wie süß sie in ihren Schulkleidern aussehen werden. Bald, verspricht er, und er sagt dieses Wort so verheißungsvoll, als wolle er es wie ein festliches Band um die Schwestern schlingen.

II

Die Schwestern verlassen miteinander das Haus. Vor vierzig Jahren sind sie mit der Mutter in die Wohnung im ersten Stock gezogen, Jusi-Straße 33. Die Miete ist seither nur mäßig gestiegen.

Vor dem Haus trennen sie sich. Dienstags nimmt Ruth den Bus in die Stadt. Lea geht zum Bäcker in die Nachbarschaft. Ein einziges Mal hat sie Ruth begleitet. Ist mit ihr bummeln gewesen, hat Schaufenster angeschaut, beim Nanz, nach dem vorher gemeinsam ausgefüllten Zettel eingekauft und sich danach im Café Zimmermann mit Bekannten getroffen, wobei es in diesem Fall nur eine Bekannte war, Rosalinde Mitschek, Ruths Vertraute aus den ersten Jahren in N.

Lea fürchtet sich vor den schwesterlosen Nachmittagen, macht Ruth aber weis, nichts genieße sie mehr als die Ruhe und das Alleinsein. Wenn es nach ihr ginge, könne die Schwester alle Nachmittage verschwinden. Beim Bäcker hat Lea nichts und niemand aufgehalten. Würde sie Ruths Rat folgen, müßte sie jetzt spazierengehen. Sie bewegt sich nur noch ungern. Gerade sie, die endlos Tennis spielen, auf Felsen klettern und mit Lust in der Schwarza gegen den Strom schwimmen konnte.

Eine Zeitlang hat sie gegen die Trägheit angekämpft. Bis sie merkte, daß sie mit dieser noch virtuos beherrschten Spanne zwischen Langsamkeit und Stillstand Ruth auf Distanz halten konnte. Genau so wie es Ruth irritierte, wenn Lea zu ihren Reisen nach Wien aufbrach und noch vor dem Abschied sich verwandelte in eine muntere, reisefiebrige und durchaus bewegliche Person.

Sie zieht sich am Geländer die Treppe hoch. In Gedanken liest sie an der Tür das Namensschild »Böhmer/Pospischil« und ärgert sich zum wiederholten Mal, daß Ruth an erster Stelle steht, bloß weil sie aufs Alphabet gepocht hat. Aber auch darauf, daß sie vor Lea in N. angekommen sei.

Vertrieben oder geflüchtet, wie du willst. Du hast Brünn später verlassen können. Mit all deiner Habe. Als Frau eines Tschechen.

Ruth stand am Herd, als sie ihr das vorwarf.

Lea saß auf dem Stuhl zwischen Küchentisch und Fenster.

Während des ganzen Gespräches kehrte Ruth Lea den Rücken zu.

Wie du das wieder betonst, Ruth! Als Frau eines Tschechen schon. Er war nicht mehr am Leben. Also als Witwe, die wieder zur Deutschen erklärt wurde.

So genau möchte ich das überhaupt nicht wissen.

Dann laß mich in Frieden.

Red dich nicht raus.

Was willst du von mir, Ruth. Ich sitz hier, will in Ruh gelassen werden, und du wirfst mir vor, in Brünn geblieben zu sein. Du hättest es ja nicht können, als Deutsche.

Willst du mich verrückt machen?

Reg dich nicht unnötig auf.

Von da an schweigen sie. Der Faden hat sich schlimm verknotet. Die Sätze wiederholen sich in ihren Köpfen. Erst als Lea das Abendessen aufträgt, Ruth bereits vor dem Fernseher sitzt, sagt sie, weil sie ohne einen Schluß nicht auskommen kann: Wäre Jiři am Leben geblieben, hätte ich mir das alles ersparen können.

Wenn sie dienstags und samstags auf Ruth wartet, bleibt die Zeit stehen. Lea hat das Gefühl, in ihr festzustecken. Nichts, was sie tut, bringt sie voran. Sie wäscht das Geschirr ab, schaut danach aus dem Fenster auf die Straße, geht in Ruths Zimmer, räumt die Wäsche, die Ruth auf dem Stuhl liegen gelassen hat, in den Schrank, setzt sich auf den Bettrand, vorsichtig, damit sie keine Spuren zurückläßt, fragt sich, wen die Schwester im Café Zimmermann getroffen hat, was und wer durchgehechelt werden, steht auf, zieht den Bettüberwurf glatt, hält im Flur vor dem Telefon an, hofft, daß es in diesem Moment klingelt, zieht im Wohnzimmer den Sessel vor den Fernseher, will ihn einschalten, ruft sich aber zur Ordnung, denn Ruth hat es bisher immer herausbekommen, wenn sie das Gerät heimlich angestellt hat.

Sie zieht die Zeitung aus dem Korb. Was sie zu lesen versucht, begreift sie nicht. Anscheinend ist es

Ruth gelungen, den Sätzen am Morgen, bei der Frühstückslektüre, den Sinn zu nehmen. Sie tritt hinaus auf den Balkon. Es ist warm genug, hier Wache zu beziehen. Sie rückt sich den Stuhl zurecht. Gegen den Lärm auf der Gasse schläft sie ein.

Ruth weckt sie unsanft, klatscht ihr mit flacher Hand in den Nacken.

Schläfst du schon lang?

Sie sucht nach einer Antwort, fragt sich, ob es nicht besser sei, zu schweigen, ein Rest des Traums, aus dem die Schwester sie gerissen hat, zieht durch ihr Gedächtnis: Jiři und sein Freund Waldhans haben sie zu einer Autotour eingeladen, sie stehen erwartungsvoll vor dem Tatra, Jiři kramt in den Taschen, lacht trompetend durch die Nase, hüpft von einem Bein aufs andere und erklärt: Ich hab den Schlüssel verliehen und kann mich nicht erinnern, an wen. Auch nicht, wieso.

Lea zieht sich an der Balkonbrüstung hoch und drückt Ruth zur Seite. Bin ich dir Rechenschaft schuldig?

Wenn du so fragst: Ja.

Ruths Stimme fällt zurück in den Kinderton, dünn und beleidigt. Lea schaut ihr ins Gesicht und spürt einen leisen Schwindel.

Wahrscheinlich habe ich doch zu lange in der Sonne geschlafen, meint sie kleinlaut, und Ruths Gesicht fließt auseinander und schnurrt zusammen, als werde es von Leas hastigem Atem bewegt.

Endlich nimmt Ruth den Zustand der Schwester ernst. Sie faßt ihren Arm, zieht sie über die Schwelle.

Setz dich, sagt sie, ich bring dir ein Wasser.

Lea erscheint es eine Ewigkeit, bis Ruth wieder auftaucht.

Wann bist du zum letzten Mal beim Doktor gewesen?

Ruth läßt sich ächzend in den Sessel fallen, und Lea denkt, sie wird Mühe haben, wieder herauszukommen.

Wann? Du müßtest es wissen, Ruth.

Wieso wieder ich?

Du führst Buch.

Doch nicht für dich, Lea.

Du hast es aber behauptet.

Das bildest du dir ein.

Ich bitte dich, reg mich jetzt nicht auf.

Ich werde dich bei Doktor Schneider anmelden.

Als ob ich das nicht selber könnte.

Du läßt es doch bleiben.

Also meld mich an, Ruth, und dich dazu.

Dich, nicht mich.

Also mich. Es ist dir doch immer schon ein Vergnügen gewesen, mich anzumelden, mich abzumelden, mich zu melden.

Sie wirft, um die Wirkung dieser Wortballung festzustellen, Ruth einen Blick zu, doch die hat sich entschlossen, sich mit einem Ruck aus dem Sessel zu stemmen und Lea allein sitzen zu lassen.

Mizzis Hut

Der Krieg begann mit Mizzis Hut. Nicht auf den Tag genau. Schon seit Wochen wurde vom Krieg geredet. Es schien Lea, daß alles, was sie hörte, lauter furchtbare, unverständliche Geschichten von Schiffen, die mit Kanonen auf Afrika schossen, vom ermordeten Thronfolger, von Attentätern, daß alle diese Geschichten sie und das Haus veränderten. Selbst die Wörter wurden verrückt, rutschten aus einer Bedeutung in die andere. Wir werden, hat Vater gesagt – er stand breitbeinig vor dem Bücherschrank, sein Kopf war rot angelaufen –, nein, nicht wir, die Welt wird diesen Tag als Einschnitt erkennen, diesen 28. Juni, an dem unser Kaiser Franz Joseph, der friedlichste aller Herrscher, den Serben den Krieg erklären mußte.

Mizzis Hut hatte unbezweifelbar mit diesem Tag zu tun.

Entgeistert schob Zdenka Mizzi, die vor ihr noch kleiner und sonderbar künstlich wirkte, ins Wohnzimmer. Dabei ließ sie das moosgrüne Ding auf Mizzis schwarzem Haarschopf nicht aus den Augen. Das Hütchen! Wenn es so genannt werden konnte. Eher war es tatsächlich ein Ding, ein Unding, ein Unhut. Es war viereckig. Der grüne Filztopf war von einer viereckigen Krempe eingefaßt. Er saß verwegen auf Mizzis Kopf, ein Hütchen, das sich verweigerte, ein ordentliches Hütchen zu sein, obwohl es andererseits Mizzi nicht nur zierte, als ein bizarrer I-Punkt, sondern in gewisser Hinsicht auch ihren Eigensinn betonte, dieses Hütchen, mit dem, nein, unter dem Mizzi am 28. Juni 1914 auftrat.

Es brachte nicht nur Zdenka aus der Fassung. Konsterniert fragte Mutter, wer denn auf diese aparte Idee gekommen sei, und ob die Modistin keinen Widerstand geleistet habe.

Mizzi genoß das Aufsehen und fuhr mit ausgestrecktem Zeigefinger demonstrativ die gerade Krempe lang.

Ich.

Der Hut und das auftrumpfende Ich setzten alle in Bewegung. Zdenka zog sich zur Tür zurück. Mutter machte ein paar Schritte auf Mizzi zu und betrachtete das Hütchen aus der Vogelperspektive, Ruth folgte ihr kichernd. Nur Lea blieb still an ihrem Platz, die Gedanken, die ihr durch den Kopf hüpften, ungeordnet und verrückt, hielten sie fest, daß der Hut und der Krieg zusammengehörten und daß Vater, obwohl dieser Tag anders war als jeder andere, dennoch in die Fabrik gegangen war.

Du hast dir das ausgedacht? Mutter ging in die Hocke.

Ja.

Und die Modistin hatte nichts dagegen?

Nein.

Mizzis rundes Gesicht, in dem die schwarzen Augen wie Knöpfe steckten, wurde vor lauter Glück noch runder, so daß die eckige Krempe noch eckiger erschien.

Wie kamst du nur darauf?

Lea fand, daß Mizzis Antwort zu ihren Gedanken paßte: Eben weil Hüte sonst rund sind.

Also wenn der Krieg kommt, dachte Lea, verändern sich auch die Hüte.

Vorher, beim Frühstück hatte Vater zu ihr und Ruth gesagt: Nun werdet ihr im Krieg eingeschult. Und einige eurer Lehrer werdet ihr gar nicht mehr kennenlernen. Sie werden bereits im Feld stehen.

Als wolle es der Krieg so, wurden Wörter plötzlich unverständlich, und Lea mußte sie neu begreifen lernen. Sie sah ungezählte Lehrer auf ein Feld rennen, sah, wie sie sich eng zusammendrängten, den Kopf zum Himmel hoben, und dann fiel ihr ein, daß sie auch miteinander turnen könnten.

Willst du, eh ihr spielt, nicht den Hut abnehmen? fragte Mutter besorgt.

Mizzi hob sehr vorsichtig das Hütchen vom Haar und überließ es Mutter: Aber nicht zerdrücken.

Nein, ich werde ihn hüten, deinen Hut, Mizzi.

Sie rannten ins Kinderzimmer, auf die Puppengalerie zu, die Ruth eingerichtet hatte, alle Puppen nebeneinander, auch die kleinsten aus der Puppenstube. Ruth begann sie abzuzählen. Zdenka unterbrach sie. Sie redete so schnell, als hätte sie jemand aufgezogen:

Also, weil sie heute den Krieg begonnen haben, und aus möglichen anderen Gründen, weil alle Leute festlich gestimmt sind, möcht ich annehmen, oder vielleicht doch nicht alle, aber dafür kann ich nichts, also wegen des Krieges wünscht der gnädige Herr, der gerade aus der Fabrik nach Haus gekommen ist, daß die Familie gemeinsam mit der Familie Ribasch eine Ausfahrt macht in den Augarten, wegen der feierlichen Stimmung, die unsereins mit dem Krieg ergriffen hat, natürlich nicht jeden – also ihr solltets euch fein anziehen für den Ausgang, bis auf die Mizzi, die es nicht nötig hat, sie ist schon schön genug mit ihrem Hütel –

Herr Ribasch hatte dafür gesorgt, daß zwei Droschken vor dem Haus warteten. Die Mädchen sprangen die Treppe hinunter aufs Trottoir. Lea tat es dabei Mizzi gleich und hielt den Rocksaum. Nur bewegte sich Mizzi um eine Spur langsamer und gezierter, da sie ihren viereckigen Hut balancieren mußte.

Sarah saß auf der Bank zwischen Mutter und Frau Ribasch, verschwand geradezu zwischen den aufbauschenden Röcken. Lea und Mizzi durften zu den Männern.

Vater nahm das Hütchen sofort und überhaupt nicht überrascht zur Kenntnis: Man könnte sich solche Helme denken, sagte er.

Herr Ribasch fand offenbar weniger Gefallen an der Kreation seiner Tochter. Er legte seine Hand auf den Hut: Das Mädel hat seinen eigenen Kopf. Was muß es sich mit einem Hütel verkünsteln.

Pan Lersch, der im Haus blieb, ihnen nachwinkte, hatte sie noch mit dem Gerücht versorgt, Kaiser Franz werde in den nächsten Tagen Brünn besuchen.

Vater reagierte erst unterwegs auf den, wie er sagte, erhabenen Unsinn: Die Tschechen hat er noch nie geschätzt, unser Kaiser, obwohl er in Olmütz gewissermaßen gekrönt worden ist.

Lea wunderte sich, wie der Krieg, der Vater so traurig machte, so lustig anfing. Der Himmel war blank geputzt, und die Sonne leuchtete. Die Bäume waren grüner denn je und alle Leute festlich angezogen. Fesch fand Mutter vor allem die Soldaten, die Offiziere, die mit Lust sich grüßten, salutierten, sich voreinander verbeugten.

Vater und Herr Ribasch unterhielten sich über Leas Kopf hinweg über Tuche, Wolle, Nachtarbeit, Umstellung der Produktion, lauter Sätze, die sie nicht ganz verstand, die wohl mit der Fabrik zu tun hatten, die Herrn Ribasch gehörte und deren Direktor der Vater war.

Die Passanten benahmen sich immer toller, schwenkten Hüte und Fahnen, sangen das Kaiser-Lied, aber nie zu Ende. Vorm Tor zum Augarten, das Lea längst nicht so schön und geheimnisvoll fand wie das zum Dompark, stiegen sie aus, drohten unverzüglich in den Menschenstrudel zu geraten, was Vater verhinderte, indem er sie zu einem Zug ordnete, die Herren zu den Herren, die Damen zu den Damen, die Mädchen zu Zdenka. In solchen Fällen durfte Carlo schon ein Herr sein. Die vier Männer bildeten einen schützenden Wall und gingen voraus.

Seid schön brav und haltets euch aneinander fest, wiederholte Zdenka alle zehn Schritte. Lea hielt Mizzi an der linken und Ruth an der rechten Hand und hätte mit geschlossenen Augen sagen können, zu wem die Hände gehörten. Mizzis Hand fühlte sich weich und heiß an, Ruth preßte mit dünnen harten Fingern.

Am Rand des Wegs waren Stände aufgebaut, an denen Würstel, Kolatschen, Kuchenstücke, Wasser und mährischer Wein angeboten wurden. Herr Ribasch beugte möglichen Wünschen vor. Das haben wir daheim besser und billiger, rief er. Und Vater nickte zustimmend. Was Leas Heißhunger auf eine Kolatsche nicht minderte.

Manchmal wurden Grüße ausgetauscht. Der Zug hielt an, geriet in Unordnung, Zdenka achtete wie ein Hütehund darauf, daß die Mädchen sich nicht losließen, beieinander blieben, was sie auch schaffte, bis das heiter gespannte Auf und Ab aus den Fugen geriet, explodierte, irgendwo und doch sehr nah Männer aufeinander einschrien, vor den Mädchen, die vom Weg gedrückt wurden, gegen den wütenden Widerstand Zdenkas, plötzlich der Pulk aufriß und sie Männer wie auf einem Kampfplatz sahen, in einer Arena, die mit Fäusten aufeinander einschlugen, und die Schläge tönten wie Klöppel auf Holz. Zdenka gelang es, die Kinder bei sich zu halten, sich mit ihnen an die Seite von Vater und Herrn Ribasch zu schieben.

Der Geschlagene ging in die Knie, Blut quoll ihm über die Lippen, noch immer trafen ihn Schläge, er wollte sich aufrecht halten, doch unendlich langsam sank er vornüber, die Arme vor der Brust gekreuzt und fiel mit dem Gesicht auf den Rasen.

Auf einmal war es still, als hätte ein gewaltiger Schreck alle gelähmt. Lea preßte die Lippen zusammen. Ruths Finger drückten sich in ihre Hand.

Ein Mann fing an zu sprechen, ruhig, als hätte er den Auftrag, die böse Szene zu erklären: Er ist ein Serbe. Er hat den Attentäter des Kronprinzen verteidigt.

Ebenso ruhig ergänzte ein anderer aus der Menge: Und es sind die Deutschen, die ihn blutig und ohnmächtig geschlagen haben.

Gehen Sie zur Seite. Ich bin Arzt. Neben dem Geschlagenen kniete ein Herr nieder, schob vorsichtig seine Hand zwischen Gras und Gesicht und wendete den blutigen Kopf zur Seite.

Nein, kein Tscheche hätte ihn geprügelt, auf keinen Fall. Zdenka sagte es leise und bestimmt. Lea schaute zu ihr hoch, genau auf den Leberfleck an Zdenkas Unterlippe. Warum nicht?

Weil ein Serbe Slawe ist wie wir. Er ist unser Bruder.

Hast du denn überhaupt einen Bruder? fragte Ruth.

Ja, ohne daß ich ihn kenne.

Die Heiterkeit am Straßenrand erfaßte sie nicht mehr. Was sie erlebt hatten, ließ sie schweigen. Vor dem Haus verabschiedeten sich Ribaschs.

Lea schaute auf Mizzis Hütchen, das Ding mit der viereckigen Krempe. Mit ihm war der Krieg gekommen.

Als Lea am Abend, Zdenka hatte schon das Fenster für die gute Luft geöffnet und Mutter ihr den Gute-Nacht-Kuß auf die Stirn gedrückt, als sie ihre große Puppe für die Nacht anzog, Ruth schon im Bett lag, das Zimmer im Dämmerlicht größer wurde, fiel ihr ein, daß sie Zdenka vergessen hatte zu fragen, was Slawen überhaupt sind.

III

Lea lehnt aus dem Küchenfenster, drückt die Brust gegen das Fensterbrett, sieht die Kinder, die vorm Haus spielen, nur als Bewegungen, und ihre Stimmen erreichen sie gedämpft wie durch ein Polster.

Hörst du nicht? Es hat geläutet.

Ruths Stimme kommt von sehr nah.

Lea rollt die Schultern, um sich aus der Trägheit zu lösen, und dreht sich widerwillig um.

Kannst du nicht zur Tür gehen?

Wieso ich?

Du hast es näher. Die paar Schritte aus der Küche über den Gang.

Jetzt hast du es genau so nah.

Die Fältchen um Ruths Mund beginnen, sich quer zu legen. Für Lea ein Alarmzeichen. Gleich werden Vorwürfe über sie hereinprasseln, ein Gekreisch, dem sie noch zuvorkommen kann – was sie tut. Schnell ist sie an Ruth vorbei, dreht den Schlüssel im Schloß, öffnet die Tür, erschreckt mit ihrer Hast den Jungen, der halb abgewendet dasteht, weil er anscheinend mit niemandem mehr gerechnet hat.

Ach du bist es, Adrian.

Meine Mutter läßt grüßen, und ich soll die Illustrierte abholen.

Die Illustrierte? fragt sie ihn, fragt sie sich. Ach ja, die Illustrierte.

Weil heute Freitag ist und Sie die neue bekommen.

Du hast recht, heute kommt die neue. Ich sollte nach der Post sehen.

Weiter kommt sie nicht. Ruth löst sie ab, nimmt die Angelegenheit in die Hand. Die Neugier hat ihr keine Ruhe gelassen.

Servus, Adrian.

Grüß Gott, Frau Böhmer.

Komm herein. Ich werde dir die Illustrierte heraussuchen. Mußt du nicht zur Schule?

Ich hab zwei Freistunden.

Ruth achtet nicht weiter auf Lea, läßt sie an der Tür stehen. Sie bleibt, rührt sich nicht.

Als sie beide noch arbeiteten, Ruth als Zuschneiderin und Lea als Lageristin, blieb ihnen kaum Zeit, alle die Gemeinheiten auszuhecken, mit denen sie sich nun traktierten.

Siehst du, Adrian, es findet sich alles.

Ruth begleitet den Jungen zur Tür. Er verabschiedet sich, auch von Lea.

Sag deiner Mutter einen Gruß, ruft Ruth ihm ins Treppenhaus nach.

Kannst du mir sagen –?

Ruth fährt auf dem Absatz herum, Muskeln und Nerven gespannt, vorbereitet auf eine Auseinandersetzung, die sie geschürt hat und die sie eigentlich wünscht. Ihre Stimme wird eng und scharf. Was willst du hören, Lea? Daß du unfähig bist, normal mit einem Zehnjährigen zu sprechen? Daß du dich, wenn ich dich nötig habe, benimmst wie eine Schlafwandlerin? Daß ich dich wie ein Kind behandeln muß und mir dabei blöd vorkomme?

Lea muß die Verständnislose spielen. Sonst beherrscht Ruth die Szene ohne Mühe, und sie kann sich nicht hinausmogeln. Sie legt die Hände flach an die Wand, schiebt sich seitwärts, kaum merklich, doch Ruth entgeht selbst die winzige Bewegung nicht.

Wohin willst du?

Wenn sie darauf eine Antwort wüßte. Sie beide haben ungezählte Male gedroht, auszubrechen, fortzugehen, die Schwester im Stich zu lassen, sich zu trennen für immer, endgültig Schluß zu machen. In der Wiederholung wurden solche Drohungen lächerlich.

Ich kann dich nicht mehr sehen.

Ich hab dich satt.

Ich kenn dich in- und auswendig.

Ich möchte mich nicht mit dir streiten, Ruth, laß mich durch. Ich will in mein Zimmer gehen. Mit jedem Wort schrumpft sie, wird sie klein und demütig.

In deinem Zimmer hast du es noch nie lang ausgehalten.

No, weil ich es im Wohnzimmer gemütlicher habe.

Findest du?

Sie ist noch immer behender als Ruth. Zwei, drei kurze Schritte genügen ihr, Ruths Zugriff zu entwischen. Aber die fängt, ohne daß sie sich rühren muß, Lea mit einem leise gesprochenen Satz ein. Sie wirft ihn wie eine Schlinge über ihren Kopf: Ich habe vorher in Hugos Briefen gelesen.

Es dauert einen Moment, bis die Schlinge sich zuzieht. Lea steht am Ende des Gangs, neben dem Telefontisch, und zufällig fällt ihr Blick auf ein Bild, das Jiři 1936 malte. Sie im Kostüm einer Dame aus dem Rokoko, mit kugeligen, gepuderten Brüsten und einem übertrieben gespitzten Mund. Damals hat es ihr gefallen, frech und beinahe lasziv, doch seit es hier im Flur hängt, empfindet sie es als Verhöhnung.

Ruth steht noch immer an der Tür und hält Leas Blick stand.

Hugos Briefe? Du kannst überhaupt nicht wissen, wo ich sie aufbewahre.

Warum hältst du sie vor mir versteckt?

Sie gehen dich nichts an.

Oh doch.

Sie will sehen, warum Ruth das verschnürte Briefbündel finden konnte, ob sie vorsätzlich nach ihm gesucht, gestöbert hat. Das Zimmer erwartet sie in einer sonderbar ordentlichen Unordnung. Der Schrank steht offen. Alle Wäschefächer sind ausgeräumt. Die Wäsche liegt in Häufchen, säuberlich gefaltet, auf dem Bett. Die Briefe sind fort. Sie hatte sie unter einem Stapel von Schlüpfern deponiert. Allein die Vorstellung, daß Ruth sie dort herausgezogen hat, beschämt sie so heftig, daß sie aufstöhnen muß. Sie setzt sich zwischen die Wäsche auf das Bett und wartet auf Ruth. Sie wird kommen, ihren Triumph auskosten. Sie nimmt sich Zeit. Als Ruth schließlich ins Zimmer tritt, das verschnürte Bündel in der Hand, bemerkt Lea sie nicht. Sie sitzt zusammengekrümmt da und weint.

Hier. Ruth legt die Briefe auf den Nachttisch. Ich habe sie nicht gelesen. Ich hab dich angeschwindelt. Hältst du mich für so taktlos?

Lea richtet sich langsam auf, zeigt auf die Wäschehäufchen um sich herum: Bist du von allen guten Geistern verlassen? Was soll das?

Du hast noch nie Wäsche zusammenlegen können. Ich hatte ein bissel Zeit und mich daran gemacht.

Wie die Wäsche gelegt ist, ist mir gleichgültig. Lea schaut zu Ruth auf, spürt die Tränen auf dem ganzen Gesicht: Du behauptest, die Briefe nicht gelesen zu haben?

Nein. Sie betont das Nein in einer Art, die schon wieder Leas Zorn wachruft, so als wolle sie ein Kind beruhigen, aber die Wahrheit für sich behalten.

Wie kann ich dir das glauben, Ruth.

Das überlaß ich dir.

Lea reibt sich mit dem Handrücken das Gesicht trocken, starrt auf den Boden, schüttelt den Kopf: Ich werde aus dir nicht klug.

Da hat die Schwester schon die Tür hinter sich zugezogen. Lea hört sie nebenan im Wohnzimmer erst auf und ab gehen, einen Stuhl rücken, dann wird der Fernseher laut.

Es ist noch nicht Zeit, Ruth, will sie rufen. Sie preßt die Lippen zusammen. Sie nimmt die Briefe, legt sie in den Schrank.

Das Teppichzelt

Nichts änderte sich, als Vater den Krieg verloren gab. Mutter verzog keine Miene. Lea bohrte weiter inbrünstig in der Nase und hielt ihre Hand so über eine Kerze am Weihnachtsbaum, daß die Flamme nicht stach, sondern nur warm streichelte.

Sie hatten ihre Geschenke ausgepackt, Pan Lersch den Kachelofen mit Holz und Kohle nachgefüllt – jetzt wurde auch der häusliche Unrat verfeuert –, Vater und Mutter hatten sich mit Portwein zugeprostet, der wie immer in einem hölzernen Kistchen aus Bremen kam, und Vater sagte: Wir haben bald nichts mehr zu lachen, den Krieg werden wir verlieren.

Was für ihn offenbar nicht galt. Denn er lachte so oft und so laut aus seinem mächtigen Bauch wie zuvor.

Pan Lersch wurde zu den Soldaten eingezogen. Er verabschiedete sich in Uniform. Vater nahm den Guten, den Treuen, wie er ihn nannte, zum ersten Mal in den Arm, wischte sich eine Träne aus den Augen, trat einen Schritt zurück, faßte Pan Lersch in seiner vollen Montur ins Auge und stellte fest: So, wie man Sie ausstaffiert hat, wird der Feind Reißaus nehmen, sobald er Ihrer ansichtig wird.

Pan Lersch zeigte sich gerührt und antwortete ihm: Also, Herr Direktor, ich möcht mir wünschen, Sie möchten recht behalten mit mir und dem Feind.

Carlo brannte darauf, rasch älter zu werden, um sich freiwillig melden zu können. Er las nun, wie Vater, die Zeitung, war über sämtliche Bewegungen an den Fronten unterrichtet, kannte sich in Orden und Rängen nicht nur bei den Österreichern und Deutschen, selbst bei den Franzosen und Russen aus. Auch ungefragt war er zu ausführlichen und lehrreichen Auskünften bereit. Allerdings konnte er sich nicht immer verständlich machen. Als er einmal von einem Sekunde-Leutnant sprach, ärgerte ihn Lea entsetzlich mit der Überlegung, ob denn ein Minute-Leutnant der höhere sei.

In der Schule saßen die Schwestern in einer Bank. Mutter führte es auf den guten Einfluß der Schule zurück, daß sie kaum mehr stritten. Sie hätten ihr erklären können, weshalb. Von ihrem Lehrer, Herrn Ondrasch, wie auch von ihren Mitschülerinnen wurden sie mehr oder weniger zur Unzertrennlichkeit genötigt. Einzeln, als Lea, als Ruth, gab es sie nicht. Sie waren die Schwestern. Nicht daß ihre Eigenheiten in der erklärten Gemeinsamkeit verschwanden. Die Mädchen in der Klasse wußten genau, daß Ruth für die ernsten Angelegenheiten und Lea fürs Vergnügen zuständig war. Ondrasch rief Lea grundsätzlich nach Ruth auf, die dann bereits die richtige Auskunft gegeben hatte.

Je länger der Krieg dauerte, um so näher rückte er ihnen. Er schonte sie nicht mehr. Wenn sie spielten, sie sich in ihren Streichen verstrickten und mit ihren kleinen Ängsten nicht zurechtkamen, vergaßen sie ihn. Doch unvermutet griff er zu. Die Väter zweier Kinder aus der Klasse fielen. Auf einmal, unvorstellbar weit entfernt von einer Kugel getroffen, einer Granate zerrissen. Herr Ondrasch weinte jedesmal mit. Lea schätzte ihn deshalb noch mehr; Ruth hielt Tränen bei einem Lehrer für ungehörig. Aber selbst über einen solch wesentlichen Meinungsunterschied stritten sie nicht mehr.

Bald darauf sahen sie fast alle Erwachsenen weinen, ohne daß sie sich schämten. Bis auf Zdenka, die Ruth in der Speisekammer offenbarte, daß sie als Tschechin wirklich keinen Grund habe, wegen des österreichischen Kaisers eine Träne zu vergießen. Als Schutz gegen die Tränen nannte sie einen Namen, der in der Unterhaltung zwischen Vater und Herrn Ribasch bald eine große Rolle spielte: Masaryk.

Am 21. November 1916 starb Kaiser Franz Joseph. Mitten im Krieg ließ der alte Herr seine Völker im Stich.

Wie ihn wird es keinen mehr geben, klagte Mutter.

Ohne ihn geht der Krieg uns erst recht verloren, stellte Vater fest.

Endlich werden wir Tschechen unser Recht bekommen, hoffte Zdenka.

Herr Ribasch, der zu allen Anlässen einen treffenden Satz wußte, schwieg dieses Mal. Er schickte Sarah, die eine schwarze Schleife im Haar trug, was

Mutter für nicht besonders geschmackvoll hielt, mit einem Aktenordner zu Vater. Er sei unpäßlich. Ein Wort, das sich in Sarahs Mund nicht zurechtfand. Sie spuckte es förmlich aus: Unpäßlich. Lea, die eben noch die Trauer um Franz Joseph mit den andern teilte, schüttelte sich aus vor Lachen.

Sie hatten schulfrei, zum Verdruß von Zdenka, die sich um sie kümmern sollte, es aber bleiben ließ. Dieser Nachlässigkeit verdankten die Schwestern die Bekanntschaft mit Anton.

Zdenka hatte ihnen Schirme in die Hand gedrückt, ihnen in die Mäntel geholfen, nun standen sie überrascht und lustlos vor dem Haus, konnten sich nicht einmal an den Händen fassen, da sie sich mit den aufgespannten Schirmen in die Quere gerieten. Zdenka hatte sie noch gewarnt, das große Tor werde möglicherweise vorzeitig geschlossen, da der Parkwächter bei einem trüben Wetter wie diesem früher seinen Dienst abbreche.

Lea übernahm die Führung. Sie ging mit kleinen Schritten voraus. Zwischen den Pflastersteinen schossen Rinnsale hinunter. Auf Zehenspitzen suchte sie ihnen auszuweichen. Sie habe schon Wasser in den Schuhen, klagte Ruth. Wenn wir uns verkühlen, ist die blöde Zdenka schuld.

Sie suchten Schutz im Pavillon. Das Licht wurde schwächer, im Regen plusterten sich die Löcher hinter den Büschen schwarz und bedrohlich. Plötzlich war der Junge da, wie aus dem Boden gewachsen.

Ruth drückte sich an Lea.

Er stand, die Hände in den Hosentaschen, die Schultern zusammengezogen, und musterte sie frech, ohne jede Scham.

Ruth und Lea wichen Schritt für Schritt bis an die Brüstung zurück und vermieden es, den Jungen anzusehen.

Er war älter als sie, elf oder zwölf, und Ruth war sicher, Mutter würde ihnen den Umgang mit ihm verbieten.

Der Regen hatte ihm die Haare in die Stirn gewischt, und die Tropfen, die sich an seiner Nasenspitze bildeten, leckte er mit der Zunge weg. Am liebsten hätte es Ruth ihm nachgetan. Das würde sich aber nicht schicken.

Lea begann sich vorsichtig von ihr zu lösen. Ruth faßte nach ihr: Halt still.

Ich kenn euch, sagte er. Da die Mädchen vor lauter Schrecken, daß er auch noch sprechen konnte, weiter schwiegen, wiederholte er, ein wenig leiser: Wirklich, ich kenn euch, ihr wohnt in der Domgasse 5.

Ja. Lea atmete erleichtert auf. Das stimmt. Ruth hingegen hätte platzen können vor Wut über die Schwester, auf die sie sich nie verlassen konnte, die immer ausbrach oder nachgab.

Ich bin Lea, und das ist meine Schwester Ruth.

Ich bin der Anton.

Er verzog sein Gesicht, als müßte er sich für den Namen oder sein Aussehen entschuldigen. Sein Zauber begann schon zu wirken. Auch Ruth konnte sich ihm nicht widersetzen, obwohl sie noch immer fortlaufen wollte vor diesem Anton, der ihnen nicht erlaubt war, ein Gassenbub, der aber vielleicht darum Erwartungen in ihr weckte, die sie sich nicht erklären konnte, da er mit all dem behaftet war, vor dem Mutter sie immer wieder warnte, dem Schmutz, den man nicht gleich erkannte, dem Anderssein, das man nicht sah, nicht sehen konnte, auch bei Anton nicht.

Die Neugier hielt sie fest, Ruth vielleicht noch stärker als Lea.

Seine Macht bestand darin, daß er offenbar viel wußte, doch wenig preisgab. Ich weiß was. So fing er an, hastig, als sei ihm klar, daß diese Bekanntschaft nicht von Dauer sein könne. Kommt ihr mit? Er bewegte sich flink, graziös, die nasse Jacke klebte an seinem Leib.

Sie liefen ihm nach. Er führte sie nicht, wie sie erwartet hatten, in den Park hinein, sondern sie liefen immerfort um den Pavillon herum, bis es Ruth zu dumm wurde, sie wütend Leas Hand aus der ihren schüttelte, stehenblieb und Anton nachrief: Du weißt nichts, machst uns bloß was vor.

Darauf schien er gewartet zu haben. Er kehrte um, kam langsam, sich in den Hüften wiegend, auf sie zu, baute sich so nah vor ihnen auf, daß Ruth erschrocken einen Schritt zurückwich, während Lea die Nähe aushielt und Ruth danach über die Gerüche Antons unterrichten konnte: Seine Jacke stinke nach Kartoffeln und Erde, und aus dem Mund rieche er nach Knofel.

Seht ihr das? Er wies auf ein Türchen im Unterbau des Pavillons. Das kannten sie. Es war offenbar nutzlos, immer geschlossen. Anton wußte es besser. Mit großem Brimborium, gemurmelten Abrakadabra hantierte er an dem Schloß. Es ging auf.

Er führte sie, verführte sie.

Der runde, von zwei vergitterten Lichtschlitzen erhellte Raum schien einem Händler als Lager zu dienen: Auf dem Boden lagen Teppiche gestapelt, an den Wänden lehnten sie in Rollen. Das Licht, das in Streifen einfiel, hob leuchtende Fragmente von Figuren und Mustern hervor.

Ist das nichts? Voller Stolz stand Anton inmitten seines märchenhaften Reichtums. Dann tanzte er um sie herum, ließ sich auf die Teppiche fallen, rollte sich ein und wieder aus.

Ruth und Lea kamen aus dem Staunen nicht heraus. Der verbotene Junge entpuppte sich als der Hüter eines Schatzes.

Gehört das alles dir?

Meinem Vater. Anton lehnte sich gegen eine Teppichsäule und schien zu wachsen. Seine Stimme klang kräftiger, männlicher, er benahm sich nicht mehr frech und herausfordernd, sondern selbstbewußt und höflich. Mein Vater fährt zur See. Er wohnt in Triest, nicht hier, und sein Freund sammelt die Teppiche, die Vater von seinen Weltreisen mitbringt. Ich muß auf sie aufpassen. Wenn der Krieg vorbei ist und Vater nach Hause kommt, will er ein Geschäft eröffnen und die Teppiche verkaufen. Anton senkte seine

Stimme: Aber die schönsten und wertvollsten werden wir behalten.

Wo er wohne, hätte ihn Ruth gerne gefragt, ob er Geschwister habe, seine Mutter nicht traurig sei, wenn sein Vater ständig unterwegs ist. Dazu kam sie nicht. Schluß, flüsterte Anton. Ihr müßt gehen. Schleicht euch hinaus und paßt auf, daß euch niemand sieht.

Und du? fragten Ruth und Lea wie aus einem Mund.

Ich hab noch zu tun.

Was? fragte Lea.

Das geht euch nichts an.

Sie drückten sich gemeinsam durch das Törchen, starrten zurück in den Teppichtempel, der von Anton gehütet wurde, und Ruth hoffte, daß Lea endlich die Frage stelle, die ihr auf den Lippen brannte, die sie loswerden mußte, aber da Lea, die sonst vorlaute, schwieg, fragte eben sie: Kommst du wieder her? Können wir uns dann treffen?

Er machte sich groß und sie klein: Wenn ihr überhaupt alleine rausdürft?

Ja, antwortete sie sehr schnell.

Schaut eben mal her. Um diese Zeit. Übermorgen.

Obwohl es wieder dicke Tropfen regnete, ließen sie die Schirme geschlossen, rannten Hand in Hand durchs Parktor, die Domgasse hinauf, nach Hause.

Sie verrieten nichts. Ein einziges Mal kam Lea in den zwei Tagen, die sich entsetzlich langsam dahinschleppten, auf das Geheimnis unterm Pavillon zu sprechen. So, daß es Ruth angst und bange wurde. Lea fragte: Und wenn der Matrose ein Bösewicht ist?

Der Herr über den Teppichtempel erwartete sie bereits. Das Türchen stand offen, sie lugten in das dämmrige, teppichgepolsterte Rund. Er thronte auf einem Teppichstapel.

Alles, was er erzählte, grenzte ans Wunderbare. Selbst dann, wenn es Ruth und Lea vertraut und bekannt war – wie der Drachen, der in den Arkaden am Rathaus hängt, von dem Pan Lersch behauptete, er sei ein ordinäres Krokodil, nicht einmal ein besonders großes.

Wißt ihr, hörten sie nun von Anton, daß der Drachen im Rathaus aus dem Maul blutet, wenn jemand, der unter ihm steht, lügt? So kann man prüfen, ob einer die Wahrheit sagt.

Er sagte sie gewiß nicht immer. Denn in seinen Erzählungen entfernte er sich immer weiter vom Drachen, von Brünn, führte die Schwestern nach Triest, wo im Hafen so viele Schiffe liegen, daß man sie nicht zählen könne, und von Triest, in dem sein Vater einmal als gewöhnlicher Matrose, ein andermal als Kapitän ans Land ging, nahm er sie übers Meer nach Afrika, wo die Teppiche gemacht würden, das wisse er genau, denn sein Vater habe es ihm geschildert, sie werden auf Kamelen durch die Wüste transportiert, in Karawanen, erzählte er und wiederholte das Wort, das schön und fremd klang: in Karawanen.

Als sie sich das vierte und auch das letzte Mal trafen, er sie mit seinen Geschichten geradezu betäubte, wurde er kühn, spielte den Beduinenhäuptling, ritt vor den beiden Mädchen auf einem Kamel durch die weite Wüste, bis die Nacht kam, er müde wurde und schon wie im Traum redete und handelte. Die Beduinen, sagte er, schlafen im Sand, eingerollt in einen Teppich, in einen solchen Teppich wie der hier. Nur weil die Teppiche so wertvoll sind, sagte er, haben sich die Beduinen ausgezogen, nackt ausgezogen und in die Teppiche gewickelt, und weil Anton inzwischen ein Beduine geworden und mit zwei Beduinenfrauen seit Tagen unterwegs war, verbeugte er sich vor ihnen, fing an, sich auszuziehen, erst die Jacke, dann das Hemd, befahl ihnen: Ihr auch!, was sie sich nicht zweimal sagen ließen, doch zu keiner anderen Stunde und an keinem anderen Ort getan hätten – sie kicherten und kuschelten sich, musterten aus den Augenwinkeln den Jungen, seinen mageren, spitzknochigen Leib, das winzige feste Glied, sahen an sich herunter, beide auf einmal, schrumpften vor Scham, wickelten sich in einen Teppich, hatten nicht damit gerechnet, daß Anton sich zu ihnen gesellen würde, sie spürten ihn wie Holz, wie eine Ansammlung von Reibeisen, und nun roch er auch gut, und Ruth wurde überrascht davon, daß ein warmer Strom über ihren Bauch schoß und sie Lea schreien hörte: Der bieselt! Der bieselt!

Sie brauchte eine Zeit, sich aus dem Teppich zu winden, da Lea in die andere Richtung zerrte und strampelte. Hastig zogen sie sich an, verhedderten sich, nahmen Anton, der sich verlegen in ein Teppichzelt geflüchtet hatte, nicht wahr. Lea redete vor sich hin, was Ruth auch sagen wollte: Er hat uns angebieselt, die Sau, die Sau, der hat uns angebieselt, der hat bloß gelogen, bloß gelogen.

Von da an war Anton verschwunden wie ein böser Geist aus Tausendundeiner Nacht oder wie ein Dybbuk.

Das Rätsel des Teppichtempels klärte sich. Der März warf noch einmal Schnee auf die Parkbäume, der Pavillon duckte sich unter einem spitzen weißen Hut.

Lea und Ruth rollten auf der Terrasse Kugeln für einen Schneemann. Zdenka schaute ihnen zu.

Habt ihr beiden Hascherln schon gehört, was alles in unserem schönen Park passieren kann? fragte sie. Die Mädchen hielten erwartungsvoll hinter ihren Schneekugeln an.

Diese Falotten! Diese Räuber. Unter dem Pavillon hatten sie ein Diebeslager eingerichtet. Lauter gestohlene Teppiche. Ich kann mich nur wundern, daß uns keiner abhanden gekommen ist.

Wahrscheinlich ist Anton ein Verbrecher gewesen. In Ruths Träumen wuchs er sich zum Beduinenhäuptling aus. Manchmal wachte sie daran auf, daß sie sich nach ihm sehnte.

IV

Mit einem einzigen Ruf, einer verlegenen, beinahe entschuldigenden Geste Ruths, gerät ihr gemeinsames Leben aus der Balance, gesellt sich die Angst zu ihnen als dritte Schwester.

Ich bitte dich, Lea, kannst du einmal kommen, dir etwas anschauen?

Was ist? Was willst du mir zeigen?

Mit offener Bluse erwartet Ruth sie im Bad, zieht den BH hoch: Schau, sagt sie, das hab ich schon länger, das dürfte nicht normal sein, es schmerzt seit einiger Zeit auch und drückt. Sie hebt die rechte Brust, und es wird ein dicker Knoten sichtbar, ein sich blau einfärbender Burren, eine böse Anstößigkeit, etwas Lebendiges, das nicht sein darf.

Lea starrt auf das Geschwür. Ruth versteckt es wieder, knöpft die Bluse zu.

Das gibt es nicht, sagt Lea.

Es ist schon länger da, erklärt Ruth. Ich habe mich nicht darum gekümmert, es tat nicht weh.

Das Es, von dem sie spricht, hat sie geplagt, schon seit Wochen, doch wollte sie es, aus Furcht vor einer Veränderung, Lea nicht verraten.

Reg dich nicht auf. Ich habe mich bei Doktor Schneider zur Untersuchung angemeldet, versucht sie Lea zu beruhigen, die nach einer Schuld, einer Schuldigen sucht, nach einem Grund für diesen Aussatz.

Ich habe es geahnt, sagt sie. Komm. Sie führt Ruth durch den Gang, als wäre sie schwer krank, kaum mehr fähig, sich zu bewegen. Ich habe es geahnt. Sie drückt Ruth auf die Couch. Leg dich hin. Sie bricht in Tränen aus, kehrt Ruth den Rücken zu, die es sich bequem macht, halb sitzt, halb liegt und ruhig den Rücken der Schwester anspricht, der sich krümmt.

Überhaupt nichts hast du geahnt, Lea. Mach dir nichts vor, spiel kein Theater. Ich habe die Geschwulst auch nicht sehen wollen, bis sie allmählich wuchs und sich einfärbte. Ich habe sie nicht angefaßt. Ich habe mich gefürchtet vor ihr, als du noch nichts ahnen konntest.

Das kann Lea nicht auf sich sitzenlassen. Jetzt kann ich mir erklären, Ruth, warum du dich manchmal so sonderbar benahmst, wegen jeder Kleinigkeit hochgingst oder in Gedanken weit fort warst.

Sie reden, beruhigen sich gegenseitig. Natürlich müssen wir warten, was der Arzt feststellt. Aber selbst wenn Ruth ins Krankenhaus müßte und eine Operation nötig wäre –. Aber nein, so weit wollen wir nicht denken, bittet wieder Lea. Es ist doch gar nichts entschieden. Was kann ich dafür, daß ich, bis auf die offenen Beine, kerngesund bin, fügt sie hinzu und ärgert Ruth, die es für verboten hält, ein Geschwür an der Brust mit offenen Beinen zu vergleichen.

Ich übertreibe, gibt ihr Lea recht, ich habe schon immer übertrieben, Ruth, du kennst mich ja. Sie fragt: Kannst du mir sagen, wieso ich fortwährend an Carlo denken muß?

Worauf Ruth keine Antwort weiß: Es ist möglich, Lea, du redest dir das nur ein, wie vieles, wir sprechen immer wieder einmal von Carlo, oder, wenigstens mir geht es so, schau das Foto neben dem Sekretär an, auf dem er die Uniform trägt, über die er sich lustig gemacht hat. Aber es kann ja sein, daß sich das gerächt hat.

Da kann ihr Lea nicht recht geben. Aus diesem Grunde haben viele ihr Leben lassen müssen.

Und wieso nicht? fragt Ruth, richtet sich auf dem Sofa ein wenig auf, was Lea dazu veranlaßt, noch näher an sie zu rücken: Ich bitte dich, bleib ruhig, nichts wäre unnötiger als ein Streit.

Ruth streckt sich demonstrativ auf dem Sofa aus: Es ist verrückt, daß wir erst vernünftig werden, wenn wir es mit der Angst zu tun bekommen, nicht mehr weiter wissen oder wenn uns jemand stirbt, wie damals die Mutter. Worauf Ruth Leas Hand nimmt: Das ist auch schon vierzig Jahre her. Ganz so schrecklich ist es nicht geworden. Wir haben es leidlich miteinander ausgehalten. Zum ersten Mal an diesem Tag verzieht Lea ihr Gesicht, ihr Slawengesicht, wie es Jiři zu nennen pflegte, zu einem Lächeln: Wenn wir es so weiter treiben, wir alten sentimentalen Schachteln, kommen wie womöglich noch zur Einsicht, daß wir uns brauchen.

No und? fragt Ruth.

Obwohl Lea sie drängt und bittet, sie wenigstens zum Doktor begleiten zu dürfen, besteht Ruth darauf, mit dem Bus in die Stadt zu fahren: Ich bitte dich, sonst lehnst du es doch auch ab, mit in die Stadt zu kommen.

Lea gibt nach. Komm sofort nach der Untersuchung heim. Laß mich nicht warten.

Daß sie dann doch viel länger warten muß als nötig, wie sie findet, es Ruth aber nicht vorwirft, daß sie keinen Moment stillhält, ständig in der Wohnung unterwegs ist, daß sie eine halbe Stunde mit Rosalinde Mitschek telefoniert und es sich verkneift, auch nur ein Wort über Ruth zu sagen, daß sie schließlich nach zwei Stunden in der Küche sich wimmernd auf den Stuhl zwischen Tisch und Fenster drückt, den Hauseingang nicht mehr aus den Augen läßt, ist vergessen, ist ihr gleichgültig, als sie die Wohnungstür aufreißt und Ruth in die Arme nimmt, von ihr etwas zu derb zurückgestoßen wird:

Benimm dich doch nicht so kindisch, sagt sie und verkündet, ohne Lea zu Wort kommen zu lassen, beinahe stolz: Ich muß operiert werden. Worauf sie die Tür zudrückt, da niemand im Haus mithören soll: Reg dich, ich bitte dich, nicht auf. Und sie fährt fort, während sie den Mantel ablegt, ins Wohnzimmer geht, sich auf ihren Sessel fallen läßt, Lea ihr folgt wie ein Hündchen, die Hände vor die Brust geschlagen, sie fährt ohne Punkt und Komma fort: Dem Doktor hat es die Sprache verschlagen. Es ist wahr. Ich schwör's dir. Er schaute sich das Geschwür an und konnte sich überhaupt nicht beruhigen. Immer wieder hat er mich gefragt, ob ich denn nichts bemerkt hätte und wieso ich erst jetzt zu ihm gekommen wäre. Nun müßte er mich gleich ins Krankenhaus schicken, ohne daß er mir noch Zeit zum Verschnaufen geben kann. Er hat in der Klinik angerufen, mich angemeldet. Morgen wär's auch schon gegangen, aber er ist so freundlich gewesen und hat mir bis übermorgen Zeit gelassen, wahrscheinlich auch, weil er dich kennt und weiß, was du mir für ein Theater machen kannst.

Lea macht ihr keines. Im Gegenteil. Sie will Ruth beweisen, daß sie dieser unerwarteten Trennung auf Zeit gewachsen ist. Sie packt ihr den Koffer, nicht zu viel, sagt sie, du bist ja nicht aus der Welt, ich werde dich besuchen, wann du es nur wünschst.

Am ersten Tag erscheint sie ungewünscht im Krankenhaus, fragt die Schwester, fragt den Arzt nach dem Befinden Ruths, bekommt beruhigende Auskünfte, auch von der Patientin selbst: No, es ist überstanden. Es tut halt noch ein bissel weh.

Von da an wandert sie Tag für Tag den Hügel hinauf zum Krankenhaus, verfolgt mißtrauisch und Ruth aufmunternd deren Rekonvaleszenz, deren Wiederkehr, wie sie es nennt: Es ist mir, als wärst du von einer Reise zurückgekehrt. Und Ruth ist bereits kräftig genug, ihr eins auszuwischen: Also, wenn eine verreist, bist du es, mit deiner verrückten Schwäche für Wien und für die Weinbergers, von denen ich noch nie viel gehalten habe, und für Hugo.

Nicht einmal da widerspricht sie. In ihrem Zustand, sagt sie sich, kann ich Ruth nicht aufregen.

Auch als Ruth aus dem Krankenhaus zurück ist, ihr die Operationsnarben zeigt, diesen auszackenden Schnitt, der ihr eine Brust raubte, und jeden dritten Tag bestrahlt wird, was nur vorsorglich geschieht, auch als Ruth beginnt, sich normal zu verhalten, sie hänselt und kujoniert, hält Lea sich zurück.

Einmal spricht sie es aus, wie sehr sie die Schwester braucht: In den letzten Wochen ist mir oft durch den Kopf gegangen, daß ich nicht leben könnte ohne dich.

Getrennte Wege

Sie gerieten immer tiefer in die Geschichten der Erwachsenen, wurden von ihnen mitgenommen, ohne sie ganz zu verstehen. Oft blieben sie ihnen unheimlich, mit Namen bestückt, die sich wiederholten. Oder sie glichen Märchen, wenn von Kaiser Karl, dem Nachfolger Franz Josephs, und seiner bösen Frau Zita oder von dem slowakischen Schustersohn Masaryk die Rede war. Auch Professor Masaryk und Doktor Beneš schienen ein Paar zu sein. Allerdings eines, das mit seiner Macht für den Kaiser und seine Frau bedrohlicher wurde.

Mit Masaryk müssen wir nächstens rechnen, meinte Vater.

Der Oberlehrer Ondrasch fürchtete ihn wie eine tödliche Krankheit.

Vielleicht hing es mit dieser Krankheit zusammen, daß die Brünner sich aufteilten und sich gegenseitig vorhielten, zu wem sie gehörten. Wir Tschechen, hieß es nun, wir Deutsche; nur die Juden schlossen sich nicht zusammen zu einem Wir, sondern wurden von Deutschen und Tschechen die Juden genannt.

Ruth fand sich in den Verwirrspielen der Erwachsenen leichter zurecht als Lea, die Namen wie Masaryk und Mostar verwechselte und auch nicht gleich davon zu überzeugen war, daß der eine womöglich Präsident der Tschechen und Slowaken werde, das andere eine Stadt in Montenegro sei.

Niemand überraschte die Schwestern so wie Sarah und Mizzi Ribasch, die sich plötzlich zu den Juden zählten und taten, als sei es schon immer der Fall gewesen, was Herr Ribasch von neuem mit der Erklärung durcheinander brachte, daß er deutsch spreche und denke, als Jude lebe und gewiß tschechischer Staatsbürger werde.

Wurde ihnen das Gerede zu viel, drohten sie am Unverstandenen zu ersticken, plapperten sie abends im Bett auf ihre Weise die Gespräche der Erwachsenen nach.

Ich als die tschechische Legion –

Bleiben Sie mir mit der vom Leibe –

Warum sagst du das, Ruth?

Das ist gegen die Regel. Du darfst nicht fragen. Sag was vom Kaiser.

Wieso vom Kaiser?

Sag, der Kaiser hat den Engländern einen Brief geschrieben.

Der Kaiser hat den Engländern einen Brief geschrieben.

Stellen Sie sich vor, Herr Masaryk ist zu den Russen gefahren.

Jaja, zu den Russen. Die haben den Krieg gemacht.

Ich glaube nicht, daß die Russen allein den Krieg gemacht haben.

Das sind immer mehrere.

Na gut, dann haben die Russen und die Deutschen den Krieg gemacht.

Wissen Sie, verehrte gnädige Frau, die Zita ist eine Hex.

Soso, und die Beneš auch.

Aber die Beneš ist doch ein Mann.

Ich möchte jetzt schlafen.

Ich auch. Gute Nacht.

In die Stadt durften sie, seit Ruth zehn war, ohne Begleitung, allerdings nie für sich, immer gemeinsam. Die Mutter schrieb ihnen vor, wohin und wie weit, höchstens den Domberg hinunter und bis zum Rathaus, natürlich auf den Krautmarkt, dort aber sollten sie sich vorsehen und auf keinen Fall von Leuten ansprechen lassen.

Die redeten sie dauernd an, riefen ihnen hinterher, schubsten sie herum, schenkten ihnen Äpfel, Zwetschgen, Marillen, tunkten sie in herrliche und gräßliche Düfte. Schon bald kannten sie sich im Kreuz und Quer der Standgassen aus, wußten die Namen der Marktfrauen, der beiden Aufseher, Navratil und Kissel, die, wie sie versicherten, stets ein Auge auf die beiden Böhmer-Mädchen hatten.

Es dauerte eine Weile, bis Ruth mitbekommen hatte, daß Lea stahl, da und dort einen Apfel, eine Marille verschwinden ließ.

Das darfst du nicht tun. Lea mochte das nicht einsehen. Sie lege die gestohlene Frucht doch an einem anderen Stand wieder ab, mopse nur, weil sie Spaß daran habe.

Sie machten Pause auf einer Bank unter den Arkaden, ließen die Beine baumeln. Ruth kam endlich dazu, Lea ins Gebet zu nehmen, sie im Tonfall Zdenkas auszuschimpfen: Das darfst du nicht, Lea. Was soll ich noch mit dir anstellen. Ewig habe ich ein Gefrett mit dir.

Was Zdenka unter Gefrett verstand, konnte sich Ruth allerdings auch nicht erklären, vielleicht, daß es sich da um einen besonderen Ärger handelte.

Im Sommer 1917 nahm Zdenka sie zum Baden mit, an die Schwarzawa.

Ich habe uns den heißesten Tag des Jahres ausgesucht.

Im Gänsemarsch zogen sie unter ausgespannten Schirmen durch die Gassen zum Fluß. Schon von weitem schlugen ihnen Lärm und Gekreisch entgegen.

Zdenka brachte ihnen bei, wie man, sogar wenn die Uferwiesen dicht besetzt waren, einen günstigen Platz ausmachte, so daß die wandernde Sonne bald den Schatten eines Baumes, eines Kabinenhäuschens oder eines Strauches warf.

Ruth weigerte sich, ihr Kleid auszuziehen. Sie möchte nicht ins Wasser, nicht schwimmen lernen.

Lea hingegen war im Nu im Fluß, schon um den zu großen Badeanzug im Wasser an den Körper schrumpfen zu lassen.

Zdenka behauptete, die Tschechen könnten bei weitem besser schwimmen als die Deutschen, doch Lea schwor, daß sie mindestens so gut wie die Tschechen schwimmen würde, noch in diesem Sommer, wenn sie nur genügend Zeit zum Üben hätte.

Nicht das Wetter hielt sie davon ab. Ehe die Ferien begannen, sorgte Oberlehrer Ondrasch für eine in die Zukunft wirkende Katastrophe. Er bat die Eltern in die Schule. Den Brief überbrachte Lea, ohne das Unheil zu ahnen.

Nach der Besprechung mit dem Lehrer und vor dem Abendessen lud Vater die Schwestern zu sich ins Herrenzimmer. Das geschah zum ersten Mal. Mutter verriet nichts, sagte kein Wort, sah nur darauf, daß die Hände der Mädchen gewaschen und ihre Kleider sauber und ordentlich waren. Geht schon. Euer Vater wird euch nicht gleich auffressen.

Da waren sie sich gar nicht so sicher. Das Herrenzimmer lag am Ende des Korridors, hinter dem Speisezimmer und Mutters Salon. Sie hatten es so gut wie nie betreten. Wenn Vater darin arbeitete, was nicht allzu häufig geschah, mußten sie still sein. Manchmal traf er sich dort mit Herrn Ribasch und anderen aus der Fabrik. Dann hielten sie eine Konferenz.

Mutter blieb in der Küchentür stehen und schaute ihnen nach.

Klopfst du? fragte Lea.

Warum ich?

Du bist die Ältere.

Vater kam ihnen zuvor. Er hatte sie gehört.

Kommt herein. Er bat sie, auf zwei Stühlen, die vor dem Schreibtisch standen, Platz zu nehmen, schaute zu, wie sie sich zurechtrückten, fuhr sich mit der Hand über seine Glatze.

Die Unzertrennlichen, sagte er und musterte sie nacheinander, als ob er ihre Unzertrennlichkeit prüfen wolle. Wißt ihr, wer euch so nennt? Euer Lehrer, Herr Ondrasch.

Er faltete die Hände, sah auf die grüne Schreibtischplatte: Ja, die Unzertrennlichen. Dann beugte er sich nach vorn und nahm Lea ins Visier: Du kannst dir denken, warum uns euer Lehrer zu sich bestellt hat, nicht wahr?

Sie hatte keine Ahnung und warf Ruth einen fragenden Blick zu. Die jedoch schaute stur vor sich hin. Herr Ondrasch war nie unfreundlich zu ihr gewesen. Manchmal, wenn sie nicht alles gleich wußte, hatte er geschimpft. Aber wofür hatte sie eine gescheite Schwester?

Vater lehnte sich im Sessel zurück und verwirrte Lea mit einem breiten, freundlichen Lächeln.

Du hast tatsächlich keine Ahnung? Um so mehr werde ich dich jetzt, fürchte ich, erschrecken müssen. Er stand auf, die Uhrkette klingelte leise. Mit beiden Händen zog er sich die Weste über den Bauch, und unversehens hob er Lea aus dem Stuhl, stellte sie vor sich hin. Kaum spürbar legte sich seine Hand auf ihre Schulter: Unzertrennlich – das werdet ihr nicht bleiben können, Mädelchen, ich hätte es euch gegönnt. Aber auf die Dauer werdet ihr sowieso getrennte

Wege gehen. Ja, sagte er und noch einmal: Ja. Seine Hand lastete nun schwerer. Herr Ondrasch hat mir mitgeteilt, daß du sitzenbleiben mußt, Lea. Und Ruth versetzt wird. Da er euch schätzt, hat er mir auch ausführlich eure unterschiedlichen Gaben geschildert, worüber ich mir früher hätte Gedanken machen müssen. Nur sollst du wissen, Lea, daß ich dir nichts vorwerfe, auch deine Mutter nicht. Und daß du auf keinen Fall unglücklich sein sollst. Er wandte sich Ruth zu. Ihr geht euch ja nicht verloren. Eure Interessen, Begabungen sind verschieden. In ein paar Jahren wird sich herausstellen, wohin sie euch führen. Und nun geht.

Mutter und Zdenka verloren kein Wort über die Angelegenheit, und Carlo war offenbar angehalten, nicht zu hänseln, nicht zu spotten.

In der Nacht schlüpfte Lea zu Ruth ins Bett, und die ließ sie weinen, bis sie beide einschliefen.

Am Ende fiel es Lea viel leichter, sich selbständig zu machen, auf die ständige Nähe und Hilfe Ruths zu verzichten. Sie spielte, wo immer sie sich aufhielt. Sie spielte nie allein. Sie ernannte Mizzi Ribasch, die nun mit ihr in die Klasse ging, zu ihrer Busenfreundin und kränkte damit die Schwester, die sich mehr und mehr ausgeschlossen fühlte.

Als Pan Lersch ins Gerede kam, kündigte sich das Ende des Krieges an. Er habe Freunden in der Fabrik auf Umwegen eine Nachricht zukommen lassen. Er sei desertiert.

Er ist desertiert, sagte Vater bei Tisch. Es ist mir unbegreiflich.

Lea wollte wissen, was dies bedeute. Vater vermochte es ihr nur stockend und voller Abscheu zu erklären: No ja, unser Pan Lersch, die treue Seele, scheint unserer Sache untreu geworden zu sein. Er ist davongelaufen, übergelaufen.

Auch das begriff Lea nicht. Übergelaufen, fragte sie erstaunt. Sie konnte sich nicht vorstellen, daß Pan Lersch überlaufe wie ein Topf auf dem Herd.

Er hat die Fronten gewechselt, erläuterte Vater mit schmerzlicher Geduld, er kämpft nicht mehr für den Kaiser, sondern gegen ihn. Er hat sich der Tschechischen Legion angeschlossen und wünscht den Sieg Masaryks.

Davon hatte Lea eine Ahnung, und Carlo mischte sich sogar in die Debatten ein. Herr Ribasch vertrat eine ganz eigene Meinung. Masaryk solle, selbst als slowakischer Schustersohn, bei der Gründung einer tschechischen Republik auf die Slowakei und auf die deutschen Ränder, die Sudeten, verzichten. Ob dies oder ob eine große Tschechoslowakei anzustreben sei – über diese Fragen kriegten sich Vater und Herr Ribasch immer von neuem in die Wolle. Wobei sie gemeinsam betonten, den Professor Masaryk zu verehren.

In der Stadt sprachen die Tschechen laut und die Deutschen leiser.

Auf dem Spielberg, der dem Dom hoch gegenüberliegenden Zitadelle, seien Gefangene entlassen worden, was sogar Zdenka beunruhigte, die der Gründung eines tschechischen Staates entgegenfieberte. Ich möchte wissen, ob das Gesindel ist oder ob es Unsrige sind. Die Unruhe, die Erwartungen schienen eher dem Gesindel gewogen zu sein. Von Banden war die Rede, die sich einander nachstellten und bis aufs Blut bekämpften, je nach dem Blickpunkt handelte es sich um Tschechen oder Deutsche.

Mizzi und Lea stritten sich, wo sich Gott lieber aufhalte, im Dom oder in der Synagoge. Das war drei Tage vor Weihnachten. Die Tschechische Legion hatte inzwischen die Slowakei besetzt und Thomas Masaryk auf dem Hradschin in Prag die Republik ausgerufen.

Pünktlich zum Heiligen Abend meldete sich Pan Lersch zurück. In seiner Uniform sah er streng und fremd aus. Er müsse zwar noch eine Zeitlang bei der Legion dienen, aber der Herr Direktor könne mit ihm rechnen.

V

MERKST DU NICHT, wie nervös du mich machst? Aber Ruth versucht nur, die Aufmerksamkeit Leas zu gewinnen. Sie hat mehrere Kleider auf der Couch ausgebreitet, einige an die offene Balkontür gehängt.

Du könntest mir helfen.

Ich habe keine Ahnung, was man zu einem Firmenjubiläum anzieht.

Ruth streicht ein Kleid nach dem andern glatt, legt Röcke zu Blusen, wechselt sie wieder aus.

Vielleicht hätte ich mir ein neues Kleid kaufen sollen. Diese Fetzen habe ich seit Jahren getragen, nur woher das Geld nehmen, wenn nicht stehlen.

Verdrossen schiebt sie die Kleider auf dem Sofa zusammen, um sich Platz zu machen. Wenn sie sich nach vorn beugt, fällt ihr das Atmen schwer. Seufzend läßt sie sich nieder.

Lea wirft ihr über die Schulter einen Blick zu: Du keuchst, als hättest du gerade den Montblanc bestiegen.

Ruth schafft es nicht, gleich zu antworten, bemüht sich, ruhiger zu werden, pendelt, als meditiere sie, mit dem Oberkörper und weiß, wie sie Lea damit provoziert, die nun, als folge sie Ruths Programm, wütend den Sessel wechselt: Also gut, Ruth, du hast mit deinem kindischen Benehmen, wie immer, Erfolg. Ich werde dir ein Kleid für heute abend vorschlagen, und du wirst, ich bin sicher, ein anderes wählen. So wird es sein. Theatralisch wirft Lea den Kopf in den Nacken.

Ruth, ohne Atemnot und den Tränen nah, kann ihr endlich antworten: Manchmal kommt es mir vor, wir leben auf engstem Raum getrennt. Du hast keine Ahnung von mir, du hast mein Leben vergessen, deines vielleicht auch. Wie oft werde ich schon zu einem Fest eingeladen. Du gehst immerhin regelmäßig zu den Altentreffen deiner Firma. Ich bin ungeübt. Was hast du für einen Aufwand getrieben, wenn du nach Wien fuhrst.

Aufwand! Daß ich nicht lache.

Obwohl sie sich gegenüber sitzen, scheint es, sie müßten sich die Sätze über eine große Entfernung zurufen. Jedes einzelne Wort verletzt und löst Erinnerungen aus.

1949, als ich ankam, du mich im Lager in Wasseralfingen abholtest, hast du nicht daran gedacht, zu arbeiten. Du lebtest von Mutters Geld, von ihrer Rente. Du hast im Café herumgesessen, dich mit dieser Fabrikantenfrau eingelassen, und Rosalinde hat auch schon zu eurer Gesellschaft gehört.

Ruth hat Leas Vorwürfe erwartet. Was Lea anspricht, ruft in ihr eine Art Heimweh wach, denn nie wieder hat sie eine solche Freiheit genossen wie vor Leas Ankunft, war sie so wunderbar verwildert in dieser kleinen Stadt, in die es sie mit Mutter verschlagen, deren Namen sie nicht gekannt hatte, die von Flüchtlingen, Durchreisenden, Heimkehrern, Schwarzhändlern aufgestört wurde, plötzlich ein wüster Tanzboden. Eben hatten noch die Spießer, die Nazis, die Dickwänste in brauner und schwarzer Uniform geherrscht, nun war der Spuk verschwunden und durch einen anderen ersetzt, der einem Überfall von Bakterien glich, denn alle wurden von einem Fieber heimgesucht, von dem kein Mensch wußte, ob es heilte oder ihm eine verheerende Krankheit folgte. Manchmal, in Augenblicken wie diesem, wurde ihre Haut wieder dünn und empfindlich, verlangte es sie nach Berührungen und Rausch, wie in dem großen, hellen Schlafzimmer, in das sie sich mit Irene zurückzog, in dem sie Nachmittage lang sich erkundeten, bis sie vor Glück schrien, unerlaubt schrien, denn die Stadt konnte sie hören.

Nicht eine Woche bin ich hier gewesen, sagt Lea, und habe zu arbeiten begonnen. Ich habe mir die Arbeit nicht aussuchen können. Nichts Feines, bei dem man sich die Hände nicht schmutzig macht, im Lager als Lageristin, als Speditionsarbeiterin mit Muskeleinsatz.

Ruth nickt ihr geduldig zu. Sie kennt jeden Satz. Wie viele Male hat sie sich das anhören müssen und konnte nicht widersprechen, da es zutraf, Wort für Wort.

Es ist gut, Lea. Ich habe das nie bestritten. Du hast angefangen mit einer Arbeit, die zu schwer gewesen ist für dich, die ganzen Jahre. Aber du hast dich dabei wohl gefühlt, und jedesmal freust du dich auf die alten Treffen und daß eure Chefin, Frau Doktor Schreiner, euch die Ehre gibt.

Lea ist aufgestanden, scheucht mit einer unwilligen Geste Ruth zur Seite. Wie wäre es mit diesem schwarzen Faltenrock und dieser Bluse? Schon als Kind hast du, erinnere ich mich, Faltenröcke mit Vorliebe getragen, weil du eine Dame sein wolltest. Sie hält sich eine weiße Bluse vor die Brust.

Es stimmt, Lea.

Lea wirft die Bluse achtlos über eine Lehne und prüft den Rock. Der ist ein bissel abgewetzt.

Ich könnte ihn weggeben. Seit Ewigkeiten habe ich ihn nicht mehr getragen.

Immerhin konntest du dich für deine Arbeit fein machen, wie eine bessere Angestellte, eine Sekretärin. Ich nicht. Jesus Maria, wie entsetzt bin ich gewesen, als ich zum ersten Mal diesen Drill überzog, wie entwürdigt habe ich mich gefühlt, als ich mich im Spiegel sah, eine Arbeiterin. Es hat sich gegeben. Ich bin es die längste Zeit meines Lebens gewesen.

Ruth nimmt Lea eine Bluse aus der Hand. Die könnte passen.

Was sag ich, triumphiert Lea, du hast dich für die Kombination Rock und Bluse entschieden, für deinen geliebten Faltenrock. Nichts ändert sich auf der Welt.

Was eine fürchterliche Übertreibung ist.

Von nun an folgt ihr Lea auf Schritt und Tritt. Schweigend, redend, an Ruths Nerven zerrend. Sie steht hinter ihr am Waschbecken im Badezimmer, drängt sich, während Ruth sich das Gesicht wäscht und danach die Lippen schminkt, in den Spiegel, verfolgt, indem sie Grimassen zieht, jede kleine Verrichtung, kommentiert sie: Du solltest dir dieses eine Haar auszupfen, das dir aus dem Nasenloch wächst, und hält schon die Pinzette bereit. Darauf reicht sie ihr das Parfüm. Trag, ich bitte dich, nicht zu viel auf, dein Parfüm wirkt schnell aufdringlich.

Was sie so häufig gerügt hat, daß Ruth nicht mehr reagiert, es auch schweigend hinnimmt, daß Lea sich in ihrem Zimmer auf den Bettrand setzt und gespannt zusieht, wie sie sich auszieht, in der Unterwäsche auf und ab geht, die Strumpfhosen überzieht.

Es ist ein uraltes Spiel, bloß mit verkehrten Rollen, fällt Ruth plötzlich ein, die nur noch mit Mühe an sich hält, und sie erschrickt über diese Erinnerung: Sie hat Lea genauso geplagt, als die zu ihrem ersten Rendezvous ging oder in die Tanzstunde und sie allein und schmollend zu Hause blieb.

Erinnere mich daran, daß ich mir noch die Nägel lackieren muß.

Manchmal kommt es ihr vor, als sei die Temperatur im Raum von ihren Stimmungen abhängig. Sie spürt, wie die Luft um sie herum kühler wird, und sie bekommt Gänsehaut. Sie knöpft die Bluse zu, und Leas Blicke wandern dabei Ruths Händen nach, stufenweise.

Dich friert, stellt Lea fest. Das kenn ich. Es kann noch so heiß sein, und man friert vor Spannung,

Erwartung und auch ein bißchen Angst kommen hinzu. Ja, das kenn ich. Ich erinnere mich, wie wir zum ersten Mal gemeinsam die Wohnung verließen, um zur Arbeit zu gehen. Mutter winkte uns im Treppenhaus nach. Weißt du noch? Es war sehr früh, und sie traute sich nicht, uns zum Abschied nachzurufen. An der Bushaltestelle trennten wir uns. Was weiß ich, was ich dir alles gewünscht habe. Du gingst in deine Strickerei, zum Jäger, und ich in meine Korkfabrik, zum Schreiner. Stolz und schön blöd.

Wie schau ich aus? fragt Ruth und dreht sich mit geschlossenen Augen vorsichtig um die eigene Achse. Als sie, etwas schwindlig, anhält, die Augen aufreißt, steht Lea vor ihr, ein Lächeln zwischen den Augen und den Wangen, so daß alle Falten und Fältchen sichtbar werden: Was feiert eure Fabrik eigentlich für ein Jubiläum?

Das fünfundsiebzigste.

Das ist für unsereinen doch kein Alter.

Für uns nicht. Nein, für uns nicht, Lea. Das Lachen dringt Ruth aus dem Bauch, aus der Brust und überwältigt sie. Sie gurrt, kräht, kreischt. Und sie steckt Lea, die ohnehin lockerer und grundloser lachen kann als sie, an. Sie fassen sich an den Händen, sehen, wie der andern Tränen in die Augen schießen, holen jauchzend und kichernd Luft, fallen sich in die Arme, lösen sich schleunigst wieder voneinander, mustern sich lachend, versuchen sich gegenseitig mit Gelächter das Lachen auszutreiben, und schließlich schlägt sich Lea mit der flachen Hand gegen die Stirn: Der

Nagellack! Du wolltest doch noch die Nägel lackieren. Sie rennt ins Bad, hält das Fläschchen demonstrativ zwischen drei Fingern, bezwingt sich, wird ernst, während Ruth noch immer gluckst und den Kopf schüttelt: Ich laß es. Es ist mir zu blöd, Lea, für wen soll ich mich so verkünsteln?

Was weiß ich. Lea stellt den Nagellack auf dem Schränkchen ab. Wie ich dich so anschau, bist du schön genug für deine Stricker. Wir könnten noch zusammen die Nachrichten ansehen, sagt sie, blickt zum Fenster: Es hat angefangen zu regnen. Du hast es ja nicht weit.

Nein, sagt Ruth. Ich geh doch lieber schon los.

Ich halte dich nicht auf.

Dein Abendbrot hab ich gerichtet, Lea.

Ich habe es gesehen.

Sie wird es nicht übermäßig lang aushalten. Lea wird sie zuerst fragen, ob sie getanzt hat. Und es wird sie zufrieden stimmen, wenn sie verneint.

Ist auf eurer Feier getanzt worden?

Aber ja.

Und du, hast du getanzt?

Nein.

Ich hab es mir gedacht, Ruth.

Ein Schlag

Vater liess an die Terrassentür ein stärkeres Schloß anbringen. Zwar regierte der von ihm verehrte Präsident Masaryk, der Frieden jedoch erschien ihnen wie eine dumpfe und wüste Fortsetzung des Krieges. Abends durften die Mädchen auf keinen Fall mehr ohne Begleitung auf die Straße, sie könnten angebettelt, angepöbelt, bedrängt werden. Wenigstens in der Vorstellung der Eltern, denen Pan Lersch so traurig wie beharrlich widersprach. Die Armen könnten nichts dafür, noch ärmer geworden zu sein, und die Invaliden hätten sich nicht gedrängt, ein Bein oder ein Auge zu verlieren. Das leuchtete den Schwestern ein, nahm ihnen aber nicht die eingeredete Angst.

Mutter las alles, was über Karl, den österreichischen Kaiser, und Zita, seine Frau, in den Zeitungen stand, erregte sich über Gemeinheiten, die den beiden angetan wurden, und konnte die Welt nicht mehr verstehen, als die Nationalversammlung die ganze Familie Habsburg aus dem Land vertrieb. Der eine Kaiser in der Schweiz, der andere, der deutsche Kaiser, in Holland. Dieses oft wiederholte Resümee klang wie der Refrain eines Lieds.

Pan Lersch hatte sich, zur Freude aller, schon zu Beginn des ersten Nachkriegsjahres zurückgemeldet, ordnungsgemäß aus der Legion entlassen. Hatte er vorher im Haus und in der Fabrik ausgeholfen, wann immer er gebeten oder gerufen wurde, änderte sich nun seine Stellung. Er avancierte zum tschechischen Berater von Vater und Herrn Ribasch. Vielleicht auf Grund dessen, was Verbindungen hieß, ein Wort, das für Lea abstrakt und bedrohlich blieb und das Ruth hilfreich in ein anderes übertrug: Beziehungen.

Neuerdings trafen sich Vater und Herr Ribasch im Herrenzimmer und zogen Pan Lersch zu ihren Gesprächen hinzu. Manchmal sprach Vater beim Abendessen von ihren Beratungen, daß sie noch immer zu den besten Indigofärbereien auf der Welt zählten – kaum einer schafft es, unserem Blau auch nur nahe zu kommen! –, daß sie durch die Umwälzungen vor allem in Rußland Kunden verloren hätten, daß die tschechischen Arbeiter aufsässig würden, Pan Lersch es aber gelänge, die Jüngeren für den Sokol zu begeistern. Über den Sokol wußten die Mädchen Bescheid. Diese Vereinigung von tschechischen Sportlern machte viel von sich reden.

Wenn auch der Krieg einen wunden Rand hinterließ, der Frieden sich nur zögernd einstellte – das Wetter hielt sich nicht daran. Nach einem kurzen, heftigen Frühling glühte der Sommer. Tagelang spannte sich der Himmel wolkenlos über der Stadt, und Vater lobte die himmlischen Indigofärber. Ruth richtete sich auf der Terrasse ein, las und träumte, Lea zog es an den Nachmittagen mit Sarah und Mizzi Ribasch ans Ufer der Schwarzawa, ins überfüllte Freibad. Sie hielten sich mehr im Wasser als auf der Wiese auf, genossen es, von Buben angeschwärmt und unter Wasser attackiert zu werden, kreischten, strampelten, stießen und rannten, wenn es zu arg wurde, ans Ufer. Eng zusammengedrängt saßen sie auf ihrer Decke, steckten die Köpfe zusammen, machten untereinander aus, welchen Jungen sie hübsch finden, welchen ganz abscheulich. Sie gaben ihnen Namen und tauschten sie aus, benahmen sie sich dumm oder aufdringlich. Mizzi war darin besonders virtuos. Einen strahlenden Ferdinand verwandelte sie rasch und wütend in einen Bednarsch.

Beherrscht wurde der Badesommer jedoch von einem Wort, einer Sache, einem Gegenstand, einem Objekt, das sie sich unter die Haut wünschten, dringlich, als persönliche Aufwertung, Auszeichnung und Provokation, beherrscht wurden die Nachmittage an der Schwarzawa vom Busen. Mizzi löste den Wahn aus. Stets zogen sie sich zu dritt in einer Kabine um, ließen sich nicht aus den Augen, wie sie es ihren Müttern versprochen hatten. Anfangs waren sie ganz mit sich beschäftigt und beeilten sich, da der herbe Geruch nach Schweiß und schmutziger Wäsche, der in den hölzernen Buden stand, sie hinaustrieb. Sarah war es sogar ein paar Mal schlecht geworden. Allmählich gewöhnten sie sich an den Gestank, er gehörte zu den Nachmittagen an der Schwarzawa.

Lea entdeckte den Busen an Mizzi, keinen richtigen, eine Andeutung. Sie behielt, was sie beschäftigte, ein paar Tage für sich, verglich, was sie an Mizzi, Sarah und sich sah, dreierlei Formen von Brustwarzen, die ihren klein und glatt, kaum hervorspringend, die von Sarah etwas dunkler und sonst den ihren gleich, doch Mizzis Brustwarzen besaßen einen ungleich größeren Hof, wölbten sich leicht und sprangen keck hervor.

Busen waren ihr vorher nie aufgefallen. Jetzt schaute sie sich um. Mutter besaß einen mächtigen Busen, der sich hart anfühlte, wenn man den Kopf gegen ihn legte, Zdenkas Busen bewegte sich unter der Bluse, und, das verblüffte sie besonders, wenn sie die Frauen in den Badeanzügen betrachtete, kein Busen glich dem andern. Dieser veränderte Blick flößte ihr das Gefühl ein, ihr Busen drücke und dränge unter der Haut. So dachte sie lauter unerlaubte Gedanken, Wörter, die ein wohlerzogenes Kind auf keinen Fall aussprechen durfte. Sie versuchte sich dagegen zu wehren. Aber die Gedanken machten sich selbständig, und alles trug dazu bei, die Wärme, die Menschen in Badekleidung, die vorlauten Buben.

Sie standen eng zusammen in der Kabine, schwitzten.

Du hast Sonnenbrand, Sarah. Mizzi fuhr ihrer Schwester vorsichtig mit der Hand über die Schulter. Schmerzt das?

Lea starrte auf Mizzis Brust. Wenn sie, wie jetzt, den Arm hob, trat die kleine Wölbung noch deutlicher, noch frecher hervor.

Was schaust du so? Ist was?

Dein Busen! Dein Busen wächst.

Erschrocken legte Mizzi die Hände vor ihre Brust, zog sie langsam weg, schaute an sich herunter, voller Zweifel, doch da bestätigte Sarah schon Leas Feststellung mit einem erstaunten: Das stimmt, Mizzi. Und Mizzi hob mit zwei Fingern die winzige Brust und gab den Sachverhalt stolz zu: No, ihr sehts es ja.

Den ganzen Sommer wartete Lea darauf, daß ihr Busen wenigstens um eine Spur wachse. Er regte sich nicht. Furchteinflößende Gewitter beendeten die Badezeit. Mit der Hitze verschwanden auch die unerlaubten Wörter aus ihrem Kopf und die Sehnsucht, einen Busen zu bekommen, auf alle Fälle früher als die dünne Ruth, die flach war wie ein Brett.

Einmal, nach den großen Gewittern, wagte Lea es, in Gegenwart von Mutter und Zdenka zu prüfen, wie anstößig ihre Gedanken waren, und sagte leise und beiläufig, während sie in der Küche Salat zu putzen half: Die Frau Willnitz, die dich gestern besuchen kam wegen der Hilfe für die armen Leute, hat doch einen riesigen Busen. Worauf Zdenka quietschte, als hätte sie jemand gekitzelt, und Mutter Lea entgeistert anschaute: Wie kommst du auf eine solch ordinäre Idee?

Ich weiß nicht, flüsterte sie, obwohl sie es doch genau wußte.

Mutter hatte eine endgültige Entscheidung für die Mädchen getroffen. Lea solle sich, nach dem Debakel in der Schule, mehr dem Haushalt widmen, und Ruth dürfe nach den Hausaufgaben sich weiterbilden, lesen. Vater bat Carlo, der auf dem Gymnasium nur gute Noten einheimste, Ruth bei Gelegenheit zu unterstützen, da er plane, das Kind aufs Lyzeum zu schicken.

Den Ballettunterricht durfte Lea weiter besuchen. Es hatte, zwischen Krieg und Frieden, eine Pause gegeben, da die alte Tanzlehrerin sich nicht entschließen konnte, ob sie bleiben oder dieses neue Land verlassen solle.

Ruths Klavierstunde fiel nicht ein einziges Mal aus. Fräulein Stüberl gab ihrem Heimweh nach Wien nicht nach, verschlang noch mehr Knoblauch und blieb. Ich habe mir Wien aus dem Kopf geschlagen, erklärte sie Ruth ungefragt. Die meisten großen Sänger und Sängerinnen haben eh bei uns in Brünn angefangen, bevor sie in Wien gefeiert wurden. Denke nur an die Jeritza. Aber irgend etwas oder irgendwer mußte sie dann doch so geplagt haben, daß sie Brünn und die Welt für immer verließ.

Wenn Ruth sich am Donnerstag nachmittag zu Fräulein Stüberl aufmachte, kam sie sich immer ein wenig anders vor als gewöhnlich. Sie hatte das Schulkleid ausgezogen, trug eine weiße Bluse, einen schwarzen Rock und im Winter den taillierten Mantel mit dem Pelzkragen, dazu ein Hütchen. Ihr Gang schien sich zu verändern. Sie trug die Noten unterm Arm, ihre Schritte waren ausholender, beschwingter. Den Weg kannte sie auswendig. Sogar mit geschlossenen Augen hätte sie gewußt, wo sie sich gerade aufhielt, an der Redoute, auf dem Krautmarkt, dem Unteren Markt, auf der Koblizna, vor dem Theater.

Gegenüber dem Künstlerhaus wohnte und unterrichtete Fräulein Stüberl, in der dritten Etage. Unlängst, als Ruth zu ihr unterwegs war, wurde sie von einem Bettler verfolgt, einem achtjährigen Buben. Er trug seine zerfetzte Kleidung wie der Vogelhändler im Bilderbuch, sprang vor ihr umher, als schnelle ihn die Wut hoch, dabei grinste er und rief: Gäld oder Läben, Gäld oder Läben! Sie schüttelte den Kopf, drückte das Notenheft gegen die Brust wie einen Schild. Bis auf das Honorar für Fräulein Stüberl hatte sie ohnehin keinen Heller bei sich. Ich hab nichts, rief sie schließlich und lief etwas schneller. Er gab nicht auf, verschwand, schoß plötzlich hinter einem Haus hervor, begleitete sie auf der anderen Straßenseite, ging in eine Haustür und kam aus einer anderen heraus. Sein Spiel versetzte sie in einen Zustand zwischen angespanntem Wachsein und Traum. Sie wagte es kaum mehr, zu atmen. Der Junge rannte, hüpfte, drehte sich, hob die Arme, und es schien ihr, als schwebe er, ein schmutziger Engel: Gäld oder Läben! An den kommenden Donnerstagen verließ sie mit der Furcht das Haus, er könne ihr über den Weg laufen, ein Dämon, der gerade sie sich ausgesucht hatte. Er blieb verschwunden.

Die Treppen, die zu Fräulein Stüberls Wohnung führten, waren so flach, daß Ruth zwei auf einmal nehmen konnte. Die Tür zur Wohnung stand offen. Sie hörte Stimmen, gedämpft, blieb horchend auf der

Schwelle stehen, war nah daran, umzukehren und fortzulaufen. Das hätte ihr Fräulein Stüberl nach so vielen Jahren Unterricht verübelt.

Bitte, sagte sie. Und noch einmal, etwas lauter: Bitte. Niemand kam und schaute nach ihr.

Die Tür zum Salon stand offen. Schritt für Schritt rückte Ruth näher und sah ein bewegtes Bild: Drei Frauen standen mit dem Rücken zu ihr vor dem Diwan an der Wand und redeten mit gedämpften Stimmen und gesenkten Köpfen aufeinander ein.

Bitte, sagte sie. Nun fand sie Aufmerksamkeit. Die Frauen drehten sich in einer Bewegung zu ihr um.

Ja was, sagte die eine.

Wo kommst du her? fragte die andere.

Es wird eine Schülerin sein, erklärte die dritte.

Ja, antwortete Ruth.

Als müßten sie ihre Szene fortsetzen, traten die Frauen zur Seite, gaben Ruth den Blick frei auf den Diwan, auf dem sie sitzen mußte, wenn Frau Stüberl ihr vorspielte. Da lag ihre Klavierlehrerin ausgestreckt. Der Rock war über die Knie gerutscht, der rechte Arm hing herunter, berührte den Boden. Die Brille lag auf der Brust, die sich nicht hob und senkte. Wieder traten die Frauen zusammen und nahmen Ruth den Blick auf Fräulein Stüberl.

Ich hab sie gefunden, sagte die eine, ich bin ihre Schwester.

Sie ist tot, sagte die andere.

Der Schlag hat sie getroffen, die Ärmste, ergänzte die dritte.

Darf ich gehen? Ruth ging ein paar Schritte rückwärts.

Aber ja. Unterricht gibt's keinen mehr, sagte die Schwester.

Auch die Stadt gehörte zu diesem traurigen Traum. Ruth ging wie taub. Sie hörte nichts. Die Menschen bewegten sich entfernt von ihr. Auf Umwegen ging sie nach Hause. Erst als Mutter sie fragte, wieso sie schon wieder zurück sei, fing sie an zu weinen. Zdenka und Mutter trösteten sie abwechselnd, ohne zu wissen, wer oder was diesen Tränenstrom ausgelöst hatte.

Das Fräulein Stüberl ist tot, schluchzte sie gegen Mutters Brust und fügte hinzu, wie sie es gehört hatte: Der Schlag hat sie getroffen.

Zdenka kümmerte sich um sie, nahm ihr die Noten ab, legte ihr ein Plaid um die Schultern, brachte sie hinaus auf die Terrasse, bat Lea, ich bitte dich inständig, die Schwester in Frieden zu lassen, nicht zudringlich zu sein. Lea brachte die geforderte Geduld auf, wartete. Nach einer Weile kauerte sie sich neben Ruth, bekam auf ihre stumme Frage eine Antwort:

Das Fräulein Stüberl ist tot.

Wirklich gestorben?

Ja. Der Schlag hat sie getroffen.

Und du, du hast sie gesehen?

Ja.

Tot?

Ja. Sie fing an, das Bild zu schildern, das sie vor Augen hatte, das stillstand, nicht weichen wollte: Der herunterhängende Arm, die Brille auf der Brust.

Lea unterbrach sie nicht und beneidete Ruth um die Erfahrung, einen toten Menschen gesehen zu haben.

VI

Lea nennt es »zurückreden«. Es geschieht längst nicht mehr so oft wie nach Mutters Tod, als die Vergangenheit sie mit Bildern und Geschichten überrannte, inzwischen braucht es einen Anlaß, ein Datum, wie jetzt, an diesem Tag im Juni, der spurlos an ihnen vorübergehen könnte, wie viele. Sie kramt im Sekretär nach einem Papier, das Ruth für den Arzt braucht.

Ich könnte schwören, es hier abgelegt zu haben, und ich frage mich, –

worauf ihr Ruth das Wort abschneidet: Nichts habe ich, fang nicht an, mich zu beschuldigen –

und Lea schleunig nachgibt,

was Ruth, die sich auf einen ausgiebigen Streit einstellt, verwirrt: Was ist? Warum sagst du nichts?, vorwurfsvoll auf Leas gekrümmten Rücken sieht, als wolle sie anklopfen,

in dem Augenblick strafft Lea sich, wie in Zeitlupe, wiegt sich ein wenig hin und her: Im Juni, sagt sie, heute genau vor fünfzig Jahren, wenn ich mich nicht verrechnet habe, kam die Nachricht, ich bin allein gewesen, Jiři hatte sich mit Waldhans von mir verabschiedet zu einer dieser kleinen Reisen, aus denen sie immer ein großes Geheimnis machten, ich hielt mich in der Küche auf, beschäftigte mich mit lauter Nichtigkeiten, hatte mich nicht angezogen, war im Unterrock geblieben, da klingelte das Telefon –

Während sie erzählt, wendet sie sich zu Ruth um, hält in der Hand ein Blatt, eine Fotografie, doch Ruth hat keine Ahnung, worum es Lea geht: Du redest wie ein Buch, sagt sie, ich wüßte gerne, was dich beschäftigt, wobei sie den Kopf hebt und mit ihrem Kinn auf das Stück Papier weist: Das ist doch nicht der Terminzettel von Doktor Schneider.

Nein, das nicht, Lea lacht auf, was hat ein Terminzettel mit Jiři und Waldhans und mir und dir und dem Juni vierundvierzig zu tun, du hältst dich doch für so gescheit, also sag mir's schon, und sie bekommt von Ruth die gewünschte Antwort: Du hast Carlos Foto gefunden, ich habe angenommen, wir hätten es verräumt, und nie mehr danach gesucht, dich nicht zu fragen gewagt, setz dich, Lea, ich bitte dich, setz dich doch endlich, steh nicht so pathetisch herum, dadurch wird Carlo auch nicht wieder lebendig, Carlo, sagt sie,

und Lea, die nun neben ihr sitzt und das Foto zwischen sich und Ruth auf den Tisch legt, setzt den Satz fort: Carlo, ich komm nicht darüber weg, daß er nie geheiratet, keine Familie gegründet hat, die Frauen sind ihm doch nachgelaufen, wenn ich daran denke, wie Mizzi in ihn vernarrt war oder diese aufgeblasene Schickse in Franzensbad, die ihm keine Ruhe ließ, aber, sagt sie,

und Ruth sagt, er ist ein wunderbarer Bruder gewesen, so gescheit, so hilfsbereit und stattlich, nicht klein und dick und mobil wie Vater, sagt Lea, sondern groß und schlank, ein guter Tänzer, wie oft haben wir Walzer getanzt, in Brünn oder in Franzensbad, in der Redoute,

und ich habe mich mit ihm über die neuesten Bücher von Wassermann, Kisch und Thomas Mann unterhalten und gestritten, ergänzt Ruth und kann eine kleine Gemeinheit nicht bleiben lassen: Wovon du keine Ahnung hast,

und mich hat er besucht, als ich in Reichenberg in der Wirtschaftsschule war, trumpft Lea auf und fügt hinzu: Wir sind kindisch, wir reden wie Kinder, nur haben wir ihn später selten erlebt, wenn er zu Besuch kam, vom Studium in Prag, in Leipzig,

die Uhr, fällt ihr Ruth ins Wort, die goldene Taschenuhr, die Vater beim Skedlartz kaufte für teures Geld, die bekam er geschenkt zum Examen,

und dann, sagt Lea, hat er die Kanzlei in Dresden gegründet, mit diesem Tölpel, diesem Trunkenbold, wie hieß er nur?,

Harald Eberwein, sagt Ruth, Eberwein, im Moment fällt mir der Name wieder ein, als müßte es sein, er ist sein Verderben gewesen,

wie kannst du das behaupten, begehrt Lea auf, Carlo hat, so viel ich weiß, und mehr weißt du auch nicht, sich verschuldet, weil er Klienten aushalf, und als er 1942 nach Brünn zurückkam, hätte er eine Kanzlei übernehmen können, ich bin mir sicher, mit Erfolg,

und Ruth gibt ihr recht: Wir hatten sogar schon Räumlichkeiten für die Kanzlei gefunden, in bester

Lage, in einem Haus, das deiner Schwiegermutter gehörte oder gehört hatte, seit dem Einmarsch treuhänderisch von irgendwelchen Nazis verwaltet wurde, aber die Pospischils hatten noch immer genügend Einfluß,

Jiři, sagt Lea, Jiři hat ihm geraten, erst einmal unauffällig zu bleiben, und jetzt, wenn ich mich an die Gespräche bei uns in den Schwarzen Feldern erinnere, sage ich mir, es könnte doch etwas Politisches dahinter gesteckt haben,

könnte! könnte! fällt ihr Ruth ins Wort, wir werden es nie erfahren, er wurde dann überraschend eingezogen,

was war er für ein wunderbarer Bruder, sagt Lea,

und Ruth sagt: Ich hab ihn bewundert, angebetet, bloß mangelte es an Gelegenheit, wir sahen ihn so wenig, und Mizzi, die ihn ein paar Mal traf in Prag und Leipzig, erzählte lauter Bagatellen, als müßte sie etwas verschweigen, so kommt mir das heute vor,

vielleicht, sagt Lea, legt die Hand auf das Foto, bedeckt es, vielleicht hat er sich aus Frauen nichts gemacht, und es ist uns damals nicht aufgefallen, weil wir es uns nicht vorstellen konnten, sagt sie,

und Ruth schaut auf Leas Hand, setzt sich zurecht, als werde sie abgefragt und sei sich ihrer Antwort nicht sicher, die sie sich und ihrer Schwester aber beinah gelassen gibt: Daß er homosexuell gewesen ist; es kann sein, sagt Ruth, Harald ist nicht nur sein Kompagnon, auch sein Geliebter gewesen, und Mizzi wußte es, wollte es jedoch nicht wahrhaben, doch es ist egal, wenn ich mich an den Anruf erinnere, sagt Lea, Mutter ist kaum imstande zu reden, sie schluchzt, ich weiß, was sie mir sagen will, ich warte ab, kämpfe gar nicht erst gegen die Tränen, ich höre ihre Stimme noch, nah an meinem Ohr: Carlo ist gefallen, Anfang des Monats, bei Kämpfen in irgendwelchen Sümpfen. Den Namen habe ich vergessen.

Das Ende der Unzertrennlichkeit

Die Schwestern verloren ihren Ruf, unzertrennlich zu sein, ohne einander nicht spielen zu können, wie die Kletten aneinander zu hängen. Sie zogen sich in ihre Spielräume zurück, Ruth in ihr Zimmer, das sie ein wenig großspurig Studierstube nannte, und Lea, wie ihr von Mutter nahegelegt worden war, in die Küche.

Nirgendwo sonst in der weitläufigen Wohnung passierte so viel wie in den beiden Küchen, fand Lea, in der Nudelküche und in der großen Küche. Nirgendwo wurde so haltlos und ausgiebig getratscht. Nirgendwo tauchten so unterhaltsame und exotische Gäste auf, der Bucklige, der die Eisblöcke brachte und sie in der Speisekammer deponierte, die Kräuterfrau, die regelmäßig vom Krautmarkt hochkam und Schwaden von Thymian- und Rosmarinduft vorausschickte, die Bäuerin, die in großen Körben Früchte und Gemüse brachte, die Bauern aus der Hana, die, vor allem vor Ostern und Weihnachten, Lämmer, Zickeln, Gänse und Hühner auf den großen Walktisch in der kleinen Küche warfen, oder der Förster aus Großseelowitz, der seine Fasane als die delikatesten von der Welt rühmte, aber auch Carlo, dem Zdenka als einzigem erlaubte, in die Töpfe und Schubladen zu gucken, zu naschen, oder Vater, der sich, ehe er für Geschäftsfreunde ein Essen gab und Mutter, um sich fein zu machen, aus der Küche verschwunden war, für ein paar Augenblicke sehen ließ, kurz auf einem Schemel Platz nahm und sich, als Vorkoster, auf einem Tellerchen reichen ließ, was er ohnehin gleich vorgesetzt bekam, und nicht zuletzt Pan Lersch, der sich in eine ruhige Ecke verzog, ihnen zusah und dabei die allerletzten Neuigkeiten aus der Stadt berichtete, daß es, zum Beispiel, neben dem Narodní dům nun auch ein Deutsches Haus gebe, nobel, nobel, mit riesigem Saal und einem erstklassigen Restaurant.

Sie habe das Talent zu einer guten Köchin, lobte sie Zdenka, sie stelle sich geschickt an. Was Lea nicht schwerfiel. Sie fühlte sich befreit und vertraut, hatte auf einmal Phantasie, die ihr Ruth immer absprach, und es gingen ihr Gedanken durch den Kopf, die sie erstaunten und vergnügten, Buchtel-Gedanken, wie sie sie für sich nannte: Wem fällt schon ein, daß an keinem Ort der Welt die Jahreszeiten so zu fassen, zu spüren und zu riechen sind, wie in der Küche? Die erste Marmelade-Orgie, an der sie teilnahm, beschenkte sie mit einem Sommer, der die Sonne nicht mehr nötig hatte, berauschend duftete und schmeckte, der, wenn die Früchte in gewaltigen Töpfen zu Saft verkochten, Kirschen und Zwetschgen, Marillen und Himbeeren, Ribiseln und Erdbeeren, einen Zauber verströmte, den Lea manchmal kaum aushielt. Dann lief sie an eines der beim Einkochen stets sperrangelweit aufstehenden Fenster, lehnte sich so weit hinaus, daß die Füße den Halt verloren, sie zu schweben schien, atmete das unvergleichliche Aroma aus, atmete sich frei, um sich, wieder zwischen den Töpfen, von neuem berauschen zu können.

Nichts entging ihr. Kein Handgriff, kein Kunstgriff, den Zdenka und Mutter ihr vorführten. Gänse und Hühner könne sie rupfen, so schnell wie Frau Holle, fand Zdenka, nur den Hasen das Fell über die Ohren zu ziehen, weigerte sie sich, und das blau geäderte, weiße Zickelfleisch grauste sie.

Von solchen Zumutungen erholte sie sich in der Nudelküche, am großen Walktisch. Hier wurden Eier aufgeschlagen, Butter gerührt, verschiedenes Mehl gesiebt und gehäufelt, Zucker abgewogen, hier wurde der Teig geschlagen, nahmen Buchteln, Kolatschen, Kuchen- und Tortenböden, Teigtaschen und Knödel aller Art ihre Form an. Wenn Lea Teigkugeln in ihren Händen rollte und glättete, schien es ihr, als lebten die Klumpen, und eine lustvolle Wärme strömte durch ihren ganzen Körper. Hier, gerade hier, erfuhr sie, daß dieses Glück bald ein Ende haben werde. Es war kurz vor dem Schulabschluß und vor ihrem fünfzehnten Geburtstag. Sie schaute auf die Fliegen, die sich in Trauben vor dem Fliegenfenster ballten, angelockt vom Beerenarom, und Mehlstaub pappte auf ihren Lippen. Zdenka, die neben ihr Strudelteig ausrollte, dünner und dünner, und ihn dann bis zur Durchsichtigkeit zog, wich zur Seite, machte Mutter Platz. Laß dich nicht stören, Lea, sagte sie, aber sie störte sie mit dem, was sie ihr zu sagen hatte: Nach der Schule sollst du dich, finden Vater und ich, gleich weiter ausbilden. In der letzten Zeit hast du uns gezeigt, was du kannst, du hast dich überhaupt gut entwickelt, sagte sie, und Lea war nah daran, ihr das Wort abzuschneiden, denn Wörter wie »entwickeln« fürchtete sie, weil sie sie degradierten zu irgendwelchen Insekten oder Larven, die sich zu irgend etwas entwickelten.

Ja? fragte sie.

Also Vater hat dich in einer privaten Hauswirtschaftsschule in Reichenberg angemeldet, für ein Jahr. Das Institut besitzt, er hat sich erkundigt, einen vorzüglichen Ruf.

Sie drückte den Kloß zwischen den Händen flach. Es dauerte eine Weile, bis sie erfaßte, was Mutter ihr etwas zu hastig mitteilte, wahrscheinlich, um ihrem Widerspruch zuvorzukommen.

Aber warum Reichenberg? Der Teig quoll ihr lappig über den Handrücken.

Wir haben das beste für dich ausgewählt, glaub es mir.

Das ist doch in den Sudeten?

Was soll das wieder heißen?

Wütend und verwirrt rieb sie sich den Teig von ihren Händen. Ich hab gehört, die haben dort was gegen die Tschechen.

Na und, Lea? Du bist doch eine Deutsche.

Jetzt endlich konnte sie eine triftige Antwort geben: Vater sagt, wir sind tschechische Staatsbürger.

Mutter machte ganz schnell einen Punkt: Deutscher Nationalität, Kind.

Lea schaute sich hilfesuchend nach Zdenka um. Sie war verschwunden. Erst als Lea aus Reichenberg zurückkam, bekannte Zdenka ihr: Ich habe einen Pick auf die Sudetendeutschen.

Ruth verstörte die väterliche Entscheidung eher noch mehr als Lea. Sie kam, was neuerdings selten geschah, in Leas Zimmer, setzte sich auf den Boden und zog die Knie ans Kinn. Ich werde ganz allein sein, klagte sie, obwohl sie sonst doch Wert darauf legte, für sich zu bleiben, in Ruhe gelassen zu werden, ungestört lesen zu können. Du in Reichenberg und Carlo in Prag.

Lea versuchte gar nicht erst, Ruth zu trösten. Sie empfand diesen Abschied wie eine Austreibung.

Ich werde dir schreiben, sagte Ruth, doch wenn du nicht antwortest, lasse ich es bleiben. Sie rieb das Kinn am Knie, und in ihrem kleinen, energischen Gesicht sammelte sich Trotz. Der strenggeschnittene Bubikopf machte sie erwachsen.

Lea hüpfte vom Bett, kniete sich neben Ruth, umarmte sie und flüsterte ihr in den Nacken: Ich denke nicht daran, zu heulen.

Worauf Ruth zu kichern begann, etwas zu hysterisch: Denen werden wir es zeigen, sagte sie.

Was? fragte Lea, bekam aber keine Antwort.

Selbst ihr Geburtstag wurde zum Abschiedsfest. Beinahe jedes Geschenk galt der Reise. Ein eleganter Koffer von Vater, ein Necessaire von der Mutter, Briefpapier von Ruth. Carlo, der ein paar Tage später als ihr Reisebegleiter erschien, überraschte sie mit einem silbernen Bilderrahmen. Er lasse Platz für ein größeres Familienfoto.

Wovor sie sich gefürchtet hatte, genoß sie mit einem Mal. Alle vorangegangenen kleinen Abschiede mündeten in einen großen.

Sie hatte noch am Abend zuvor den Koffer gepackt, wobei ihr Mutter und Ruth assistierten und auf die Nerven gingen, hatte sich das leichte, cremefarbene Kleid mit den dicken schwarzen Tupfen und dem roten Kragenbändchen zurechtgelegt, den Wettermantel und die Kappe dazu, hatte sich heimlich von Zdenka einen Lippenstift besorgen lassen, nach dem Abendessen mit den Eltern und Carlo noch ein Gläschen Port trinken dürfen, ausnahmsweise, und war sicher gewesen, vor Aufregung keinen Schlaf zu finden. Sie irrte sich. Traumlos schlief sie, bis Zdenka sie weckte. Und da war sie fast schon aus dem Haus. Sie wurde gestreichelt und geküßt, ein Gemurmel von Wünschen umgab sie, und aus der Küche wehte der Duft frisch gedünsteter Marmelade, als sollte sie Heimweh noch einmal einatmen.

Carlo faßte sie an der Hand: Beeil dich, Schwester, gleich wird es noch dramatischer. Was er meinte, erwartete sie auf der Gasse vorm Haus. Pan Lersch stand mit Vater neben einer schwarzen Limousine, einem Tatra. Mit dieser neuesten Anschaffung werde sie zum Bahnhof gefahren. Sie gestatteten ihr nicht einmal, sich zu wundern und zu staunen, schoben sie in den Fond des Wagens, Carlo kam ihr nach, das Gelächter von Mutter und Zdenka folgte ihnen. Ruth hatte sich nicht mehr gezeigt.

Vor dem Bahnhof wurden Carlo und sie einfach abgesetzt. Vater tätschelte ihre Wange: Abschiede sind nicht mein Fall. Guck dich nur tüchtig um, Mädelchen.

Pan Lersch, der das Steuer nicht eine Sekunde losließ, begnügte sich mit einem: Viel Glück, Fräulein Lea. Zum ersten Mal rief er sie Fräulein.

Sie hatten ein Coupé für sich. Zweiter, stellte Carlo fest, darunter hat es Vater nicht getan, da du ja zum ersten Mal verreist. Mir erlaubt er nur, dritter zu fahren.

Carlo kannte die Strecke, wußte, an welchen Stationen der Zug hielt, verwickelte den Kondukteur in ein Gespräch, schleppte, als sie in Kolin umsteigen mußten, wie ein geübter Gepäckträger Koffer und Taschen, begann, als sie sich Reichenberg näherten, feierlich die Berge anzukündigen: Gleich wirst du den Jeschken sehen. Und der wuchs tatsächlich auf brüderlichen Befehl aus dem Land, über die Stadt, ein mächtiger Buckel, auf dem, nur zu ahnen, ein Haus gebaut stand.

Wie verabredet, verließ Carlo sie auf dem Bahnhof von Reichenberg, fuhr weiter nach Prag. Auf dem Bahnsteig wurde sie von zwei Mädchen ihres Alters erwartet. Sie fielen ihr sofort durch eine Art Hausuniform auf: über einem dunklen Kleid eine weiße Schürze und eine rote Schleife im Haar. Einander verlegen abschätzend, begrüßten sie sich und luden Leas Gepäck auf einen Leiterwagen.

Das Blut, das ihr in den Kopf schoß, betäubte sie, versetzte sie in einen schwebenden Zustand. Alles rückte auf Distanz.

Adieu Mädelchen. Carlo umarmte sie, stand schon einige Schritte von ihr entfernt, den Hut schwenkend: Laß dich nicht unterkriegen, kleine Schwester.

Adieu Carlo, rief sie ihm nach. Komm mich bald besuchen.

Auf dem Weg durch die Stadt gaben sich die beiden Mädchen alle Mühe, sie auf das Institut vorzubereiten. Der Unterricht sei nicht schwer, und die praktischen Unterweisungen, die die meiste Zeit beanspruchten, gingen einem bloß auf die Nerven, wenn man sie ernst nehme. Das eine Mädchen hieß Katharina, das andere Minerva; sie werde aber, wegen ihres ausgefallenen Namens, Minna gerufen. Mit ihnen würde sie das Zimmer teilen.

Lea nahm sich vor, gleich am nächsten Tag nach Hause zu schreiben. Dazu kam sie nicht. Den ersten Brief aus Reichenberg schickte sie Wochen später ab, nachdem Mutter und Ruth mehrfach gemahnt hatten.

Sie lernte die feine Küche, lernte es, einen größeren Haushalt zu führen, Gastgeberin zu sein und mit Dienstboten umzugehen. Sie lernte, wenn auch unwillig, die kleine Buchführung und das, worauf die Leiterin des Instituts besonderen Wert legte: modern zu denken.

Katharina und Minna wichen ihr zu Beginn nicht von der Seite, doch Lea entzog sich allmählich ihrer allzu innigen Aufmerksamkeit.

Den Herbst und Winter zu überstehen, fiel ihr nicht schwer. Die Möglichkeiten, nach der pädagogischen Vorstellung Frau Gundlachs unterhaltsam zu lernen, häuften sich geradezu. Im frühen Herbst gingen die Mädchen in die Pilze. Allerdings nur jene, die keine Lust hatten, auf der Nähmaschine ausgefallene Stiche auszuprobieren. Lea genoß die Ausflüge in den Wald, für die Frau Gundlach einen Forstgehilfen engagierte, der nur sprach, wenn es um Pilze ging, dann jedoch poetisch werden konnte, die Myzele als Lebensadern bezeichnete und die Pilze als rätselhafte Waldgeschöpfe.

Lea füllte ihren Korb oft schneller als die andern und lernte ohne Mühe, die guten von den giftigen Pilzen zu unterscheiden.

Die Bridge-Abende im Winter mied sie. Bei denen trafen sich, fand sie, die zukünftigen alten Jungfern. Sie zog es vor, Rommé zu spielen, das, wiederum nach Ansicht der Bridge-Anhängerinnen, nur die Blöderen unterhalten konnte.

Nichts aber konnte sie abhalten, an den Tanzstunden teilzunehmen, die Fräulein Tilgner, sonst für die feine Küche zuständig, einmal in der Woche gab. Hier kam ihr der Ballett-Unterricht zugute. Sie konnte brillieren, die Mädchen rissen sich darum, mit ihr zu tanzen. Meistens wählte Fräulein Tilgner sie, um mit ihr Schritte und Figuren vorzuführen.

Fräulein Tilgner kannte sich aus, brachte ihnen die neuesten Tänze bei, Englishwaltz und Quickstep. Lea war es gleichgültig, mit wem sie tanzte. Selbstverständlich machte es sie stolz, die Favoritin von Fräulein Tilgner zu sein. Aber eine neue wunderbare Erfahrung überwog alles: Sie spürte zum ersten Mal sich, ihren Körper und das nur, wenn sie in sanften oder heftigen Bewegungen einen anderen Körper berührte, sich an ihm rieb, an ihn drückte. Manchmal gelang es ihr nur mit Mühe, den Schauder, der sie dann durchfuhr, die mehr und mehr ersehnte Erregung zu unterdrücken. Fräulein Tilgner schien das nicht zu entgehen. Sie zog sie noch fester an sich, beugte sich über sie, rieb ihre Schenkel an denen Leas und pflegte, keinesfalls tadelnd, festzustellen: Sie sind nicht ganz bei sich, Lea.

Einmal träumte sie, Fräulein Tilgner habe alle Mädchen aufgefordert, sich auszuziehen, nackt zu tanzen, da sie unbedingt ihre Bewegungen beobachten sollten. Auch sie selbst zog sich aus. Ihr sehniger Körper glänzte in einem unwirklichen Licht. Sie tanzte mit Lea, und Lea drängte sich wütend gegen ihren Bauch, gegen ihre großen Brüste. Als sie aufwachte, schwitzte sie, und es war ihr ein wenig übel.

In den Weihnachtsferien reiste sie nach Hause; dieses Mal begleitete sie Carlo nicht.

Nach einem stürmischen Empfang wurde sie von der Familie auf Veränderungen und Fortschritte taxiert. In der Küche bestand sie die Prüfung ebenso wie in Konversation. Zdenka und Mutter ließen sich einige Kniffe beibringen, und Vater war beeindruckt von ihrer Kenntnis in einfacher Buchführung. Mir scheint, du bist erwachsen geworden, Mädelchen.

Ruth, inzwischen länger als Lea, dünn und herb, war es sowieso. Auch sie besuchte nun ein Institut, lernte Schreibmaschine und Wirtschaften. Erpicht, ein neues Geheimnis mit ihr teilen zu können, fragte sie: Hast du einen Freund? Aber Lea mußte sie enttäuschen.

Der Freund oder der junge Mann, den sie sich zum Freund wünschte, der aber keine Ahnung davon hatte, trat im Frühjahr auf, wenige Wochen, bevor sie Reichenberg verließ.

Lea zählte zu den Auserwählten, die zum Tennis gingen. Das nur, weil sie geschwindelt, behauptet hatte, sie habe daheim bereits Tennis gespielt. Die Tennisplätze lagen in der Nähe des Zoologischen Gartens, einer der Attraktionen Reichenbergs.

Schon in der ersten Stunde stellte sich heraus, daß sie keine Ahnung hatte. Die anderen Mädchen verrieten sie nicht, und sie blieb dabei. Sie zeige sich anstellig, fand der Lehrer, sei geschickt.

Nicht gleich, nicht schon bei den ersten Lektionen, erschien Wilhelm. Er kam einfach ins Spiel, ungerufen, doch herbeigesehnt, nahm dem Lehrer den Schläger aus der Hand: Laß mich mal, Onkel, und brachte Lea derart aus der Fassung, daß sie den Ball nicht zurückgab, wie angewurzelt stand und den jungen Mann anstarrte. Der grinste, hob einen Ball auf, steckte ihn in die Hosentasche, verbeugte sich, wies mit dem Schläger auf den Trainer: Er ist mein Onkel. Ich heiße Wilhelm. Und wie heißen Sie?

Einen Augenblick preßte sie die Lippen zusammen. Lea, antwortete sie leise.

Jüdisch? fragte er, musterte sie so unverhohlen, daß sie am liebsten in den Erdboden verschwunden wäre.

Wieso?

Er zog die Schultern hoch, ließ den Schläger durch die Luft sausen.

Vielleicht war es sogar seine Arroganz, die sie anzog, eine selbstverständliche, fast körperliche Gemeinheit.

Na, wollen wir? fragte er.

Er spornte sie in ihrem Ehrgeiz an. Ein paar Mal trafen sie sich am Netz. Er war um einen Kopf größer als sie, bewegte sich sonderbar herausfordernd, zeigte spielerisch seine Kraft.

Wieder, wie beim Tanz, spürte sie ihren Körper, wie die Haut sich spannte, Muskeln sich zusammenzogen. Ein Zustand, dem sie sich hingab und den sie zugleich fürchtete.

Wann immer Wilhelm kam, selten genug, nahm er seinem Onkel das Spiel aus der Hand. Manchmal fragte er lässig in den Ballwechsel hinein, wo sie lebe, ob es ihr in Reichenberg gefalle, was sie vorhabe. Sie antwortete ihm widerwillig. Irgendwann begann er ihr Komplimente zu machen: Daß sie in kürzester Zeit exzellent zu spielen gelernt habe; daß er selten so schönes rotes Haar gesehen habe; ob sie denn überhaupt wisse, wie reizend sie aussehe? Er machte sie verlegen und brachte sie aus dem Spiel. Er stahl sich in ihre Träume, benahm sich dort unglaublich rüpelhaft, wuchs über sie hinaus, bedrängte sie.

So inständig sie sich seine Nähe auch wünschte – sie war doch erleichtert, als sie das letzte Mal zu den

Tennisplätzen ging. Sie tat es auf Umwegen. Sie zögerte die Angst, ihn zu treffen, die Enttäuschung, ihn womöglich nicht zu sehen, hinaus.

Er war da, herausfordernder denn je.

Mit gemeinen Bällen jagte er sie über den Platz, nahm ihr den Atem, machte sie schwach.

Ich kann nicht mehr. Sie warf den Schläger zur Seite und ging in die Hocke. Sein Schatten fiel über sie. Sie kroch in sich hinein, wartete. Er ging. Sie hörte seine Schritte, seine Stimme: Sie verlassen uns heut? hörte sie ihn. Wir verabschieden uns nachher noch, nicht wahr?

Er fing sie auf dem Gang vor den Umkleideräumen ab. Im Staub verwirbelte das Licht, lauter weiße Türme und Wolken.

Auf Wiedersehen, sagte sie.

Das schien ihn zu erheitern. Er lachte kurz auf, schwieg, stellte sich ihr in den Weg. Sonst nichts? fragte er.

Sie kam nicht dazu, sich eine Anwort zu überlegen. Er riß sie an sich. Ihr fiel die Tasche mit dem Schläger aus der Hand. Er preßte seine Lippen auf die ihren. Seine Zunge fuhr dick und furchtbar lebendig in ihren Mund. Mit aller Macht drückte sie sich von ihm ab und schlug ihm mit den Fäusten gegen die Brust. Es dauerte eine Unendlichkeit, bis er sie losließ. Lachend rief er: Servus. Und ging.

Sie stand, würgte, ihr Mund schien noch immer ausgefüllt von dieser bösen und drängenden Geschwulst.

Nie würde sie über diesen Anschlag sprechen können, mit niemandem, nicht einmal mit Ruth. Noch nach Tagen kam es ihr vor, als habe Wilhelms Zunge einen Abdruck auf ihrem Gaumen hinterlassen.

Frau Gundlach überreichte ihr zum Abschied das Zeugnis und versicherte ihr, welche Freude sie an ihrem offenen und immer fröhlichen Wesen gehabt habe.

Zwei Novizinnen begleiteten sie zum Bahnhof, zogen den Leiterwagen mit ihrem Gepäck. Die Stadt sank vor ihrem Blick grau in sich zusammen, und über dem Jeschken stand eine schwarze Wetterwand. Gleich wird es regnen, sagte eines der Mädchen. Wir müssen uns beeilen.

Auf der Heimreise saß sie gedankenverloren. Allmählich wurde ihr klar, daß sie keine Ahnung hatte, was Vater mit ihr plante, daß sie nicht wußte, was aus ihr werden sollte.

VII

Ruth steht im allgemeinen früher auf als Lea. Von da an ist sie bemüht, die Schwester zu wecken. Sie schont sie nicht, schlägt mit der Tür, lärmt im Bad, läßt den Zahnputzbecher ins Waschbecken fallen, schlägt in der Küche Geschirr aneinander und öffnet in einem penetranten Rhythmus die Türen des Küchenschranks und schlägt sie wieder zu. Erst nachdem sie auf dem kleinen, nicht sonderlich standfesten Küchentisch zum Frühstück gedeckt hat, klopft sie an die Tür zu Leas Zimmer: Ich bin fertig, verschlaf nicht den Tag.

Da sitzt Lea längst auf der Bettkante, ärgerlich über den Krawall, den Ruth veranstaltet, und versucht sich zu beruhigen, denn nichts schwächt sie mehr, als den Tag mit Streit anzufangen. Streit muß sich entfalten. Das entspricht ihrer Natur. Es ist die bei weitem angenehmere, wenn auch auf Dauer anstrengendere Form der Auseinandersetzung. Natürlich gibt es auch den jähen Ausbruch, die Explosion der Wut. Aber davor fürchten sich beide. Sie fürchten sich vor diesen Spiralen von Vorwürfen, die nicht enden, weil sie sich wiederholen. Sie fürchten sich noch mehr vor einem Zustand, in dem sich ihnen die Sprache versagt und sie gar nicht anders können, als sich selbst und die Schwester zu schlagen.

Um sich gegenseitig zu warnen, vorzubereiten auf Launen, Schmerzen, Unverträglichkeiten, beginnen sie das Frühstück nicht selten mit einer Floskel, die alles voraussagt.

Das Wetter drückt mir aufs Gemüt, ist eine dieser Vorwarnungen, eine andere: Ich glaube, ich bin heute mit dem falschen Fuß aufgestanden. Diese Wendung zieht Ruth vor, auch heute.

Ich glaube, ich bin mit dem falschen Fuß aufgestanden, sagt sie, preßt ein Klümpchen Butter auf dem Brot breit.

Ich bitte dich, tu mir das nicht an.

Was?

Muß ich dir das erklären, Ruth?

Ich habe, anders gesagt, nur festgestellt, daß ich ein bissel verdreht bin. Ruth spricht betont ruhig und belehrend.

Natürlich. Das hast du.

Kannst du mir sagen, was sonst?

Lea klopft mit dem Messer ein Stakkato auf dem Tellerrand. Du hast etwas vor.

Iß und trink und beruhig dich. Demonstrativ nimmt Ruth einen großen Schluck aus der Tasse, die sie allerdings danach zu heftig absetzt, was Lea nicht entgeht: Demolier mir nicht das Geschirr.

Was heißt »mir«?

Werde nicht kindisch, Ruth. Es ist eine Redensart. Mehr nicht.

Du hättest genausogut sagen können: Demoliere uns nicht das Geschirr.

Lea läßt ihre Hand über den Tisch wandern, was Ruth aufmerksam verfolgt, und legt sie auf einen Prospekt, den Ruth zum Frühstück mitbrachte.

Du willst doch damit nicht wieder anfangen.

Doch Lea, ich halte es für notwendig.

Laß mich doch erst einmal in Ruhe frühstücken.

Aber selbstverständlich. Ruths Stimme wird eng und spitz.

Sie sitzen sich gegenüber, schauen sich nicht ins Gesicht. Ruth hat ihren Platz mit dem Blick zum Fenster, Lea schaut auf die Tür zum Flur. In ihrem Schweigen sammeln sich Fragen, Sätze, Flüche, Vorhaltungen und Zoten, wie unter einer sehr dünnen, gleich platzenden Haut.

Lea verlangsamt jede ihrer Bewegungen, aufreizend träge führt sie die Tasse zum Mund, mit übermäßiger Ausdauer kaut sie auf jedem Bissen.

Ruths Atem wird merklich lauter. Sie walkt die gefalteten Hände derart, daß die Knöchel weiß werden. Nebenbei, wie in Gedanken, unternimmt sie dann einen Ausbruchsversuch. Sie rollt den Prospekt zusammen, schiebt den Stuhl Stück für Stück zurück und richtet sich langsam auf. Lea ist keine Bewegung entgangen. Doch sie wartet ab. Erst als Ruth fast schon steht, drückt sie sie mit einem Satz wieder runter: Es hat keinen Sinn, daß du jetzt verschwindest. Wir müssen das – und sie zeigt mit Abscheu auf den Prospekt, den Ruth wie einen Dirigentenstab in der

Hand hält –, wir müssen das klären. Du hast gestern damit angefangen – genügt dir das nicht, Lea? Ruth rollt das bunte Heft auf und streicht es mit beiden Händen glatt.

Nein. Da darf nichts zwischen uns offenbleiben. Nichts.

Ich bitte dich, werde nicht aggressiv. Lea staunt oder spielt die Erstaunte: Ruth, verdreh nicht jedes Wort. Ich bin keine Spur aggressiv. Ich möchte nur das Gespräch von gestern abend zu Ende bringen.

Gespräch konnte man das nicht nennen. Ruth schüttelt verzweifelt den Kopf.

Was dann?

Wir haben uns bis aufs Blut gestritten. Ruth sagt es mit solchem Ernst, daß Lea, wenigsten für die Länge einiger Sätze, das Sticheln aufgibt, aufsteht und das Frühstücksgeschirr auf einem Tablett zusammenräumt und zur Spüle bringt. Danach setzt sie sich wieder. Es scheint, als habe sie sich gefaßt. Ja, wir haben uns entsetzlich gestritten. Also sag, wieso bringst du diesen Prospekt vom Altenheim noch einmal an? Ich habe dir gestern deutlich gemacht, daß man mich nur tot in ein Altersheim brächte.

Mich auch. Ruth bestätigt Lea aus tiefer Überzeugung. Wozu dann die ganze Aufregung? Das ist, Lea weiß es, eine rhetorische Frage. Gestern schon haben sie sich alle Antworten darauf gegeben.

Ruth versucht weiter, ruhig zu bleiben. Leise, nur um eine Spur zu belehrend, antwortet sie Lea: Wir haben uns, erinnere dich, nur eine Möglichkeit vorgestellt.

Nicht wir. Du, Ruth!

Das ist in diesem Fall doch egal.

Keineswegs. Lea schaut auf ihre Hände, die auf dem Tisch nebeneinander liegen, als zähle sie die Altersflecke in der Haut. Es fällt ihr deutlich schwer, das wiederzugeben, was Ruth sagte: Du hast gesagt, Ruth, es sei an der Zeit und vernünftig dazu, einen Platz im Heim zu reservieren. Einen!

Na und? Gemeinsam müssen wir nicht ins Heim ziehen. Ganz bestimmt nicht. Aber in dem Fall, daß eine von uns stirbt, kann es womöglich nötig werden.

Lea wirft den Oberkörper über den Tisch und schlägt mit der Faust Ruth gegen den Arm: Eine? Ich! Das meinst du doch. Nichts anderes. Das meinst du. Wenn du stirbst, muß ich ins Altersheim.

Du hast mir weh getan. Ruth reibt sich den Arm, steht auf und schaut auf Lea hinunter: Ich finde es haarsträubend, daß du voraussetzt, ich sterbe als erste. Anders kann ich dich nicht verstehen.

Sie muß nicht mehr viel sagen. Lea wird in Tränen ausbrechen, sich benehmen wie ein verlassenes Kind. Sie wird, im Gegensatz zum Abend vorher, nicht kämpfen.

Ich habe mich eben um die Angelegenheit gekümmert. Nicht du. Ich habe von der Eröffnung des Heims gehört und ließ mir den Prospekt schicken. Für alle Fälle. Auf diese Idee kämst du nie. Du machst dir keine Gedanken, wie ich einmal versorgt bin, falls du vor mir stirbst.

Lea gibt auf, verbirgt das Gesicht in den Händen: Nun sind wir wieder am Anfang. Es ist verrückt. Wir leben! Wir sind so gut beieinander, daß wir für uns sorgen können. Und du überlegst dir, was mit mir geschieht, wenn du stirbst.

Sie hält den Atem an, wartet auf eine Antwort Ruths, die sie ohnehin schon kennt.

Es bleibt still.

Die Tür schlägt zu. Ruth hat die Küche verlassen.

Den ganzen Tag wechseln sie kein Wort mehr.

Am Nachmittag fährt Ruth in die Stadt. Während ihrer Abwesenheit sucht Lea in der ganzen Wohnung nach dem Prospekt, über den sie zwar gestritten haben, den sie sich aber noch nicht einmal angeschaut hat. Sie findet ihn nicht.

Jedes Jahr in Franzensbad

Der Ballon hing hoch über ihnen, eine rot-weiß gestreifte Kugel, wie an den blauen Himmel geheftet.

Eine Montgolfière!

Sie spazierten durch den Smetana-Park zu den Kolonnaden an der Wiesenquelle, Vater wie gewöhnlich zwei Schritte voraus, den Stock schwingend. Sie unterhielten sich über Bagatellen, musterten die entgegenkommenden Passanten, grüßten manchmal und ließen sich grüßen, und unversehens riß Vater, der von keinem abgelenkt seine Blicke wandern ließ, den Stock hoch, der damit gewissermaßen zum Zeigestock avancierte, und rief: Eine Montgolfière! Alle, die auf dem breiten Weg, gesäumt von Rabatten und Rasen, unterwegs waren, hielten an, legten, Vaters Ruf gehorchend, den Kopf in den Nacken.

Eine Montgolfière! Ein Ballon!

Die Schwestern sahen nicht nur zu, wie ihr Vater einen sommerlich gestimmten Chor dirigierte, sie gehörten auch zu ihm. Ihre Stimmen mischten sich unter die anderen, staunend aus der Tiefe in die Höhe springend, in hellem Stakkato, im erzählenden Brio. Sein Stock schlug den Rhythmus, trieb die Stimmen in ihr Tempo, deutete Pausen an.

Tatsächlich, ein Ballon.
Er treibt.
Nein, er bewegt sich kaum.
Wie bunt er ist.
Daß die Flamme den Stoff nicht entzündet.
Wie klein die Leute in dem Korb aussehen.
Wir nehmen uns für sie nicht anders aus.
Wie lautlos er fliegt.
Ein Ballon fliegt nicht.
Nein?
Er fährt.
Das ist merkwürdig.
Wo wollen die hin?
Wohin der Wind sie treibt.
Und wenn es keinen gibt?
Dann bleiben sie über uns stehen.
Nicht für immer.
Warum nicht für immer?

Vater hatte den Stock längst gesenkt. Der Chor löste sich von selber auf. Ein paar halbe Sätze stolperten noch nach.

Mit solchen Momenten rechneten sie, wenn sie einen Sommermonat en famille in Franzensbad verbrachten. Stets stießen Ribaschs zu ihnen. Sie unterhielten sich nach Lust und Laune oder langweilten sich, und es stellte sich jenes Wohlbefinden ein, das sie das Franzensbader Glück nannten.

1923 fuhren die Eltern zum ersten Mal nach Franzensbad, um auszuprobieren, ob die Quellen anschlügen, wie ihnen Ribaschs, die dem Ort bereits verfallen waren, hoch und heilig versichert hatten. Lea lernte noch in Reichenbach, und Ruth wollte nicht allein mit den Eltern kuren. Nach der Rückkehr gelang es den Eltern, Ruth und Lea neugierig und erwartungsvoll zu stimmen. Dafür sorgten auch Sarah und Mizzi. Es träten fesche junge Männer dort unter den Kolonnaden in Rudeln auf, und abends würde getanzt.

Vater und Herr Ribasch beschlossen mit Vorbehalt, den sie als nüchterne Geschäftsleute grundsätzlich aussprachen, von nun an jährlich den August in Franzensbad zu verbringen, die Familien wenn möglich gemeinsam. Daß sie gemeinsam reisen konnten, verdankten sie der Weitsicht von Herrn Ribasch, der einen tschechischen Geschäftsführer eingestellt hatte. Allerdings nicht wegen Franzensbad, sondern als vernünftigen und besonnenen Vermittler zwischen der Direktion und den tschechischen Arbeitern.

1923 redeten Vater und Herr Ribasch außer über Franzensbad nur noch über das Geld im Altreich, den gräßlichen Verfall der Reichsmark bis hin zum Wert eines Fidibus, und sie sprachen zum ersten Mal von einem Herrn Hitler, der in München ohne Sinn und Verstand einen Marsch auf die Feldherrnhalle veranstaltet habe, natürlich mit einigen Gesinnungsgenossen, darunter dem General Ludendorff. Immerhin hielt die Krone dem Druck der faulen Währung stand, und die Baumwolle ruhte auf einer Dollarbasis.

Zwei Jahre später waren Ruth und Lea in Franzensbad dabei, und Vater dirigierte im Smetana-Park die Montgolfière.

Ruth arbeitete seit einem halben Jahr im Büro der Mährischen Schafwollwaren, und Vater hatte einen Blick auf sie. Lea war ganz von Mutter in Obhut genommen, damit sie sich, darin waren die Eltern sich einig, auf einen eigenen Haushalt vorbereitete. Was sie von Ruth offenbar nicht erwarteten.

Zdenka beteiligte sich an den Reisevorbereitungen mit praktischen Ratschlägen. Als Lea sie fragte, weshalb sie nicht längst geheiratet habe, gab sie eine beunruhigende Erklärung. Das habe mit dem Liebesverlangen zu tun. Liebesverlangen, verstehst du, gleicht einer größeren oder kleineren Kerze. Die Größe hängt gewissermaßen von der inneren Inbrunst ab. Bei mir war die nie übermäßig stark. Eine kleine Kerze brennt halt bald ab. Das Lichtel zieht sich zurück und erlischt. Kannst du mich verstehen, Lea?

Lea versuchte ihr Liebesverlangen zu ermessen und war sicher, daß es sich um eine noch sehr lang brennende große Kerze handeln mußte.

Der Franzensbader Tag hatte ein festes Muster. Sie wohnten und werden immer, bis zu Vaters Austritt aus der Firma, in den »Drei Lilien« wohnen, hatten fast einen Flur für sich, drei Zimmer für die Böhmers, drei für die Ribaschs. Für den Fall, daß Carlo sein Studium in Prag unterbrach und sich für ein paar Tage die Gesetze aus dem Kopf schlug, wurde ein weiteres Zimmer hinzugemietet.

Den Tag eröffnete ein Frühstück im Kleinen Saal, durch dessen Fensterfront das Morgenlicht strömte.

Ribaschs frühstückten meist später, da es Herrn Ribasch nicht wie Vater zur Glauberquelle drängte. Brachen Vater und Mutter zu ihrem ersten Spaziergang auf, blieben Ruth und Lea noch, hielten die Stellung für die vier Ribaschs, aber auch die Eltern würden bald zurück sein, die Wirkung der Glauberquelle sorgte dafür.

Gegen zehn verließ die Gesellschaft das Hotel, wanderte durch den Kurpark zur Russischen Kirche, weiter zum Theater, durch den Smetana-Park, wo der Goethebrunnen umkreist wurde, erreichte dann die Kolonnaden an der Wiesenquelle, die man nach einem abgezirkelten Auf und Ab verließ, um auf der breiten Promenade zur Franzensquelle tatsächlich in aller Ruhe zu lustwandeln, die Statuette des kleinen Franz zu grüßen, wo sich die beiden Väter von ihnen trennten, die sahen die Zeit für ein Gabelfrühstück gekommen.

Bis zum Mittagessen gaben sich nun alle ihren Vorlieben hin. Die Mütter lauschten der Kurkapelle, die Mädchen spazierten noch einmal auf der Promenade, schätzten die jüngeren Männer ab, hielten manchmal zu einem kurzen Gespräch an, das sich meistens in einem Gelächter auflöste. Wurden sie, selten genug, von Carlo begleitet, dauerten die Aufenthalte länger, die Herren, die Schanis, wie Mizzi sie zu nennen pflegte, nahmen sich jetzt Zeit, Blicke zu tauschen, Interesse zu zeigen, die eine der andern vorzuziehen.

Wie lange sie bleiben? Ob man sie auf dem Ball im Kurhaus sehen werde? Ob das Fräulein Sarah die

Erlaubnis bekäme, sich einer Landpartie zur Burg Wildenstein anzuschließen? Wurden die Annäherungen zu deutlich, die Einladungen zu persönlich, sorgte Carlo für einen raschen Abschied.

Immer schoß Sarah den Vogel ab. Mizzi bemerkte das ohne Neid auf die Schwester. Sie hatte sich daran gewöhnt, im Gegensatz zu Ruth, die weiter mit Lea um die Gunst von Verehrern wetteiferte, und wenn sie verlor, es grundsätzlich auf die mangelnde Intelligenz der Männer schob. Darin stimmte ihr Mizzi, die Großmütige, wiederum zu.

Das Mittagessen führte die Familie wieder zusammen. Danach wurde geruht. Was nur für die Eltern galt. Die Mädchen trafen sich zu Handarbeiten im Salon oder verabredeten sich zum Tennis. Bis auf Ruth. Sie sonderte sich ab, bestand darauf, endlich für sich zu sein und lesen zu können.

Demonstrativ setzte sie sich mit ihrem Buch mitten in den Hotelgarten. Jeder Sommer verband sie mit einem andern. 1925 las sie Muschlers »Bianca Maria«, 1926 Sigrid Undsets »Kristin Lavranstochter«, 1927 John Galsworthys »Das Herrenhaus«, 1928 Theodore Dreisers »Amerikanische Tragödie«. Insgeheim wünschte sie sich, angesprochen zu werden von einem jungen Mann, der sich für sie ebenso interessierte wie für ihre Lektüre. Manchmal lauerte sie so inständig auf sich nähernde Schritte, daß die Sätze, die sie las, ihren Sinn verloren.

Nachmittags trafen sie sich mitunter zu einem größeren Ausflug mit Droschken, einer Landpartie, vorzugsweise zu den Sümpfen und Geysiren von Soos, und schon am frühen Abend begannen sie, sich umzuziehen, sich festlich zu kleiden für eine größere Gesellschaft, ein Tanzvergnügen oder, höchstens drei Mal in den vier Wochen, für einen Ball.

Ihre Sätze prallten vom Spiegel ab wie Billardkugeln von der Bande:

Sieh mich an, Lea, wie schau ich aus?

Nein, sieh du mich an, Ruth, wie gefall ich dir?

Mir mußt du ja nicht gefallen.

Du bist ein Ekel.

Mir gefall ich. Ruth hob ihre dünnen Arme, so daß ihre kleinen Brüste im Anschnitt des Dekolletés sichtbar wurden, und blickte der Lea im Spiegel herausfordernd in die Augen.

Die öffnete und schloß ihre Lippen, legte den Finger an die Nase, hielt dabei den schwesterlichen Blick aus. Wenn du dir gefällst, sagte sie beruhigend, gefällst du mir auch.

Was soll das bedeuten?

Was ich gesagt habe. Genau das.

Lea drehte sich einmal um die eigene Achse und stand, weil sie sich dabei einen Schritt vom Spiegel entfernt hatte, noch tiefer in ihm. Und ich? Von mir ist überhaupt nicht die Rede.

Ruth hatte die Arme längst sinken lassen. Akribisch zog sie sich die Abendhandschuhe über die Finger.

Wozu auch. Ruth trat zur Seite, aus dem Spiegel: Du gefällst sowieso allen.

Lea, allein mit ihrem Spiegelbild, schien das unwillige Kompliment nicht zu berühren. Sie kräuselte die Stirn und drückte sie, als wolle sie sie auf diese Weise wieder glätten, gegen das Glas. Was habe ich schon davon, Ruth.

Alle Vergnügungen, die Soirées, Bälle, Konzerte gaben den Eltern die Gelegenheit zur Kuppelei, zarte Bande für die Töchter zu knüpfen oder allzu zärtliche zu zerreißen, wobei es auf allerlei ankam, auf Haltung, Charakter, Herkunft und ökonomisches Gewicht des Bewerbers. Es wurde taxiert, Gerüchte wurden nachfragend auf ihren Grund verfolgt, den Blendern wurde mißtraut. Ribaschs konnten diesem Treiben gelassen zusehen und mußten nur abwehren, wenn der Flirt zu dringlich wurde. Sie wußten die Töchter bereits in festen Händen. Eine Ausdrucksweise, die Ruth anwiderte, wie sich das anhöre, sie wolle lieber sterben, als sich solchen festen Händen preiszugeben.

Während Lea tanzte, sich fabelhaft unterhielt, flirtete, und dies ausnahmslos mit Männern, die bei den Eltern wenig Gefallen fanden, schlenderte Ruth herum, ließ sich nicht auffordern, sammelte Gesprächsfetzen ein, spielte die Gelangweilte und genoß die Abende wie lebendige Kunstwerke, die Bewegung, die Düfte, die Musik und die angenehme Melancholie, dabeizusein und nicht dazuzugehören.

Auf dem Weg zu den »Drei Lilien« wurde danach resümiert, wurden nachdenkliche oder boshafte Porträts aus dem Gesamtbild geschnitten:

Dieser aufgeschossene Blonde, mit dem ich als drittem tanzte.

Wie kann ich mir die Reihenfolge deiner Tänzer merken, Lea, und aufgeschossene Blonde gibt es in diesem Jahr, als kämen sie aus einer eigenen Zucht.

Also der. Es ist doch egal, ob du ihn gesehen hast oder nicht. Ein Schani ist es auf jeden Fall gewesen, ein Hochstapler. Er wußte nicht, daß ich ihn vom Tennis kenne. Da bringt er älteren Herrschaften bei, den Ball mit dem Schläger zu treffen. Mir hat er weismachen wollen, er sei Arzt in Teplitz. Vielleicht sind ihm die Patienten davongelaufen.

Lachend vertrieben sie die Schatten aus ihrem Umkreis. Nicht immer gelang es. Manchmal kamen sie zu nah.

Im Galsworthy-Sommer wurde Ruth, sie hatte schon nicht mehr damit gerechnet, von Schritten, die sich näherten, und einem Räuspern aus der Lektüre gerissen. Sie blickte hoch, konsterniert, doch nicht unfreundlich, so, wie sie es in Gedanken ungezählte Male getan hatte, und blinzelte gegen das Licht.

Ein nicht mehr ganz junger Mann in hellem Anzug, klein und kräftig, lüpfte den Hut, und als er sich verbeugte, konnte Ruth sich in seinen Brillengläsern spiegeln.

Verzeihen Sie die Störung, Gnädigste, ich sehe Sie jeden Tag hier in ein Buch vertieft.

Es wäre falsch, ging es ihr durch den Kopf, jetzt aufzustehen, und einen Stuhl kann ich ihm nicht anbieten, da keiner vorhanden ist.

Ja, sagte sie, zog das Leseband zwischen die Seiten und klappte das Buch zu. Hier hab ich meine Ruhe.

Sie schämte sich des Satzes, kaum hatte sie ihn ausgesprochen; sie redete wie eine alte Jungfer.

Horst Neubauer, stellte er sich vor. Seine Stimme klang auffallend hoch, so als müsse er ständig flüstern. Da ich Bibliothekar bin – er ließ den Satz in der Schwebe, und Ruth setzte ihn fort: – möchten Sie gerne wissen, was ich lese.

Sie hob das Buch vor die Brust, so daß er den Titel sehen konnte.

Er nickte, sagte jedoch kein Wort. Das ärgerte sie. Sie stand auf, klemmte das Buch unter den Arm. Galsworthy ist wohl nicht nach Ihrem Geschmack. Sie wollte an ihm vorbei, er hielt sie flüsternd auf. Doch, doch. Er ist ein großer Schriftsteller. Nur gehen mir die Bendyces mit ihren rückständigen Ansichten auf die Nerven.

Ja. Mir auch. Sie brach in Lachen aus.

Seines legte sich wie ein Seufzen über ihres. Er fragte, ob er sie wiedersehen dürfe.

Morgen, wieder hier.

Mit demselben Buch?

Ja, auch wenn Sie die Bendyces nicht mögen.

Sie behielt die Begegnung mit Neubauer, dem Bibliothekar, erst einmal für sich.

Nachdem sie ihn einige Male getroffen hatte, nahm sie sich den Mut, mit ihm die wenigen Schritte bis zum Kurhaus und zurück zum Hotel zu spazieren, wodurch die Eltern aufmerksam wurden, die, ohne daß sie eine Ahnung davon hatte, Erkundigungen über den Mann einzogen. Viel bekamen sie nicht heraus. Da wußte sie inzwischen sogar etwas mehr. Er komme aus dem Altreich, aus Nürnberg, wo er tatsächlich in einer öffentlichen Bibliothek gearbeitet habe. Jetzt gehe er dem Beruf des Verlegers nach, sei aber wohl mehr an einem Schriftenvertrieb beteiligt. In den »Drei Lilien« sei er zum ersten Mal abgestiegen, halte sich, was Vergnügungen angehe, sichtlich zurück und sei überdies sparsam.

Nichts sprach gegen ihn. Ruth könne sich also durchaus mit ihm im Garten des Hotels treffen, planten sie jedoch größere Ausflüge, müsse sie sich von Lea oder einem der Ribasch-Mädchen begleiten lassen.

Es bedurfte des Mißtrauens der Eltern nicht. Neubauer war Ruth schon nach den ersten Gesprächen nicht geheuer.

Er hielt sich, vermutlich ihr zuliebe, an die Literatur. Und er verriet sich durch sie.

Ohne Zweifel war er außerordentlich belesen. Alle Bücher, die sie in den letzten Jahren gelesen hatte, kannte er nicht nur, er urteilte über die einzelnen Personen, als ginge er mit ihnen um. Einmal, als sie auf Wassermanns »Christian Wahnschaffe« kam und unvorsichtig erzählte, sie habe, als sie den Roman las, Fieber bekommen, gab er die kundige Zurückhaltung auf. Ihm sei das Buch zuwider. Weshalb, erklärte er nicht. Er widersprach sich sogar, indem er die Hafenhure Karen Engelschall, eine der Geliebten Wahnschaffes, als eine kostbare Erfindung rühmte. Da erhalte die Barmherzigkeit ihren Körper. Ein für Neubauer ungewöhnliches Bild.

Auf den Körper, jedoch den gestählten, den edlen, den heroischen, kam er nämlich immer wieder auf Umwegen oder unverhohlen zu sprechen. Der Körper sei ein Ausweis von Rasse.

Das hielt Ruth für übertrieben. Sie wagte ihm zu widersprechen und ärgerte sich, wenn sie seinen schnellen Wendungen nicht gewachsen war.

Längst hatte es sich eingespielt, daß auch ein Stuhl für ihn auf der Wiese stand. Beide wußten sie, daß sie sich auf einer Bühne befanden, ihre Unterhaltungen von den Zuschauern an den Fenstern und hinter den Vorhängen zwar nicht verstanden, aber ausgelegt wurden.

Ruth, anfänglich befangen, begann die Szene auszukosten, wobei Neubauer ihr mit zurückhaltender Eitelkeit half.

Ihre Bedenken gegen ihn wuchsen. Doch noch war ihre Neugier stärker. Noch wollte sie wissen, was hinter Neubauers Anspielungen auf Körper und Kraft und Herkunft steckte. Ohne auf die Kunst hinzuweisen, ihre notwendige Überhöhung, kam er dabei nie aus.

Beethoven wuchs in seiner Anbetung zu einem Achill.

Aber auf den Abbildungen ist er klein, warf sie ein, und einer griechischen Heldenstatue gleicht er wirklich nicht.

Das nicht, rief er aus. Er blieb leise, wahrte den vertraulichen Ton. Das nicht, aber seine germanische Seele, sein Genie machen ihn zum Titanen.

Kam er denn nicht aus Bonn? Inzwischen hatte sie gelernt, wie sie ihn wütend machen konnte.

Darauf kommt es doch nicht an.

Manchmal legen Sie Wert darauf.

Das schon. Das schon. Er rückte den Stuhl etwas näher, legte den Arm auf die Lehne von Ruths Stuhl, ohne sie jedoch zu berühren. Können Sie sich, Fräulein Ruth, vorstellen, Beethoven sei in Czernowitz zur Welt gekommen?

Warum nicht?

Er sprang auf. Es war ihm zuviel. Sie nehmen mich nicht ernst, murmelte er, verbeugte sich und hielt danach theatralisch inne. Oder Sie sind einfach zu töricht.

Nach diesem fast lautlosen Eklat erwartete Ruth keine Fortsetzung der nachmittäglichen Literaturgespräche. Sie täuschte sich in Neubauers missionarischem Eifer.

Als wäre nichts geschehen, saß er am nächsten Tag wieder neben ihr, den Hut auf den Knien, sich ab und zu und mit Ausdauer die Brille putzend. Aber er dachte nicht daran, gleich ein Gespräch zu beginnen. Er lehnte sich zurück, hielt das Gesicht in die Sonne, und nach einiger Zeit zog er unter seinem Hut, als wär's ein Zauberkunststück, ein Buch hervor und blätterte darin.

Sehen Sie, Fräulein Ruth, sehen Sie – er hielt das Buch aufgeschlagen hin –, es ist gelesen, Seite für Seite, ein Meisterwerk, vor mehr als zwanzig Jahren geschrieben, und es ersetzt mir alle Werfels und

Wassermanns zu jeder Zeit: Gustav Frenssens »Hilligenlei«.

Ja. Sie nickte erst dem Buch, dann Neubauer zu. Ja, das habe ich gelesen.

So? fragte er.

Ja, antwortete sie, blickte zu den Fenstern hoch, als erwarte sie von dort Applaus.

Und? Mit einem Knall schlug er den Band zu.

Der Jan Kai ist wohl ein Held nach Ihrem Gusto.

Meinen Sie, Gusto ist dafür der richtige Ausdruck?

Er ist möglich.

Und sonst?

Sie wollte dem Gespräch ein Ende bereiten und suchte nach Worten, die ihn nicht unbedingt verletzten: Was Jan Kai predigt, das Volkhafte, das Unverdorbene, das ungebrochen Natürliche – ich halte es für übertrieben. Es liegt mir nicht.

Es ist Ihnen fremd?

Ja.

Sehen Sie, das unterscheidet, das trennt uns.

Sie sah ihn von der Seite an. Er verzog keine Miene, straffte sich.

Ich habe mich in Ihnen getäuscht, gnädiges Fräulein. Das kann passieren. Allerdings hätte ich gewarnt sein sollen durch ihre jüdische Begleitung. Ein solcher Umgang färbt ab.

Beim Aufstehen stieß er den Stuhl um. Er verbeugte sich an ihr vorbei, löschte sie schon jetzt aus seiner Gegenwart.

Adieu.

Nur mit Mühe unterdrückte sie ein Lachen und sah ihm mit gespieltem Ernst nach.

Die Familie wunderte sich nicht über diesen dramatischen Schluß. Ruth gab nun die Gespräche beinahe wortgetreu wieder, färbte sie ironisch ein, wechselte die Rollen, und Neubauers diabolisch flüsternder Part gelang ihr besonders gut.

Ein Nazi, stellte Herr Ribasch fest und horchte in sich hinein, als höre er auf ein finsteres Echo.

Die Zahl der Nazis nahm in den nächsten Jahren zu. Sie kamen nicht nur aus dem Reich nach Franzensbad, auch aus der Republik, aus Leitmeritz, Mährisch-Trübau, aus Brünn. Sie hielten sich zwar noch zurück, aus ihrer Meinung machten sie jedoch kein Hehl. Hitler, dessen Erfolge im Altreich wuchsen, führte ihre Gedanken.

Vater und Ribasch achteten darauf, daß die Politik, die verdammte Politik nicht alle ihre Gespräche erschwerte und verdarb; den Mädchen reichte das noch nicht.

Carlo, dessen kurze Aufenthalte als Abwechslung im sommerlichen Gleichmaß bejubelt wurden, wurde von der Politik geradezu niedergedrückt, beschwerte sich, daß Beneš die Visionen Masaryks zurücknehme, vor allem im Umgang mit den Minderheiten, und fürchtete, mehr noch als die Väter, den Vormarsch der Nazis. Was die Mädchen, die Mütter nicht glauben wollten. Inzwischen hatten sie Herren kennengelernt, in Gesellschaften und auf Bällen, die sich als Anhänger Hitlers bekannten, deren Umgangsformen dennoch nichts zu wünschen übrig ließen.

Mizzi hatte sogar mit einem getanzt, der erst von dem Erwachen des deutschen Volksempfindens in den Sudeten schwärmte und sie danach mit dem Kompliment beschenkte, sie sei so schön wie die legendären Frauen des Alten Testaments.

Sarah, meistens skeptischer als ihre Schwester, hielt dies für eine hinterhältige Schweinerei. Warum, konnte sie nicht erklären. Sie urteile dem Gefühl nach. Ruth gab ihr recht, im Gefühl und im Urteil.

Es war der vorletzte Abend. Die Familien packten. Alle Türen zum Gang standen offen. Zimmermädchen brachten in einer Art Springprozession Gegenstände, die die Familien irgendwo in dem weitläufigen Haus, im Garten oder drüben am Brunnen liegengelassen und vergessen hatten: Taschentücher, Schirme, Augengläser, Etuis, Briefe, Bücher.

Da die Fenster offenstanden, damit der Wind, der schon den September kühl ahnen ließ, durchs Zimmer wehte, drohten die Türen zuzuschlagen. So waren sie ständig zwischen Koffer und Tür unterwegs.

Genug, genug! rief irgendwann Frau Ribasch, eine Fanfare, so heiter wie melancholisch.

Die Türen fielen zu.

Sie machten sich fein für den letzten Abend, das Diner.

Ruth, am schnellsten fertig, ging zu Lea und schaute ihr zu. Sie lehnte am Türrahmen, der Abschied, der in den vorangegangenen Jahren auch immer Vorfreude auf zu Hause bedeutete, überschwemmte sie mit einer undeutlichen Angst. Sie dachte an Neubauer. Er war ein Ekel. Aber auch ein Ekel konnte ein Vorbote sein.

Bei Tisch klatschte Frau Ribasch nach dem Essen in die Hände: Aber Franzensbad wird man uns nicht nehmen.

Herr Ribasch haschte nach ihren Händen, küßte sie: Es fragt sich, Liebste, wer nimmt und wer gibt.

VIII

Jeden Vormittag geht Ruth die zwei Etagen hinunter zum Briefkasten. Sie schaut nach der Post, meistens vergebens. Warum das ihre Aufgabe ist, weiß sie nicht mehr. Wahrscheinlich hat es sich ergeben, da sie, als sie beide noch arbeiteten, früher nach Hause kam.

Sie bekommen so gut wie nie Briefe, da sie keine schreiben. Eine Zeitlang haben Leas tschechische Nichte aus Wien und Mizzis Tochter aus Haifa geschrieben, und Ruth hat ihnen, wenn auch sehr verspätet, geantwortet. Lea war dazu nicht zu überreden. Ihre Schrift könne niemand lesen. In dem letzten Brief, den sie bisher bekamen, fragte Mizzis Tochter, ob sie gestorben seien. Für Ruth ein endgültiger Abschluß des Briefwechsels: Was soll ich ihr darauf schreiben? Ich schäme mich in Grund und Boden.

Was, wie Lea findet, auch schon den halben Tod bedeutet.

Neben gelegentlichen Schreiben der Wohnungsbaugesellschaft, Werbeschriften und der Tageszeitung holt Ruth alle Jahre den »Brünner Heimatboten« aus dem Briefkasten. Nicht, daß sie darin viel lesen. Die Erinnerungen, die da mit Kindereifer von Greisen ausgetauscht werden, gehen sie nichts an. Das ist vorüber. Das haben sie bis zum Überdruß wiederholt. Am Ende sind noch Kürzel und Namen übriggeblieben, wie Schwarzawa, Terrasse, Kostkas Laden, Jiři, Maminka, Fliegerhorst. Formeln, mit denen sie sich begnügten und die sie, wenn sie in Streit gerieten, ermüdeten und traurig stimmten.

1949 war Ruth zu einem Treffen der Sudetendeutschen Landsmannschaft nach Schwäbisch Gmünd gefahren, hatte an der Kundgebung teilgenommen, den Reden jedoch nicht zugehört und war ziemlich verwirrt zurückgekommen. Mir scheint, hatte sie Mutter erzählt, die haben allesamt nur eines auf die Flucht mitgenommen, ihre Tracht. So viele Trachten auf einem Haufen habe ich noch nie gesehen. Und die jungen Leute sind im Gleichschritt direkt aus der Hitlerjugend als Deutsche Jugend des Ostens oder was weiß ich, wie die sich nennt, weitermarschiert.

Ruth stößt die Wohnungstür auf. Sie hat sie angelehnt gelassen, obwohl Lea das nicht schätzt.

Bis auf den »Heimatboten« nichts! ruft sie in die Wohnung hinein.

Leas Antwort: Leg ihn auf den Couchtisch.

Dort wird das Heft zwischen dem seit langem unbenutzten Aschenbecher und der selten benützten Vase ein paar Wochen lang liegen und dann verschwinden.

Doch es genügt, daß er gekommen ist; es genügt das Stichwort Brünn.

Nicht, um sie erneut in Erinnerungen zu stoßen.

Dagegen sind sie inzwischen gefeit. Sondern um zu planen, sich eine Reise auszudenken.

Wie ist das jetzt mit den Bahnen in der Tschechei?

Wie soll es sein? Soviel ich weiß, reisen Kommunisten zum Beispiel auch in den Urlaub, mit der Bahn, und falls sie Oberkommunisten sind, auch mit dem Auto.

Hältst du mich für blöd, Ruth?

Du hast so gefragt. Ich weiß schon, du überlegst, ob wir nicht doch noch einmal Brünn besuchen sollten, nach beinahe fünfzig Jahren.

Fünfzig Jahre, wiederholt Lea, in ihrem Gedächtnis breitet sich dieser Zeitraum wie eine Wüste aus, hinter der, in Glanz getaucht und unendlich fern, die Stadt ihrer ersten Jahrzehnte liegt. Was glaubst du, wie lang würden wir unterwegs sein?

Ruth lehnt sich zurück, schließt die Augen: No, über Stuttgart, Nürnberg, Prag und die Grenzkontrolle – ich könnte mir denken, mehr als zwölf Stunden.

Sie schweigen, hören sich atmen, fügen in Gedanken alle Reisen ihres Lebens zu einer einzigen zusammen, und Lea kommt nach einer Weile zu dem Schluß: Ich glaube, das würden wir nicht mehr durchhalten.

Auf unserem Flüchtlingstransport gab es Frauen, die waren älter als wir, und die waren nicht kleinzukriegen, obwohl wir drei Wochen unterwegs waren. Drei Wochen!

Ich weiß. Es ist nicht das erste Mal, daß ich das von dir höre, Ruth.

Nur ändert das nichts daran, daß wir anders alt geworden sind.

Wie soll ich das verstehen?

So, wie ich es gesagt habe. Wir sind inzwischen bequem geworden, kommen nicht aus dem Krieg, wie diese alten Frauen damals.

Noch einmal Brünn! Noch einmal Brünn!

Lea streckt die Beine aus und beginnt, sie sich zu reiben. Als ich es verließ, war es noch ziemlich zerstört und grau und furchtbar ernst.

Ruths Blick fällt auf die Gardine vor der Balkontür, die von einem Windzug gebauscht wird. Sie steht auf, geht hin, läßt das Gewirk durch ihre Hand gleiten. Sie müßte mal wieder gewaschen werden.

Jaja. Lea nickt geistesabwesend. Sie versucht, sich erinnernd in dem zerbombten Brünn zurechtzufinden. Wohin würdest du gehen, Ruth? Wonach würdest du schauen?

Zum Bergl, zu unserer letzten Wohnung.

Da ist die Hälfte der Häuser ausgebombt.

Vielleicht haben die Tschechen sie wieder aufgebaut. Es kann doch sein.

Aber ja.

Ruth zieht die Gardine zur Seite, so daß der Blick auf die gegenüberliegenden Reihenhäuser frei wird.

Und zum Dom. Ob es das Haus noch gibt und die Terrasse, den Park?

Da bin ich noch 1948 spazierengewesen.

Und weißt du, Lea – das fällt mir plötzlich ein –, auf den Spielberg möcht ich noch. Was weiß ich, weshalb ich nie dort gewesen bin und mir die Kasematten angeschaut habe, in denen dieser italienische Freiheitskämpfer eingesperrt war.

Die Gestapo hat da oben auch ihre Gefängnisse gehabt. Das habe ich von Jiři erfahren.

Silvio Pellico.

Was?

So hieß der Italiener. Vor einer Ewigkeit habe ich sein Buch gelesen: »Meine Gefängnisse«. Und nie bin ich selbst in den Kasematten gewesen.

Lea klemmt ihre Hände zwischen die Beine und wiegt sich hin und her. Am Augarten gab es eine Oblatenbäckerei. Die ganze Gegend duftete nach ihr, nach Vanille, Honig und Zimt.

Zimt auch? Bist du dir sicher?

Komisch, ich sehe mich das Trottoir entlanggehen, erwarte die Duftschwaden, und ich habe nicht nur das Gefühl, so jung zu sein wie damals, ich bin es.

Schön wär's. Ruth hat sich hinter die Gardine gestellt, die sie wie ein Schleier umfaßt.

Paß auf, daß du dich nicht verwickelst, sagt Lea und fährt fort, sehr leise, als nehme sie die Sehnsucht nach der jungen Frau in der verlorengegangenen Stadt behutsam zurück: Im Grunde habe ich mich in der Wohnung in den Schwarzen Feldern wie eingesperrt gefühlt, sobald Jiři fort war. Ob ich glücklich gewesen bin? Ich habe es vergessen.

Ruth geht auf Leas Fragen nicht ein. Also dir ist die Reise zu weit und zu anstrengend? Geradezu übermütig fügt sie hinzu: Mir auch.

Abschiede und Anfänge

Die Tauben vom Dom fielen immer öfter und wilder in ungeordneten Schwärmen auf der Terrasse ein. Pan Lersch verjagte sie mit Geschrei. Diese Überfälle seien neu und ihm nicht geheuer. Vater stimmte ihm zu, was Lea erstaunte, denn sonst pflegte er Pan Lerschs Aufregungen zu dämpfen. Dieses Mal schürte er sie sogar, sprach von Schatten, von Zeichen einer aufkommenden Veränderung, einem düsteren Orakel. Er klagte auch über Müdigkeit und Unlust, schob alle diese Plagen auf die Zeit, die ihnen zusetze, die zwar die Mährische Schafwollwaren verschonte, den deutschen Arbeitern in Reichenberg, Hirschberg und Trautenau jedoch die Arbeit nahm, Opfer einer weltweiten Wirtschaftskrise. Zu allem Übel mußte der von Vater und Herrn Ribasch geschätzte Ministerpräsident Svehla zurücktreten, nicht weil ihn die Parteien vertrieben, sondern weil auch er von einer schweren Krankheit niedergezwungen wurde.

Doktor Nikl, der Hausarzt, nannte die väterliche Unlust endlich beim Namen. Vater leide, neben einer veritablen Angina pectoris, unter Diabetes. Er müsse sich von nun an bei den Mahlzeiten zurückhalten, Gemüse und Salate dem Fleisch und dem Fett vorziehen und mit dem geliebten mährischen Wein sparen.

Zdenka hielt diese Therapie für einen Anschlag auf das Leben des Patienten. Wenn meine Knödel plötzlich ungesund sein sollen, versteh ich die Welt nicht mehr. Sie saß wie ein Häufchen Unglück in der Nudelküche, in der seit Jahren Knödel und Buchteln und Nudeln entstanden, in den wunderbarsten Varianten, und die jetzt durch das Verdikt eines dahergelaufenen Arztes mehr oder weniger nutzlos wurden.

Lea zweifelte, ob Vater sich auf die Dauer an die Vorschriften des Doktors halten werde. Ich sag dir, tröstete sie Zdenka, er wird reumütig zu den Knedlicki zurückkehren und wenn er daran sterben müßte.

Der Zustand besserte sich nicht. Ruth bekam den Auftrag, ihm abends die Briefe, die tagsüber in der Firma getippt wurden, zur Unterschrift vorzulegen. Pan Lersch kümmerte sich pausenlos um ihn, besorgte die Botendienste. Herr Ribasch besuchte ihn täglich. Sie unterhielten sich, zunehmend besorgt der eine, wachsend gleichgültig der andere.

Die Monate schleppten sich hin.

Die Tauben hielten die Terrasse besetzt.

Die Familie lebte wie gedrosselt, verlangsamt. Sie unterhielten sich mit gesenkter Stimme; Mutters Seufzer wiederholten sich so regelmäßig wie die Schläge der Westminster Uhr im Speisezimmer.

Ein Besuch Carlos im Herbst zweiunddreißig brachte alles durcheinander. Nicht die Freude über den Sohn richtete Vater wieder auf, sondern die Trauer.

Carlo hatte, ohne den Vater zu unterrichten – aus Rücksicht auf deinen Zustand, beteuerte er –, sich entschlossen, im Altreich zu bleiben und mit einem Bekannten in Chemnitz eine Kanzlei aufzubauen: Dafür hoffe ich auf einen Kredit von dir. Ich zahle natürlich alles mit Zins und Zinseszins zurück.

Vater hatte Lea gebeten, zu bleiben. Leiste uns ein bissel Gesellschaft. Jetzt wäre sie am liebsten verschwunden. Sie sah, wie Vater noch blasser wurde, die Falten an dem dünn gewordenen Hals sich strafften.

Sie wurden nicht laut, blieben leise. Sie hielten an sich. Sie preßten die Sätze zwischen den Lippen heraus und ließen sich nicht aus den Augen. Wie immer war das Licht durch die schweren Vorhänge im Herrenzimmer gedämpft und die Luft bitter vom kalten Zigarrenrauch.

Was hast du dort zu suchen? Im Reich geht alles drunter und drüber.

Noch. Nicht mehr lange, Vater.

Du wirst doch nicht. Der Alte sprach das Undenkbare nicht aus.

Nein. Ich bin kein Anhänger Hitlers. Das nicht, Vater. Nur ist mit ihm zu rechnen, und er wird Ordnung schaffen.

Was für eine Ordnung? Kannst du mir das sagen?

Und wenn er nur die Arbeitslosigkeit abschafft.

So mir nichts dir nichts? Vaters Hand bebte derart, daß es ihm nicht gelang, sich eine Zigarre anzuzünden. Carlo wollte ihm helfen. Aber Vater winkte Lea.

Diese Pause nützte Carlo aus, um das Thema zu wechseln. Ich kann gar nicht anders. Ich habe mein Studium in Leipzig mit der Staatsprüfung in deutschem Recht abgeschlossen, du weißt es, Vater. Mit diesem Examen ist mir das Praktizieren hier nicht erlaubt.

Und die Studienjahre in Prag?

Ich war an der deutschen Universität, nicht an der tschechischen.

Du könntest als Rechtskonsulent, als Syndikus bei uns tätig sein, hier in Brünn, in Olmütz, auch für die Firma.

Das alles habe ich mir schon durch den Kopf gehen lassen. Nein, Vater, ich bitte dich, mich zu verstehen.

Das kann ich nicht. Du verläßt uns, Carlo.

Ich weiß, Vater, ich komme zu einem ungünstigen Zeitpunkt.

Der wäre nie günstig. Doch wenn du auf meinen maroden Zustand anspielen solltest – den würde ich günstig für dich nennen. Ein toter Vater ist doch ein bequemer Vater.

Mit einer barschen Handbewegung hielt er Carlo, der aufspringen wollte, auf seinem Platz. Lea, gibst du mir noch einmal Feuer?

Er sammelte genießerisch den Rauch im Mund, blies die Backen auf und atmete aus. Ich verliere. Ich kann dich nicht aufhalten, Carlo. Es ist dein Leben. Sag mir bei Gelegenheit, was du brauchst.

Von da an widmete sich Vater, zum Verdruß von Mutter, und von Pan Lersch unterstützt, den Kakteen, die er als Ablenkung entdeckt hatte, seine Kakteen, absurde, wunderbare Wesen, die es verboten, daß man sie anfaßte oder sogar streichelte.

Auf der Terrasse ließ er sich ein Gewächshaus bauen, gerade so hoch wie er, und zog sich über Stunden in diese gläserne Hütte am Haus zurück.

Obwohl er Zdenkas Knödelkunst nicht mehr schmähte, magerte er ab, die Anzüge schlugen Falten, der Haarkranz um die Glatze franste aus und wurde weiß.

Niemand wagte es mehr, ihn nach seinem Befinden zu fragen, bis auf Mutter, die stets die gleiche Antwort bekam: Es geht, Liebste, es geht.

Die Kakteen reihten sich bald in Kolonnen auf den Regalen, verkannte Schönheiten, von denen manche für einen Tag oder eine Nacht bizarre Blüten auswarfen. Immerhin vertrieben sie die Tauben von der Terrasse.

Im Winter verwandelte sich die gläserne Hütte durch zwei Lampen in ein leuchtendes Schiff, wo Vater nicht nur mit kakteengroßen Gerätschaften hantierte, Schäufelchen, Zwergenrechen und Mörsern, wo er neuerdings auch seinen Freund Ribasch empfing und mit ihm die Situation der Firma und die neuesten Nachrichten aus dem Reich und der Republik besprach.

Hindenburg berief Hitler zum Reichskanzler. Wenig später brannte der Reichstag. Bei den Wahlen gewannen die Nationalsozialisten 288 Sitze in einem Parlament, an das Feuer gelegt und in dem die freie Rede eingeäschert worden war.

Lea kam es vor, als bestünde zwischen den Schrecken, deren Echo ihre Insel am Dompark erreichte, und Vaters Krankheit ein Zusammenhang. Die Unruhe brach in die Familie ein. Vater begann, sich mit Pan Lersch erbittert zu streiten. Pan Lersch hing der, wie er fand, geschickten Bündnispolitik Eduard Beneš' an und schimpfte wie ein Rohrspatz über die Deutschen in den Sudeten, die mit ihrem Drang ins Reich die Balance gefährdeten. Vater hingegen hielt Beneš' Umgang mit der deutschen Minderheit für arrogant und unklug. Sie verstrickten sich so heftig in ihre Debatten, daß sogar die Kakteen zu kurz kamen und Vater eine Blüte versäumte.

Herrn Ribasch gelang es, die Streitenden zur Vernunft zu rufen. Es werde sich zeigen, wer von den beiden recht behalte. Er fürchte, keiner. Alle würden sie draufzahlen müssen, die Tschechen, die Deutschen. Und wir Juden auch.

Lea und Ruth trafen sich abends öfter in der Stadt, verabredeten sich mit jungen Männern vom Schwimm- und Tennisverein, machten Bekanntschaften, nicht ohne Mutters Bedenken, deren Angst aber, die Töchter könnten keinen Mann finden, überwog.

Meistens blieben die Schwestern zusammen; selten gingen sie allein mit einem Galan aus. Auf Sarahs und Mizzis Begleitung mußten sie ohnehin verzichten. Beide hatten geheiratet. Sarah einen jungen, schon erfolgreichen Arzt, einen Juden. Mizzi einen tschechischen Journalisten.

Für den Winter 1934 schenkte ihnen Vater das Abonnement, das bislang die Eltern für die Oper hatten: Ihr wißt ja, achte Reihe im Parkett, Sitz sechs und sieben. So könnt ihr für uns Verdi hören oder Smetana oder, genauer gesagt, für mich Verdi und für Hella Smetana, da die Geschmäcker ja verschieden sind.

Ihr Abonnement begann mit d'Alberts »Tiefland«. Nach der Aufführung, die sie ohne Tränen nicht überstanden, beschlossen sie kühn, zum ersten Mal ins Operncafé zu gehen, in das sie sich bisher nicht gewagt hatten, da es auch den Sportlern, mit denen sie üblicherweise ausgingen, nicht paßte, weil sich dort Feingeister und Schönredner, aber auch die Halbwelt und die Kokser träfen. Außerdem werde es von den Tschechen bevorzugt.

Sie nahmen sich ein Herz, betraten eine Bühne, auf der sie von einem Oberkellner, der mit knappen, beinah herrischen Gesten sich als der Herr der Lage auswies, auf die kleine Empore am Rande geschickt wurden, zur Komparserie. Von da aus ließ sich das Treiben vorzüglich überblicken. Sie gafften und warfen es sich gegenseitig vor.

Dir rollen die Augen aus den Höhlen, Lea, so hemmungslos glotzt du.

Und du, Ruth, könntest du dich sehen.

Sie beobachteten einzelne Personen, noble oder verwegene, und fragten sich, was dieser und was jene treibe, entdeckten sogar Bekannte in der Menge.

Es zog sie nun auch ohne Oper ins Operncafé.

Der Oberkellner nahm sie mit der Zeit zur Kenntnis. Sie wurden allmählich, mit einigen Rückschlägen, ins Zentrum der schönen Unruh befördert. Nun konnten sie sogar die Melodien ausmachen, die auf dem Piano gespielt wurden, manchmal sangen sie mit.

Sie wurden gegrüßt und zogen Aufmerksamkeit auf sich.

Ab und zu wurden Worte von Tisch zu Tisch gewechselt, zu Gesprächen kam es aber nicht.

Nicht selten wurde gestritten. Dann ließ ein Stimmencrescendo sie aufmerken. Im allgemeinen sprangen eine Dame und ein Herr auf und setzten, endlich für alle, ihren Wortwechsel fort, entweder geplagt und gerüttelt von Eifersucht oder von einseitigem Geldmangel oder der Lust nach Koks. Erhoben sich hingegen zwei Herren, trieb sie ausnahmslos die Politik gegeneinander, den Tschechen gegen den Deutschen oder umgekehrt.

Natürlich rief das Schlichter auf den Plan, die sanften und mit allem vertrauten Freunde und die Theatraliker, die insgeheim darauf aus waren, den Brand zu schüren.

Dies alles war nur Beiwerk oder Vorspiel für die raren, um so ausdauernder beschworenen Auftritte der Großen, der Sterne in all dem Geglitzer. Sogar Vater beneidete die Schwestern um ihre Begegnung mit Fritzi Massary und Max Pallenberg. Seine Eleganz, seine Behendigkeit, ihre hinreißende Figur und ihr Gelächter, das sich wie eine Koloratur anhörte. Zum Greifen nah seien die beiden ihnen gewesen.

Jiři näherte sich vom Rand. Er stahl sich in Leas Blickwinkel, hager, sehr groß, etwas nach vorn gebeugt, das knochige Gesicht merkwürdig vorzeitig gealtert, mit schweren Tränensäcken und das blonde dünne Haar hinter den Geheimratsecken glatt gekämmt. Stets erlesen gekleidet.

Für Augenblicke wurde sie aufmerksam, dann vergaß sie ihn wieder.

Er nahm sich Zeit.

Ruth sprach aus, was Lea noch gar nicht dachte. Ich glaub, da hat einer Feuer gefangen für dich.

Meinst du ihn? Lea schaute ungefähr in seine Richtung.

Den meine sie.

Und er kam auch nicht selbst. Er schickte einen Boten, einen Mittler, wie den Kezal aus der »Verkauften Braut«. Der stellte sich als Waldhans vor, erklärte aber gleich, sein Name täusche, er sei Tscheche, und ließ sie weiter nicht zu Wort kommen: Sie sind mir nicht unbekannt, meine Damen, oder besser gesagt, ihr Vater, Direktor Böhmer, ist mir bekannt und ebenso Herr Ribasch. Wir haben geschäftlich miteinander zu tun. Wir, sagte er und bat, für einen Augenblick Platz nehmen zu dürfen, was Ruth ihm noch vor Lea gestattete: Aber bitte.

Er rückte sich zurecht, machte es sich aber keineswegs bequem.

Falls er in sein Wir den Hageren einbezog, war er das Gegenstück zu ihm: Klein, mit einem Ansatz zum Buckel, das schwarze Haar in Mohrenlocken von der

Stirn bis in den Nacken und mit Augen beschenkt, die auf den ersten Blick fesselten und überredeten: sonderbar rund geschnitten, mit einer hellen aquamarinblauen Iris, die riesige Pupillen umfaßte und dies geschirmt von Mädchenwimpern.

Erlauben Sie mir, tschechisch zu sprechen.

Jetzt war Lea schneller: Aber ja, sagte sie.

So fällt mir, was ich Ihnen sagen möchte, leichter. Er wandte sich an Lea. Ein solcher Überfall gehört sich nicht. Ich weiß. Ich nehme die Ungehörigkeit auf mich für meinen Freund Jiři Pospischil. Vielleicht sagt Ihnen sein Name etwas. Seine Familie ist im Tuchhandel tätig.

Ruth wußte aus der Firma Bescheid: Ja, die Pospischils.

So kann man es sagen. Ich nehme an, Sie werden das Interesse meines Freundes bemerkt haben.

Waldhans spielte seine Rolle ein bißchen zu umständlich und zu getragen.

Ja, ich habe sie bemerkt. Sie begann zu lachen und steckte Ruth damit an. Waldhans schüttelte überrascht den Kopf, dann stimmte er ein.

Na ja, sagte er, es ist ja zum Lachen, was ich treibe. Er knetete seine Hände, sie waren auffallend groß und schlank, Hände, die Musik machen können.

Herr Pospischil möchte uns kennenlernen. Das ist es doch, was sie uns mitteilen möchten?

So ist es. Er verbeugte sich im Sitzen, zögerte, schaute erst Ruth an, dann Lea. Ich möchte spezifizieren. Selbstverständlich möchte er die Bekanntschaft von Ihnen beiden machen, meine Damen, doch im besonderen die Ihre. Nun verbeugte er sich vor Lea.

Das hatte sie erwartet. Aber sie wußte nicht, wie man in solch einem Fall reagierte.

No, sagte sie, richten Sie Herrn Pospischil aus, wir würden uns freuen, wenn er zu uns an den Tisch käme.

Waldhans stand auf und schob den Stuhl vor sich: Könnte es morgen sein?

Warum nicht gleich?

Seine Antwort verblüffte sie. Es könnte ihn aufregen. Er muß sich vorbereiten.

Pünktlich erschien er am nächsten Abend, ohne Waldhans, wie auch immer vorbereitet, sprach höflich und leise gegen den Lärm an, wechselte vom Tschechischen manchmal ins Deutsche, was Lea nicht auffiel, Ruth aber als Aufmerksamkeit vermerkte, und auf dem Weg nach Hause tauschten die Schwestern fast atemlos ihre Eindrücke aus: Daß er viel älter sei, als sie ihn aus der Ferne eingeschätzt hätten; daß man ihm den guten Stall anmerke; daß ein solcher Altersunterschied kaum eine Rolle spielen müsse; daß seine Schwäche für die Jagd und seine Vorliebe für die Klaviermusik von Debussy und Janáček nicht gerade unter einen Hut passen; daß, wie man hört, die Pospischils steinreich seien; daß es egal sei, ob Tscheche oder Deutscher.

Sie zogen es vor, die Eltern noch nicht ins Vertrauen zu ziehen. Sie würden sich ohnehin aufregen, Gründe dafür fänden sie immer.

Ruth kam nicht mehr mit. Sie störe, und außerdem komme sie sich als Anstandsperson komisch vor.

Jiři und Lea verabredeten sich von nun an regelmäßig.

Jiři erstaunte sie immer wieder von neuem, ein sanfter Zauberer, der sie seine Zärtlichkeit nur ahnen ließ, nie aus der Fassung geriet, häufig von zu Hause erzählte, von der Mutter. Selten von dem Bruder, mit dem zusammen er das Geschäft führte.

Die Verabredungen weiteten sich aus, vom Abend auf den Tag. Er erzählte ihr die Stadt, und sie sah sie wie neu. Sie trafen sich zum Tennis, und sie gewann jedes Spiel. Da lud er sie zu einer Fahrt in seine Jagdgründe ein. Sie hielt es für einen Spaß, doch er meinte es ernst.

Aber da hatte Mutter sie schon gestellt, und Lea konnte ihre Bekanntschaft nicht länger geheimhalten. Mutter rief sie in die Umgebung, die ihnen beiden vertraut war, in die Küche.

Wieso verschwindest du neuerdings schon am frühen Nachmittag? Zum Tennis kannst du nicht immer gehen, deinen Schläger läßt du öfter hier.

Nein, sagt Lea.

Mutter schnitt Salat, Karotten und achtete darauf, daß die Milch auf dem Herd nicht überkochte. Es duftete nach Thymian.

Nein, sagte Lea. Ich habe jemanden kennengelernt.
Was heißt jemanden? Einen Mann, nehme ich an.
Ja.
Und dich in ihn verliebt?

Es kann sein.
Was bedeutet das wieder?
Ich habe ihn gern, Mutter, ich bewundere ihn.
Könnten wir ihn kennen?
Er heißt Pospischil, Jiři.
Ein Tscheche also.

Lea hatte später versucht, dieses Gespräch Ruth wiederzugeben, sich dabei erinnert, wie sie und Mutter sich bewegten, was sie taten. Wie Zdenka sich ein wenig abseits hielt, vor Neugier fast steif. Und wie Mutter von der Arbeit nicht einen Moment abließ, erst als sie gehört habe, daß ihr Anbeter ein Tscheche sei, habe sie aufgehört, die Karotten zu schneiden, und sei wie vom Blitz getroffen dagestanden. Wahrscheinlich wäre es zu einer schlimmen Auseinandersetzung gekommen, einem Skandal, hätte sich nicht Zdenka zu Wort gemeldet: Die Pospischils sind eine der feinsten Familien Brünns, habe sie ausgerufen, die müßten Sie doch kennen, gnädige Frau. Was Mutter offengelassen habe. Sie habe nur noch gefragt, ob es ihr wirklich ernst sei.

Vater bat sie ins Gewächshaus, zu seinen Kakteen.

Ein Deutscher wäre mir lieber, Lea.

Aber du, gerade du hast doch nie einen Unterschied gemacht, Vater.

Er wog eines der Messingschäufelchen in seiner Hand, noch kleiner und leichter geworden: Ich, Mädelchen, denke auch nicht daran, einen Unterschied zu machen. Die Zeit wird es tun. Im übrigen kenne ich

Jiři Pospischil. Und schätze ihn. Du wirst wissen, daß er bestimmt zehn Jahre älter ist als du.

Ja, das weiß ich.

Ich hoffe, ihm wird mit der Zeit dein Temperament nicht zuviel werden. Er sagte es so, als sei er sicher, daß Jiři um ihre Hand anhalten würde.

Jiři war es mit dem Ausflug in seine Jagdgründe wichtig. Vor der Kapuzinerkirche erwartete er sie, skurril verkleidet als Jagdherr in grüner Jacke, Breeches und Stiefeln, zog den Hut mit dem aufgepfropften Rasierpinsel, küßte ihr die Hand und zeigte auf ein schwarzes Auto, einen Tatra: Der bringt uns hinaus.

Das Vergnügen wurde zur Prüfung. Sie verließen, kaum aus der Stadt, die Straßen, fuhren über Feld- und Waldwege. Sie fuhren nicht, sie hüpften, sprangen, wurden gerüttelt und geschüttelt, und Lea konnte, als Jiři nach einer Stunde Fahrt vor einer Holzhütte am Waldrand hielt, kaum stehen und gehen. Sie blieb im Wagen sitzen, wofür Jiři, mit dieser Schüttelschwäche anscheinend vertraut, Verständnis hatte. Er verschwand im Haus, blieb dann auf der Veranda stehen, um sie zu empfangen.

Ich bitte Sie.

Er bat sie. Sie folgte ihm, übernahm ihre Rolle in seinem Spiel. Jetzt erst fiel ihr auf, daß er nur noch deutsch sprach. Bis zum Abend blieb er dabei.

Das ist meine Zuflucht. Hier kann ich auch über Nacht sein. Er begann seine Führung. Zuerst ins Haus, dessen Zimmer schlicht und kommod eingerichtet waren. In dem kleineren Raum stand ein ausladendes

Bett, und Lea schoß die Frage durch den Kopf – eher neugierig und keineswegs eifersüchtig –, wen er womöglich schon über Nacht eingeladen hatte.

Kommen Sie! Er verließ die Hütte, ohne sie abzuschließen. Sie gingen durch den Wald. Manchmal war er vor ihr, manchmal neben ihr. Er erklärte ihr Bäume, Buchen, Eichen, Fichten, führte ihr Lichtungen vor wie prächtige Säle.

Das ist unser Wald. Schon mein Vater hat hier gejagt.

Schießen Sie auch?

Er stellte sich ihr in den Weg, baute sich vor ihr auf: No, hätte ich mich sonst so verkleidet, Fräulein Lea? Ich schieße nicht nur, ich angle auch. Er führte sie zu dem Teich, an dem er, wie er erzählte, stundenlang reglos sitzen konnte, und von da zu einem nahen Hochsitz.

Kommen Sie! Und geben Sie acht.

Auf dem luftigen Gerüst gab es eine Bank. Lea setzte sich, spürte seine Nähe, schwieg wie er. Die Lichtung zu ihren Füßen weitete sich in der späten Nachmittagssonne zu einem Raum, in dem unsichtbare Wesen zu sprechen begannen, jedes Geräusch, jeder Laut seine Bedeutung hatte.

Er faßte nach ihrer Hand. Sie war erstaunt, wie trocken und leicht sie sich anfühlte.

Sie wartete. Sie vergaß, daß sie wartete, denn sie verlor sich im Schauen und Hören.

Lea? Seine leise Frage glich einem der unendlich vielen Waldgeräusche. Lea?

Sein Gesicht war nah vor ihrem. Sie dachte: Er ist wirklich nicht mehr jung, und ärgerte sich, so zu denken.

Mit seiner leichten Hand fuhr er ihr über die Wange. Es spürte sich an wie Gefieder.

Für einen Augenblick legten sich seine Lippen auf ihre.

Ist das alles? hätte sie gerne gefragt.

Auf der Heimfahrt erzählte er, wie er früher seinen Vater zur Jagd begleitet und es nur mit Mühe geschafft hatte, stundenlang auf dem Hochsitz ruhigzuhalten. Einmal habe ich gehustet, ein einziges Mal auf den vielen Jagden, und er hat mir eine getachtelt, daß ich am hellen Morgen die Sterne sah.

Er nahm sich Zeit.

Er erzählte mit einem solchen Eifer von sich, daß sie eine Ahnung bekam, wie ausdauernd er auch schweigen konnte. Sie hörte, daß er die Mutter über alles liebe. Sie werden sie kennenlernen, Lea, sie ist eine unvergleichliche Frau. Eine Bauerntochter aus der Hana. Daß er seinem Bruder, mit dem er leidlich zurechtkomme, die Leitung des Geschäfts mehr oder weniger überlassen habe. Daß ihm sein Freund Waldhans den Bruder im Grund ersetze. Daß er die Ehre habe, Janáček zu kennen, und die Musik überhaupt ihm noch wichtiger sei als die Jägerei. Daß er mit Leidenschaft winzige Bilder auf Elfenbein male, vor allem Porträts imaginärer Personen.

Alles, wovon er sprach, machte ihr ein wenig Angst. Ruth beruhigte und ermutigte sie: Jiří ist nicht einer wie andere, das muß dich doch mit Stolz erfüllen.

Zwei Wochen vor Vaters Tod hielt er um ihre Hand an, lernte sie seine Mutter, die Maminka kennen, und Vater, den die gräßliche Müdigkeit auszehrte, gab ihnen, ganz nach seiner Art, den Segen.

Er hatte im Herrenzimmer, in dem er sich sonst nicht mehr aufhielt, mit Jiři allein gesprochen, dann nach ihr gerufen. Er hatte sie gebeten, neben ihm Platz zu nehmen. Der Sessel, sein Arbeitssessel, war zu groß für ihn geworden.

Mädelchen – er faßte in die Schublade neben sich, zog eine Zigarre heraus, die ihm strikt verboten war, und zündete sie sich an –, Mädelchen, es ist wohl unangebracht, dich jetzt noch so zu nennen. Ich erlaube es mir ein letztes Mal. Ich habe mich mit Jiři Pospischil ausgesprochen und bedaure es, ihn nicht früher kennengelernt zu haben. Wir hätten Freunde werden können. Das gibt mir immerhin die Sicherheit, dich einem möglichen Freund anzuvertrauen. Ich habe deine Naivität, deinen Lebenshunger, deine Neugier für Menschen stets als Stärken betrachtet. Ich habe mich an ihnen gefreut. Sie können aber auch zu deinen Schwächen werden, und ich hoffe, Jiři wird dich dann verstehen und dir beispringen. Was die Zeit mit sich bringt – da habe ich so meine Befürchtungen. Laßt euch, ich flehe euch an, niemals auseinanderdividieren. Also, seid gesegnet.

Er richtete sich hinterm Schreibtisch auf, drückte die Zigarre mit einer heftigen Geste aus.

Danke, Herr Böhmer, sagte Jiři und nahm Lea an der Hand.

Sagen Sie Vater zu mir.

Danke, Vater.

Er starb nebenbei, im Schlaf. Mutter blieb bei ihm liegen, weinend und nahm sich Zeit für ihn, ehe sie die Mädchen rief. Seinem Tod folgten lauter Abschiede. Ihre Welt veränderte sich.

Mit Zdenka verließ die Schwestern endgültig die Kindheit, die Jugend. Sie habe ohnehin vorgehabt, daheim auf dem Hof zu helfen. Einen Mann werde sie alte Jungfer nicht mehr finden, und in der neuen Wohnung sei sowieso kein Platz für sie.

Mutter gab die Wohnung am Domberg auf. Sie fanden, mit Hilfe von Herrn Ribasch, eine neue, kleinere, nahe dem Augarten.

Kommts mich halt besuchen.

Und du uns, Zdenka.

Vielleicht treffts ihr mich auf dem Krautmarkt.

Sie lachten und wischten sich gegenseitig die Tränen aus dem Gesicht.

Pan Lersch würde sich, wie er sagte, mehr auf die Fabrik konzentrieren, aber, wann immer es nötig sei oder er gerufen werde, nach den Damen schauen.

Ruth verließ die Firma. Ihr war eine Stelle als Geschäftsleiterin in einem Schreibwarenladen in der Passage am Großen Platz angeboten worden. Sie zog mit der Mutter um.

Am 12. Februar 1936 heirateten Lea und Jiři.

IX

Sie sind sich schon Tage vorher einig, Leas 80. Geburtstag genauso zu feiern wie den von Ruth, denn an den erinnern sich beide als an einen selten glücklich verlaufenen Tag. Natürlich können sie unvorhersehbare Ereignisse – einen Gratulanten aus der Firma zum Beispiel – nicht einplanen. Aber rechnen müssen sie mit ihnen. Außerdem hat sich Ruth vorgenommen, eine Rede zu halten.

Ruth steht früh auf, bereitet das Frühstück vor, stellt die Piccolo-Flasche Sekt, die sie in ihrer Wäschekommode versteckt hielt, in den Kühlschrank und deckt nicht, wie sonst, in der Küche, sondern im Wohnzimmer.

Sie ist bereits festlich gekleidet, in Kostüm und Seidenbluse, hat sich nur die Schürze vorgebunden. Aus den Geranienkästen auf dem Balkon zupft sie ein paar Blüten und ordnet sie um Leas Gedeck. Dann wirft sie einen prüfenden Blick auf das Ganze, verrückt Teller, Tassen, Bestecke um eine Winzigkeit, richtet sich auf und hört sich atmen. Sie stützt sich am Tischrand ab, schließt die Augen, wartet einen Moment und spricht dann leise vor sich hin, als müsse sie Wort für Wort üben: Wach auf, Lea, weißt du nicht, was dich erwartet? Du hast Geburtstag. Ich gratuliere dir, Schwester. Ich gratuliere dir.

Sie muß Lea nicht wecken. Sie sitzt wach im Bett, schaut erwartungsvoll zur Tür. Warum kommst du so spät? fragt sie und bringt Ruth völlig aus dem Konzept.

Ich dachte, du schläfst noch.

Dazu bin ich viel zu aufgeregt.

Ich wollte dich wecken.

Du siehst, ich bin längst wach, und du könntest mir gratulieren.

Ruth hat dieser Aufforderung zuvorkommen wollen, nun weiß sie nicht, wie sie anfangen soll, steht neben dem Bett, schaut auf die Schwester, reibt sich die Hände, sucht nach Worten, läßt sich auf dem Bettrand nieder, hört wieder ihren viel zu lauten Atem und faßt, sehr vorsichtig, Leas Kopf, zieht ihn an ihre Brust. Herzlichen Glückwunsch, Lea. Und daß du mir gesund bleibst.

No, was verlangst du noch von mir?

Lea zieht den Kopf zurück, küßt Ruth auf beide Wangen. Dekuji.

Prosím.

Ruth zieht die Decke weg. Jetzt beeil dich, und auch wieder nicht. Mach dich schön. Schließlich gehen wir heute mittag aus. Ich habe gestern schon den Tisch reserviert, im Hotel Pflum.

Das wird nötig gewesen sein.

Willst du, daß ich mit dir streite?

Ruth setzt sich an den gedeckten Tisch, wartet, hört Lea im Bad andeutungsweise singen, »Jetzt geh ich ins Maxim«, gießt sich einen Schluck Kaffee in die Tasse, nippt an ihr, wartet. Sie weiß, Lea will ihren Auftritt haben.

Und schon ist sie im Zimmer, mit ein paar Schritten, dreht sich kokett, wenn auch vorsichtig, um sich selbst. Vielleicht ist das Kleid ein bissel zu dekolletiert. Ich habe es lange nicht angehabt.

Es steht dir so gut wie eh und je.

Du übertreibst.

Wieso sollte ich übertreiben. Nach einem Zögern fährt sie fort: Über das Alter sind wir hinaus. Oder nicht?

Lea setzt sich, rückt den Stuhl zurecht, fährt mit der flachen Hand über die Geranienblüten, was Ruth rührt.

Bin ich gut frisiert? Lea setzt sich aufrecht und wendet den Kopf hin und her.

Tadellos.

Komisch, wenn ich mir mein Haar bürste, komme ich mir vor wie eine Neunzehnjährige.

Ich bitte dich, wir feiern deinen Achtzigsten.

Kann man den feiern?

Ruth springt auf. Du wirst sehen! Sie läuft in die Küche, holt den Piccolo, hält die Flasche wie eine Trophäe hoch: Damit fangen wir an.

Gerade hast du ausgeschaut wie die Freiheitsstatue.

Eine Phantasie hast du. Ich hab etwas vergessen.

Lea wirft einen prüfenden Blick auf den Tisch. Was schon? Mir fällt nichts auf.

Ein Licht! Wenigstens eins. Kannst du mir sagen, wo ich eine Kerze finde?

Wo schon. In der Schublade im Küchentisch.

Ruth hastet in die Küche, kommt mit leeren Händen zurück. Nichts! Immer behauptest du Sachen, die nicht stimmen.

No, dann schau im Sekretär nach.

Wo sich tatsächlich ein dicker Stummel findet.

Also weiß ich's, oder weiß ich's nicht?

Erst beim zweiten Anlauf.

Willst du streiten, Ruth?

Die wenigen schnellen Schritte haben dafür gesorgt, daß Ruth Luft holen muß, ihr Atem rasselt. Sie zündet mit unruhigen Händen die Kerze an, setzt sich wieder, versucht zur Ruhe zu kommen, schraubt den Piccolo auf, gießt ein und merkt zufrieden, daß die Hände kaum mehr zittern.

Du solltest, sagt Lea leise, schon einmal wieder bei Doktor Schneider vorbeischauen.

Ruth ist in Gedanken längst bei ihrer Rede. Sie wird sie jetzt halten müssen. Beim Mittagessen, in aller Öffentlichkeit, wäre es unmöglich, und danach könnten sie beide zu müde sein.

Mühsam richtet sie sich auf.

Ich bitte dich, sei nicht so fahrig, Ruth, bleib endlich auf deinen vier Buchstaben sitzen.

Du redest mit mir, als wär ich ein Kind.

Du führst dich so auf, Ruth.

Sei still. Sie greift nach dem Glas: Es gehört sich, daß zu einem runden Geburtstag geredet wird. Und da sich sonst niemand gefunden hat, werde ich eine Rede halten.

Lea schaut überrascht zu ihr auf. Du bist meschugge, Ruth. Noch nie hat ein Mensch eine Rede auf mich gehalten, nicht einmal Jiři, und der hätte es gekonnt. Und wo hast du deinen Zettel? Willst du womöglich auswendig sprechen?

Leas Zweifel stärken Ruth. Seit Tagen hat sie Sätze auswendig gelernt und wieder umgeordnet und zur Hälfte vergessen und anders und neu gedacht. Wenn sie gut über den Anfang kommt, kann es ihr gleich sein. Ein paar Sätze, mit denen sie zum Ende findet, wird sie im Gedächtnis behalten haben.

Also fang schon an. Lea lehnt sich zurück, nickt ihr auffordernd zu und verschränkt die Arme vor der Brust.

Ruth setzt das Sektglas ab und beginnt:

Lea, meine liebe Schwester. Ich bin dir um ein Jahr voraus, nun sind wir beide über eine Schwelle, die wir im Augenblick nicht spüren, das wird kommen. Aber wir teilen ja unsere Schmerzen schwesterlich. Oder wir streiten um und über sie. Eigentlich wollte ich das erst später sagen und das, was ich jetzt sage, gleich zu Beginn. Seit vierzig Jahren leben wir zusammen. Zuerst die Jahre mit der Mutter und seither allein. Zusammen allein. Das sind zwei Wörter, die sich eigentlich beißen. Wir haben all die Zeit sie ausgehalten. Manchmal mit großer Mühe. Immer wieder wollte eine von uns davonlaufen. Nur wohin? Eine Weile hast du dich nach Wien gesehnt, nicht bloß wegen Hugo, auch weil Wien Brünn näher liegt, glaube ich. So weit bin ich in meinen Hoffnungen gar nicht erst gegangen. Nein. Sie bricht ab, starrt vor sich hin.

No, bist du am Ende?

Ich bin bei der Hoffnung gewesen. Ja. Weißt du, Lea, was mir fortwährend durch den Kopf ging, als ich mich in dieser Rede übte: Wir haben zuviel gehabt und deshalb zuviel verloren. Genaugenommen blieb uns nichts. Nicht einmal der ältere Bruder, der uns hätte helfen können. Keine Kinder, keine Enkel. Niemand wird, wenn wir nicht mehr sind, um uns trauern. Und davor, daß eine von uns um die andere trauern muß, haben wir beide entsetzlich Angst. Also halten wir uns gemeinsam ans Leben. Gemeinsam, sag ich. Und wenn wir manchmal auch Streit haben, daß die Fetzen fliegen – heute bitte nicht! –, möchte ich dir, Schwester, gestehen, daß ich dich brauche und deshalb vielleicht sogar, natürlich nur zeitweilig, liebe. Sie greift nach dem Glas. Bei den letzten Sätzen sind ihr Tränen gekommen. Auch Lea wischt sich die Augen.

Prosit, auf unser nächstes gemeinsames Jahr, ganz bescheiden.

Dekuji sestra.

Red deutsch.

Überlaß das bitte mir.

Gut, aber nur, weil es heute ist.

Die Rede hat sie beide erschöpft. Nachdem sie das Frühstück beendet haben, setzt sich Lea auf den Balkon und gibt vor, Zeitung zu lesen.

Ruth räumt auf, geht hinunter, schaut nach der Post. Mit der Zeitung holt sie einen Brief heraus, der genau dem gleicht, den sie vor einem Jahr vom Bürgermeister bekommen hat.

Besonders einfallsreich sind die auch nicht, sagt sie laut und schlägt mit einem Knall den Briefkasten zu.

Daß der Bürgermeister ihr wortgleich gratuliert wie Ruth vor einem Jahr, schert Lea wenig: Das sind halt Sätze für die Achtzigjährigen. Wäre ich fünfundsiebzig geworden –

Das würde dir gefallen –

Ja, gefallen würde mir das auch. Und an die Fünfundsiebzigjährigen schreibt der Bürgermeister sicher einen anderen Brief.

Sie überläßt es Ruth, das Schreiben an geeigneter Stelle zu deponieren, am besten bei den Geschenken.

Die nicht vorhanden sind. Was beiden in diesem Moment erst auffällt. Ruth klatscht sich mit der flachen Hand an die Stirn: Ich werde alt, sagt sie.

Lea lacht, erst leise, unterdrückt, dann laut und kreischend.

Was Ruth wiederum aufbringt: Ich bitte dich, reiß dich zusammen. Die Nachbarn werden sich was weiß ich was denken.

Sollen sie!

Die Geschenke!

Im Grunde wollten wir uns nichts mehr schenken.

Aber ich habe doch welche.

Als Ruth sich auf den Weg in ihr Zimmer macht, klingelt es an der Wohnungstür.

Das wird er sein, ruft Lea.

Das ist er, der Bote der Firma, der kommen mußte, wie ihrer vor einem Jahr, sonst wäre sie in einen mißlichen Vorteil geraten.

Sie bittet den jungen Fahrer herein. Die Jubilarin wird sich freuen. Ich meine Frau Pospischil.

Lea nimmt seine Verlegenheit nicht wahr, klatscht in die Hände, tritt ins Zimmer, wobei sie über die Balkonschwelle stolpert: Das ist eine Überraschung.

Die Firma Schreiner gratuliert und wünscht alles Gute. Er weiß nicht, wohin mit dem voluminösen Blumenstrauß und dem weißen Karton.

Lea nimmt ihm den Strauß, Ruth den Karton aus der Hand. Dann stehen sie wortlos, der Bote verbeugt sich, schickt sich an zu gehen, und Lea flüstert Ruth zu: Gib ihm was.

Er ist fast zur gleichen Zeit gekommen wie deiner, stellt Lea danach zufrieden fest. Der Strauß paßt in keine der vorhandenen Vasen. Ruth weiß nichts Besseres, als ihn in einem Eimer auf den Balkon zu stellen.

Teil ihn auf, rät ihr Lea. Mach drei Sträuße daraus, fürs Zimmer, für den Balkon und einen kleinen für die Küche.

Es bleibt nicht mehr viel Zeit, bis sie mit dem Bus in die Stadt fahren, zum Essen.

Der Tisch ist reserviert. Die Wirtin wünscht alles Gute. Lea darf sich aussuchen, wonach sie Gusto hat, und ist schließlich doch nicht mit ihrer Wahl zufrieden. Sie leistet sich einen Trollinger, Ruth einen Riesling.

Völlig erschöpft kommen sie nach Hause.

Beide sind sich einig, sich ein bissel hinzulegen. Sie schlafen fast bis zum Abend. Dann sitzen sie sich schweigend am Tisch im Wohnzimmer gegenüber. Ruth hat wieder die Kerze angezündet.

Die Geschenke, ich hab sie vergessen.

Heb sie auf bis zum nächsten Jahr, Ruth, oder ist es etwas Verderbliches?

Nein.

Die Torte schneiden wir erst morgen an.

Als sie sich für die Nacht vorbereiten, Lea sich bei offener Tür auszuziehen beginnt, sagt sie: Ist dir aufgefallen, daß kein Mensch angerufen hat?

Wer könnte uns anrufen, Lea?

Manchmal – Lea zieht sich das Kleid über den Kopf –, manchmal kommt es mir vor, als hätte es uns beide auf eine Insel verschlagen und wir werden nur nicht verrückt, weil wir uns gegenseitig einreden, normal zu sein.

Liebe

WAS UNVERÄNDERBAR SCHIEN, löste sich auf. Nicht mit einem Schlag. Lea entfernte sich als erste aus dem Kindheitsbezirk der Dom-Terrasse. Sie zog mit Jiři in eine kleine Wohnung mit großer Küche, hinaus in die Schwarzen Felder, einer modernen Siedlung am Rande der Stadt.

Mutter überließ es Herrn Ribasch, eine geeignete Wohnung für sie und Ruth zu suchen. Er fand sie in der Nähe des Augartens und jener Oblatenbäckerei, die sie als Kinder mit ihren Düften angezogen hatte, Am Bergl, einer steilen Stichgasse, die gesäumt war von noblen, um die Jahrhundertwende gebauten, fünfstöckigen Häusern. Schon der Straßenname, fand er, müßte ein gutes Omen sein, wieder ein Bergl wie der Domberg auch.

Vieles, woran sie hingen, mußten sie aufgeben. Die neue Wohnung war bei weitem kleiner und zeichnete sich, anstatt durch eine Terrasse, durch einen großen Erker aus. Das Herrenzimmer mußte ebenso verkauft werden wie das Schlafzimmer.

Sanft und unnachgiebig redete Herr Ribasch Mutter ein Möbelstück nach dem andern aus.

Schau, Hella, du kennst die neue Wohnung, in

welchem Zimmer willst du die beiden großen Betten samt den Nachtkastln unterbringen?

Aber ich werde in keinem andern Bett schlafen können, nach den Jahren mit Otto, und er ist neben mir gestorben.

Nur müßtest du dann eine andere, kostspieligere Wohnung mieten.

Es brauchen doch nur die beiden Betten in ein Zimmer zu passen, Jakob, sonst nichts.

Und die beiden Schränke?

Frag mich nicht.

Ich muß nicht fragen, Hella, ich versuche dir den Umzug so leicht und bequem wie möglich zu machen.

Dafür bin ich dir auch dankbar.

Und das Herrenzimmer?

In dem bin ich nur zu Gast gewesen. Da arbeitete Otto, wenn er zu Hause war.

Fändest du es geschmacklos, wenn ich dir den Schreibtisch abnähme? Natürlich würde ich mich erkenntlich zeigen.

Ich bitte dich, Jakob. Brauchst du einen zweiten?

Nicht für mich. Für einen Freund. Er ist aus dem Reich geflohen, ein Jude, und er ist ja nicht der erste.

Dies alles, sagte sie und sank im beinahe ausgeräumten Zimmer auf einen Schemel, dies alles auch, diese Unruhen, diese Unsicherheiten.

Es wird noch schlimmer kommen, Hella.

Und was wird mit uns geschehen, Jakob?

Wir werden uns nicht aus den Augen verlieren, ganz gewiß nicht.

Erinnerte sich Ruth an die Wohnung am Domberg, den Umzug, hörte sie immer diese beiden Stimmen, ein schwebendes Gespräch, das kein Ende fand.

Es drängte sie weg aus Vaters Fabrik. Sie suchte nach einer anderen Arbeit. Alles in dem alten Bau an der Kröna erinnerte sie an den Vater. Herr Ribasch verstand sie.

Auf eine Annonce hin sprach sie in dem Schreibwarengeschäft Kostka vor, es war ihr erster Versuch, sie wurde nach einem kurzen Gespräch eingestellt. Ihr blieb ein knapper Monat Zeit bis zum Arbeitsbeginn.

Der Eigentümer, Joseph Kostka, war ihr, was sie sich ungern eingestand und Mutter nicht verriet, überhaupt nicht geheuer. Nicht daß er sich unangenehm oder aufdringlich benommen hätte. Er kam ihr vor wie die verkörperte Anzüglichkeit. Nicht so groß wie sie, immer auf dem Weg zu einer Verbeugung, herausfordernd oder ergeben; etwas zu auffallend angezogen, er bevorzugte großgemusterte Sakkos mit gelben oder rosa Hemden und dazu farbig kontrastierende Fliegen. Ständig bewegte er seine wulstigen Lippen, als liebkose er sich selbst. Die goldene Brille setzte er nur auf, wenn er lesen oder schreiben mußte. Ohne Brille wirkte sein breitflächiges Gesicht abstoßend nackt.

Das Geschäft in der Passage am Markt war nicht groß, galt als nobel, und Kostka rühmte sich seiner treuen und großzügigen Kunden. Neben exquisiten Briefpapieren hatte er vor allem Füllhalter und Druckbleistifte aller Marken im Angebot. Wer es wünschte, konnte sich seinen Namen in verschiedenen Schriften auf den Füller gravieren lassen. Irgendwann erzählte Kostka, daß er Vater den teuersten Montblanc mit schwerer Goldfeder verkauft, der Herr Papa die Gravierung jedoch als eitlen Firlefanz abgetan habe.

Vom Geschäft führte zwischen zwei Regalen eine Tür zum Lager, einer schlauchähnlichen Kammer, in der sich auch ein Arbeitspult für den Prinzipal befand, an dem er sich aber so gut wie nie aufhielt.

Jiři kannte Kostka. Er war sicher, daß Ruth die Arbeit in seinem Geschäft interessant finden werde, doch mit allen Auskünften zur Person hielt er hinterm Berg, und als Ruth fragte, ob Kostka Tscheche oder Deutscher sei, gab er ihr zur Antwort, er gehöre unbezweifelbar zum großen Volk der Schlawiner.

Kostka blieb geschäftsmäßig höflich, wies sie, von der Bestellung bis zum Kundengespräch, in ihre Arbeit ein, und die sehr junge Verkäuferin, Fräulein Bohumila, paßte zusätzlich auf, daß nichts schiefging.

Ruth hatte das Gefühl, selbständig zu werden. Zwar rissen nicht alle Fäden in die Vergangenheit – sie besuchte Lea und Jiři ebenso regelmäßig, wie sie die Ribasch-Töchter traf –, doch von dem, was sie schmerzte, einengte, diesem verspäteten Kinderwesen, war sie nun frei.

Lea merkte es. Sie führte sie an einem gemeinsamen Sonntagnachmittag vor den Garderobenspiegel, stand erst neben ihr, womit sie das vertraute Schwesternspiel fortsetzte, trat dann aus dem Spiegel heraus und ließ Ruth allein: Siehst du sie?

Wen? Mich?

Nein. Die andere. Fesch bist du geworden. Fabelhaft siehst du aus.

Sie mußte Lea recht geben und lächelte sich im Spiegel zu.

Die paar Monate bei Kostka hatten sie verändert, der Umgang mit fremden Menschen, die sie abzuschätzen gelernt hatte, die sie, nur für einen Augenblick, anzogen und ihr dann doch gleichgültig blieben. Auch Kostkas umständliche Komplimente. Sie war wacher geworden. Ihr fiel auf einmal auf, wie die Zeit den kleinen Laden nicht aussparte. Immer häufiger gab es unter den Kunden Flüchtlinge aus dem Reich, die manchmal zu erzählen begannen, lauter sie erschreckende Bruchstücke über Angst und Flucht, und vor Hitlers politischer Unersättlichkeit warnten.

Es waren nur Anflüge von Schrecken. Der Tag machte sie immer wieder vergessen.

Lea stand von neuem neben ihr, drehte sie zu sich, einander umarmend schauten sie sich im Spiegel an.

Du müßtest doch einen Verehrer haben.

Hab ich nicht.

Dann wenigstens einen Flirt.

Auch das nicht.

Seit wir nicht mehr unsere Ausflüge ins Operncafé unternehmen, kenne ich niemanden, den ich dort treffen könnte. Und ich möchte Mutter abends nicht alleinlassen.

Da legt ihr stundenlang Patiencen.

Was bleibt mir übrig, Lea?

Schau dich um. Sei wenigstens ein bissel keck.

Es mußte, sagte sie sich, an ihr liegen, daß sie Männern nicht auffiel.

Carlo, der für drei Tage Halt in Brünn machte, eigentümlich gehetzt, abwesend, hielt sie zwischen Tür und Angel fest, nahm ihr Gesicht zwischen die Hände: Frisch siehst du aus und kühn, Schwester! und warnte sie davor, aus Eigensinn und Furcht eine alte Jungfer zu werden.

Warum kommst du nicht zurück? fragte sie.

Ich muß an meinen Partner denken.

So viele fliehen, müssen fliehen.

Wäre ich Jude, ich hätte mich längst auf und davongemacht.

Und du bleibst!

Ein Jahr später, nachdem die Synagogen im Reich gebrannt hatten, jüdische Geschäfte geplündert worden waren, riet er, auf einer atemlosen Durchreise, Ruth ganz nebenbei, auf zweierlei menschliche Ausdünstungen zu achten: Den Geruch von Angst und den Gestank von Mordlust. Vergiß es nicht, rief er und lachte. Sie konnte sich nicht erklären, warum.

Immer, wenn sie abends von der Arbeit kam, das Bergl hochging, sah sie Mutters Kopf hinter dem Erkerfenster, entweder als Schatten in der sommerlichen Dämmerung oder, im Winter, angeleuchtet von der Stehlampe. Sie hatte sich nicht nur an die oft wortlosen Abende zu zweit gewöhnt, sie empfand sie als Zuflucht. Neuerdings kam eine alte Dame aus dem Haus dazu, eine naturalisierte Französin, Madame Longe, die mit Witz und Ausdauer Rommé spielte.

Es kam Ruth vor, als überschreite sie morgens und abends eine Grenze, die sie veränderte, zwei Lebenssphären voneinander trennte. Hinterm Schaufenster, in dem engen Laden, spielte sie eine Rolle, in der Lea und Mutter sie kaum erkennen würden.

Anfänglich meinte sie, daß sie den Zugewinn an Freiheit allein dem Umgang mit Kunden verdanke, den wechselnden Unterhaltungen, aber auch den kleinen, sie anspannenden Flirts mit Blicken und Gesten. Sie begriff allmählich, daß sie sich irrte, daß vor allem Joseph Kostka mit seiner wechselnden Nähe, seinen leisen, huschenden Anzüglichkeiten sie unmerklich erregte, in eine Spannung versetzte, die sie insgeheim genoß. Seine ständige Gegenwart sickerte in ihre Gedanken. Es schien ihr, daß sie nach seinem Willen reagierte und sich bewegte, nach einem sie mehr und mehr erregenden Muster von Ekel und Anziehung. Berührte er, gewiß nicht zufällig, ihre Hand, fuhr ein Stromschlag durch ihren ganzen Körper. Manchmal wehrte sie sich dagegen, indem sie ihn nicht beachtete, sich hilfesuchend an Bohumila wendete. Dann konnte es passieren, daß sie vor Sehnsucht nach seinen flüchtigen Berührungen beinahe den Verstand verlor und Bohumila mit unsinnigen Sätzen verwirrte.

Sie wußte von Kostka, daß er von seiner Frau geschieden war und seit einigen Jahren allein lebte.

Einmal, als er mit einem Vertreter zu Tisch war, entdeckte sie in der Schublade seines Schreibpults unter einem Stapel von Bestellblocks Fotografien, auf denen nackte Paare kopulierten, aus einer widerwärtigen Nähe beobachtet, und sie mußte sich erbrechen.

In solchen Situationen kam sie sich wie eine Gefangene vor, aber ohne Kraft, ausbrechen zu wollen.

In ihren Träumen wiederholten sich die Fotos aus der Schublade, nun nicht mehr starr, sondern in wüster Bewegung.

Sie fürchtete, die Aura von Lüsternheit würde auch den Kunden auffallen, und vor Bohumila schämte sie sich manchmal so, daß sie vors Geschäft in die Passage trat und rauchte. Sie hatte sich das Rauchen angewöhnt, bevorzugte die flachen, stark parfümierten Ägyptischen.

Sie wartete. Doch sie wagte sich das, worauf sie wartete, nicht vorzustellen.

Und Kostka ließ sie warten.

Einmal in der Woche traf er sich abends mit Freunden in der Weinstube Wielczek; neuerdings tauchten die, einer nach dem andern, im Laden auf. Er schien sie vorführen zu wollen. Die unverhohlene Neugier der Männer beschmutzte sie, machte sie schäbig.

Sie gab Kostkas Phantasien mehr und mehr nach, schminkte sich stärker, kleidete sich um eine Spur gewagter, zeigte mehr Dekolleté.

Je williger sie nachgab, desto größer wurde ihr Abscheu. Sie war sich nicht sicher, ob vor ihm oder vor sich selber.

Sie hatte auch den Eindruck, daß der Laden von Mal zu Mal enger und sie auf ihn gedrängt wurde.

Immer wieder sagte sie sich als Formeln der Abwehr, was sie an ihm abstoßend fand: Daß er aus dem Mund stank, seine Hemden an Kragen und Manschetten schmutzig waren, daß seine wulstigen Lippen nie zur Ruhe kamen, daß nichts vor seinen obszönen Phantasien sicher blieb. Sogar die Füller zwischen seinen Fingern wurden lebendig, zu lauter Schwänzen: Ist das nicht ein schöner Dicker? Wobei er bei solchen Ausfällen immerhin darauf achtete, daß sich Bohumila nicht in der Nähe aufhielt.

Sie wollte nicht mehr warten.

Als er das erste Mal, hinter ihr stehend, wie zufällig sein Knie zwischen ihre Beine zwängte, drückte sie sich gegen ihn und hätte vor Wut über sich schreien können.

Von nun an gab sie nach.

Auch er nahm sich keine Zeit mehr.

Er bat sie, Bohumila hatte sich bereits verabschiedet, etwas länger zu bleiben, um die neue Lieferung von Füllern noch einzuordnen, rief sie ins Lager und fiel über sie her.

Sie vergaß sich, war nur von dem Wunsch durchdrungen, es den Körpern auf den Fotos gleichzutun. Und noch mehr.

Ich bin der erste, stellte er verblüfft fest.

Ja, sagte sie außer Atem und mit der Stimme einer andern: Aber bestimmt nicht der letzte.

Sie bekamen sich nicht satt.

Verließ sie nach heftigem und kurzem Kampf die Kammer und den Laden, rannte sie beinahe, schaute nicht nach rechts und links, denn sie fürchtete, jeder könnte erkennen, wie besudelt sie war.

Kam sie nach Hause, verschwand sie stets erst im Bad und entschuldigte sich bei Mutter, sie müsse sich nach dem langen und anstrengenden Tag herrichten.

Mit der Zeit gelang es ihr, sich zu beherrschen, ihn warten zu lassen und auf die Folter zu spannen.

Lea fand, sie blühe geradezu auf.

X

Ruth wacht ohne Grund auf, verläßt das Bett, läuft, ohne Licht zu machen, planlos in der Wohnung umher, setzt sich in der Küche auf den Stuhl zwischen Tisch und Fenster, sieht auf die Straßenlampen, die Dächer der geparkten Autos, drückt ihre Stirn gegen das Fensterglas und begreift allmählich, daß Angst sie aus dem Schlaf gerissen hat, Angst, es könnte Lea etwas zugestoßen sein; was, wagt sie nicht zu denken, sie gibt bloß der Angst nach, macht nun ein Licht nach dem andern an, horcht an der Tür zu Leas Zimmer, ärgert sich über ihren lauten Atem, hält ihn an, atmet danach um so heftiger, öffnet die Tür einen Spalt, starrt in die Dunkelheit, in der nichts zu hören ist, kein Atem.

Sie zieht die Tür auf, tritt ins Zimmer, achtet darauf, die Schlafende mit keinem Geräusch zu wecken. Sie geht zwei Schritte ins Zimmer hinein, hält inne, rührt sich nicht, schließt die Augen, fühlt, wie die Dunkelheit sie aufnimmt, durchdringt, es kommt ihr vor, als löse sich ihr Körper im Dunkeln auf.

Ihre Lippen formen den Namen der Schwester: Lea. Mehr nicht. Sie wartet, hofft, ihre Angst und ihre Ungeduld übertragen sich auf Lea, rühren sie an.

Aber die schläft, beinahe lautlos. Manchmal glaubt Ruth, einen Atemzug zu hören.

Mit kleinen Schritten geht sie ans Bett, drückt die Schienbeine gegen den Bettrand, aber sie wagt es nicht, sich über Lea zu beugen. Sie könnte sie aus Versehen berühren.

Ihre Augen haben sich an die Dunkelheit gewöhnt. Sie kann Leas Kopf auf dem Kissen erkennen, die Haare; zur Hälfte verschwindet er unter der Decke. Lea hat schon immer die Decke bis zu den Augen hochgezogen, schon als Kind, und Zdenka hatte sie im Spaß gewarnt, sie werde noch an ihren Pupsen ersticken.

Sie schläft. Ruth versucht sich zu beruhigen. Wieso sollte sie nicht schlafen, wie sie immer geschlafen hat: Geradezu bedrohlich ruhig, ohne jegliches Anzeichen, von einem Traum geplagt zu sein.

Zdenka, erinnert sich Ruth, hat auch manchmal gesagt, man könnte die schlafende Lea stehlen, sie werde nicht aufwachen.

Lea, sagt sie und ärgert sich im selben Moment, daß sie nun doch laut wird, nicht einfach umkehrt, sich zu Bett legt und den Morgen abwartet.

Lea richtet sich mit einem Ruck auf, ringt nach Luft, fährt mit beiden Händen suchend über die Decke. Wer ist hier?

Ich, flüstert Ruth und wünscht sich, spurlos verschwinden zu können.

Ruth, du?

Ja, Lea, beruhige dich, leg dich zurück, schlaf weiter.

Was ist?

Nichts.

Lea schaltet die Nachttischlampe an und hält sich die Hand schützend vor die Augen. Sie macht alles um eine Spur zu theatralisch, findet Ruth.

Kannst du mir sagen, weshalb du im Dunkeln an meinem Bett stehst wie ein Gespenst?

Ich wollte nur nach dir schauen.

Bist du wahnsinnig? Mich hat fast der Schlag gerührt.

Ruth ist nicht daran gelegen, mitten in der Nacht eine Debatte über etwas zu führen, was sie sich selber nicht erklären kann. Sie merkt, daß sie noch immer etwas nach vorn gebeugt steht, und strafft sich.

Ich bin aufgewacht an einer Angst, sagt sie verlegen.

Daran wache ich auch manchmal auf, aber dann belästige ich dich nicht.

Ich habe Angst um dich gehabt.

Um mich? Was soll mir im Bett zustoßen?

Sei nicht albern, Lea.

Du bist es, nicht ich.

Also schlaf wieder und entschuldige. Ruth wendet sich ab, doch Lea faßt nach ihrer Hand.

Wart. Setz dich.

Wieso?

Ich bitte dich, setz dich, sagt Lea mit Nachdruck, und Ruth folgt ihr widerwillig.

Hast du Angst gehabt, es könnte mir etwas zugestoßen sein?

Ruth nickt. Eine Antwort wagt sie nicht zu geben.

Also, daß ich nicht mehr am Leben bin?

Wieder nickt sie.

Lea legt ihre Hand auf die Ruths und schaut an ihr vorbei. Mir geht es manchmal auch so. Ich denke, Ruth lebt nicht mehr. Nur geistere ich nicht in der Wohnung herum und wecke dich, um sicher zu sein, daß du noch am Leben bist.

Ist das wahr, was du sagst?

Ja, manchmal träume ich, du hast wieder etwas an der Brust.

Du meinst, ich hätte wieder Krebs?

Warum sprichst du das aus?

Wenn du es träumst.

Ich habe es nicht gesagt.

Vielleicht, Ruth lacht trocken auf, vielleicht habe ich deshalb nach dir gesehen, Lea, weil ich es ausgesprochen wissen möchte.

Das ist mir ein bissel zu verzwickt gedacht.

Ruth steht auf, läßt Leas Hand los, sehr behutsam. Es ist besser, wir schlafen weiter.

Ja? Lea legt sich zurück, verzieht das Gesicht: Jetzt ist mir der Rücken steif geworden, bloß weil ich mitten in der Nacht zum Beweis hab wach sein müssen.

Das war nicht meine Absicht.

No, ich glaub schon ein bissel. Sie setzt sich, stöhnend, noch einmal auf und lächelt: Wenn das Bett nicht zu schmal wäre, könntest du jetzt bei mir schlafen.

Womit sie Ruth verblüfft und auch entsetzt: Was hast du für Ideen? Manchmal kommst du mir vor wie ein altes Kind.

Lea läßt sich wieder, sehr achtsam, zurücksinken und grinst: Ich weiß doch, Ruth, selbst als Kind hast du es vermieden, zu mir ins Bett zu kommen. Was weiß ich, warum dir das so peinlich war.

Ruth überraschend, löscht Lea das Licht. Du müßtest auch im Dunkeln wieder zurückfinden.

Ja, antwortet Ruth und unterdrückt ihre Wut.

Schlaf gut und entschuldige mich.

Soll ich dich wecken?

Immer mußt du spotten.

Nein, ich meine morgen früh.

Beide beginnen sie zu lachen. Leas Gelächter begleitet Ruth bis in ihr Zimmer, wo sie sich aufs Bett setzt, erleichtert und beschämt, die Hände zwischen die Knie drückt, vor sich hin starrt und erst, als der Schlaf in ihr aufsteigt, sich hinlegt.

Hüben oder drüben

Seit sie mit Jiři in den Schwarzen Feldern wohnte, suchte Lea eine Unruhe heim, der sie sich anfangs zu widersetzen suchte, ihr dann aber mehr und mehr mit Genuß nachgab. Ein angenehmer Schmerz, direkt unter der Haut.

Jiři, der oft unterwegs war, in der Firma oder mit seinem Freund Waldhans auf der Jagd, beim Angeln, trug ohne Zweifel dazu bei, mit seiner flüchtigen, sonderbar nachwirkenden Zärtlichkeit.

In der Hochzeitsnacht hatte er nicht mit ihr geschlafen, er hatte sie im Arm gehalten, gestreichelt und erzählt von seinen Kinderjahren, in dem zum Verirren großen Haus an der Kröna, von seiner Mutter und dem früh gestorbenen Vater, der ein besserer Jojo-Spieler als Kaufmann gewesen sei, und irgendwann, zwischen einer Anekdote aus der Familie und einem schwärmerischen Ausflug an die Fischteiche bei Großseelowitz, kam er auf eine Einbuße, wie er sich ausdrückte, vielleicht weil ihm dieses deutsche Wort gefiel: Also, hatte er gesagt und sie an sich gezogen, du mußt es gleich wissen, daß ich unter einer Einbuße leide, der Tuberkulose, nur brauchst du dich momentan nicht zu fürchten, sie ist verkapselt, geheilt, doch sie könnte wieder aufbrechen, und damit müssen wir rechnen, Lea.

Da er eher nebenbei auf seine Krankheit kam und sie damit beschäftigt war, mit seiner Nähe zurechtzukommen, ihre eigene Erregung zu unterdrücken, erfaßte sie die Tragweite dieser Mitteilung gar nicht.

Erst Tage später, als er sie endlich liebte und sein dürrer Körper auf ihr sich anfühlte wie aus Holz, das sich allmählich an ihrem Leib erwärmte, und er am Ende neben ihr lag und nach Luft rang, erinnerte sie sich an die Einbuße und wußte, daß die Krankheit in ihm steckte und lauerte.

Sie gewöhnte sich daran, daß sie selten miteinander schliefen; er ließ nie nach in seiner Aufmerksamkeit für sie.

Manchmal wartete sie auf dem Balkon auf ihn, schaute unverwandt die Kirsch-Gasse hinunter, und wenn er um die Ecke bog, trat er auf einer Bühne auf, die sie für ihn erdacht und von der er keine Ahnung hatte. Sie mochte die modernen, weißen Kästen der Siedlung nicht. Alles war ihr zu geordnet, zu karg und zu neu. Jiři verstand ihren Widerwillen, teilte ihn jedoch nicht.

Was willst du, Lea? Wir wohnen bequem. Aus dem Alter, daß wir auf der Gasse spielen, sind wir hinaus, und wenn wir Lust haben, hole ich den Tatra aus der Garage, und wir fahren ins Waldhaus.

Oft war er in Gedanken, sah sie nicht. Er kam in ein feststehendes Bühnenbild, groß und hager, etwas nach vorn gebeugt, wie immer nobel gekleidet,

Tweedjacke und Flanellhose. Die Arme hielt er etwas entfernt vom Körper, was ihn eigentümlich hilflos erscheinen ließ. Jedesmal, wenn sie ihn auf das Haus zulaufen sah, liebte sie ihn kindlich und gänzlich ohne Angst. Sobald er das Haus erreicht hatte, schaute er nach oben, sie wußte, wie er sie begrüßen würde: Servus, Julia. Nie hatte sie sich getraut, entsprechend zu antworten: Servus, Romeo.

Ein Rest von Fremde, von Distanz zwischen ihnen löste sich nicht auf. Manchmal schickte er sie weg, beinahe barsch, er brauche Ruhe zum Malen, er habe mit Freunden, womit meistens Waldhans gemeint war, eine Besprechung, er müsse sich mit einer Partitur Janáčeks beschäftigen.

Nur anfangs hatte sie sich widersetzt, sie werde ihn gewiß nicht stören, sich in der Küche oder ihrem Zimmer aufhalten.

Das genügte ihm nicht. Ich bitte dich, Lea, geh für eine Stunde, ohne daß ich dir viel erklären muß. Das konnte zu jeder Tageszeit passieren.

Von Anfang an flüchtete sie sich da zu Maminka, zu Jiřis Mutter. Ihr mußte sie nicht erklären, weshalb sie unerwartet erschien. Sie kannte die Eigenheiten ihres Sohnes. Allenfalls fragte sie, ob der Bub wieder allein sein möchte oder gerade eine Verschwörung aushecke. Nur einmal hatte sie bei Mutter Zuflucht gesucht, abends, und sich gleich mit Ruth angelegt, die müde von der Arbeit bei Kostka kam. Ruth spottete über Jiřis Allmacht und ihre Demut. So habe sie sich immer eine Ehe vorgestellt, eine Mischehe erst recht, und darum ziehe sie es vor, ungebunden zu bleiben.

Leas Vorwurf, sie sei bloß neidisch und habe die Ansichten einer alten Jungfer, schien sie kaltzulassen.

Maminka hatte es aus einer märchenhaften Gegend und aus einer anderen Zeit in das labyrinthische Haus der Pospischils verschlagen.

Sie war ungewöhnlich groß, mit der kleinsten Bewegung nahm sie Raum für sich ein, nicht gewaltsam, sondern beschwingt, und in ihrem großen, runden Gesicht, dem Kindergesicht einer alternden Frau, strahlten dunkle Augen, die immerfort fragten und zugleich staunten. Ihre hohe Stirn lag frei, das graue Haar war straff zu einem dicken Zopf geflochten. Sie sprach nicht sonderlich gut deutsch, wobei sie Fehler spielerisch nutzte, doch sie erlaubte es Lea nicht, mit ihr tschechisch zu sprechen. Die Mädchen, die ihr in der Küche halfen, wechselten unverhältnismäßig rasch. Jedoch nicht, wie Lea bald mitbekam, weil Maminka mit ihnen unzufrieden war, sondern weil sie möglichst vielen Kindern aus ihrem Dorf Kochen und Manieren beibringen wollte. Kam Maminka auf ihr Dorf in der Hana zu sprechen, war sie ohnehin nicht mehr zu bremsen. Es wuchs wie eine an Legenden und Kostbarkeiten reiche Insel aus der übrigen Ödnis. Wäre der Pospischil nicht gekommen, schloß sie jede ihrer Dorfgeschichten, was natürlich das Übelste nicht gewesen ist, ich wäre heute eine Bauernfrau in meinem Dorf, vielleicht ein bissel blöder, als ich es nun bin, aber bestimmt nicht unglücklich.

Sie beherrschte ihre Umgebung, zog Menschen an. Sie spielte, stets bei sich bleibend, ungezählte Rollen. Lea hatte sie bei ihrem Hochzeitsempfang als große Dame und allgegenwärtige Gastgeberin kennengelernt. Die Rolle der Mutter, der Freundin mußte sie nicht spielen, sie war ihr auf den Leib geschrieben, denn sie war von Natur aus aufmerksam, hilfsbereit, neugierig. Sie konnte zuhören und ausschweifend trösten.

Und dies alles vorzugsweise in ihrer riesigen, saalähnlichen Küche, in deren Mitte ein Herd stand, der eher einer Dampfmaschine glich, immer wärmend, meistens mit Töpfen besetzt, und dennoch litt niemand an Schweißausbrüchen und Atemnot, da immer, auch im Winter, wenigstens eines der fünf Fenster zum Hof offenstand. Überhaupt gehörte der Hof in gewissem Sinn zur Küche. Die zwei Stockwerke hinderten Maminka nicht, hinunterzurufen, Helfer zu mobilisieren, die, falls es nötig war, Kohle herbeischleppten oder Gemüse oder Obst und sich dann eine Weile in eine Ecke setzten, ins Gespräch mischten oder zuhörten.

Ihr Bekanntenkreis war groß. Zu Leas Überraschung zählte auch Mizzi Ribasch dazu, worüber sich Maminka diebisch freute. Die Ribaschs kenne ich eine Ewigkeit, mein Pospischil hat mit dem Jakob Ribasch in Geschäftsverbindung gestanden, wie man so sagt. Und die beiden Ribaschmädel sind in meiner Kuchel herumgeturnt wie in der eurigen auch.

Es konnte geschehen, daß es Maminka, wie sie sagte, feierlich zu Gemüte war, dann bat sie Lea in den Salon, der sich durch abgenutzte Polstermöbel und einen wunderbaren Kristalleuchter auszeichnete. Stets saßen sie dann an dem Spieltisch mit dem eingelegten Schachfeld, und Maminka plauderte oder fragte Lea aus. Mitunter geriet sie ins Politisieren.

Als Masaryk starb, im September 1937, er schon unter größten Ehren beerdigt worden war, verschwand Jiři, der ihr in einer Anwandlung von Chauvinismus vorgeworfen hatte, sie könne seine Trauer als Deutsche nicht mit ihm teilen, aus der Wohnung und schickte sie zuvor zu Maminka.

Die empfing sie erst gar nicht in der Küche, sondern gleich im Salon. Ihr Gesicht war von Trauer müde. Sie saßen am Spieltisch. Wann immer später auf Masaryk die Rede kam, hörte Lea Maminka und sich sprechen.

Hat dich Jiři wieder fortgeschickt?

Ja, und verletzt hat er mich auch.

Was hat er dir angetan?

Ich möchte es Ihnen lieber nicht sagen, Maminka.

Möchtest du nicht? Sie beugte sich über den Tisch und schaute Lea forschend in die Augen. Ist er so gemein gewesen?

Ich weiß es nicht. Lea holte tief Luft. Er findet, ich könnte als Deutsche seine Trauer um Masaryk nicht verstehen.

Und? Verstehst du sie?

Er hat gesagt: Ich kann sie nicht mit ihm teilen.

Das ist ein bissel was anderes. Damit könnte er womöglich recht haben, Kind. Maminka lehnte sich zurück, schaute ins Zimmer, als sei es bevölkert mit Toten und Lebenden, und ließ Lea nicht mehr zu Wort kommen:

Masaryk hat, ob es dir paßt oder nicht, gegen die Österreicher, gegen die Deutschen, unseren Staat gegründet und es auch noch geschafft, die Slowaken dazu zu überreden. Pospischil und ich sind einmal bei ihm eingeladen gewesen. Nicht wir allein, natürlich. Er hat mir einen unvergeßlichen Eindruck gemacht. Ich hätte mich verlieben können in ihn, wenn ich ihn nicht hätte verehren müssen. Schließlich hat er unsere erste Republik gegründet, uns Tschechen ein Selbstbewußtsein gegeben. So, wie Dvořák oder Smetana oder die Nemčová oder Janáček, unser Brünner. Wenn ich hätte wollen, du wirst es nicht glauben, hätte ich eine Geschichte mit Janáček anfangen können. Aber da bin ich frisch mit meinem Pospischil verheiratet gewesen, als wir den das erste Mal trafen. Er hat mich mit seinen Augen förmlich verschlungen. Das ist wahr. Ich lüg nicht. Ich bin ihm hingeschmolzen, hätte mich der Pospischil nicht aufgehalten. Weißt du, was mir Janáček für ein Kompliment machte? Du kannst es nicht wissen. Er sagte zu mir, nachdem er schon einen halben Abend mit mir geflirtet hat, sagte er zu mir: Ihnen kullern die Wörter wie Ribiseln über die Lippen. Und ob du es mir glaubst oder nicht, ich fühl sie noch immer, die Ribiseln.

Lea schaute auf Maminkas Mund und wartete darauf, daß die Wörter sich zu kleinen, roten Früchten formten und ihr über die Lippen sprangen.

Könntest du mir sagen, Lea, wie ich auf Janáček gekommen bin? Sie schloß die Augen, und in ihre Stirn gruben sich drei dünne Querfalten. Sie klatschte in die Hände, als applaudiere sie sich selber. Es ging ja um die Deutschen, um Jiři und seine Trauer um Masaryk, auch um meine, Lea. Du kannst dir nicht denken, was ihr Deutschen euch bis zur Gründung der Republik herausgenommen habt. Natürlich nicht alle und natürlich nicht überall. Wir Tschechen galten häufig als Personen zweiter Klasse. Masaryk hat dafür gesorgt, daß sich das änderte. Dabei hat er auch auf euch Deutsche geachtet und euch geschützt. Das könnte bei Beneš anders werden.

Sie stand auf, achtete darauf, daß der schwere Rock glatt fiel, und lud Lea zu einem Täßchen Schokolade im Stehen ein. Das bedeutete einen verzögerten Hinauswurf. Sie lehnten sich gegen die ausladende Anrichte in der Küche, warteten, bis die Schokolade in der Milch geschmolzen und lippenheiß war, schlürften in ein paar Zügen die Tassen leer, Maminka nickte einmal energisch, begleitete Lea zur Tür, umarmte sie und gab ihr einen Schubs: Ich werde, sollte Jiři morgen bei mir vorbeischauen, ernsthaft mit ihm reden.

Lea ließ sich treiben. Es eilte sie nicht, nach Hause zu kommen. Der Monolog Maminkas hatte sie, sie konnte sich nicht erklären weshalb, beklommen gemacht. Als hätte Jiřis Mutter in einer fremden, nur zum Teil verständlichen Sprache mit ihr geredet, nicht in deutscher und nicht in tschechischer. Sie fröstelte, zog den Kragen an den Hals. Jetzt fiel ihr auf, wie viele Menschen unterwegs waren. Sie schienen es ohne Ziel und mit Grund zu sein. Die Stadt trauerte.

Vor manchen Gebäuden hingen die Fahnen auf Halbmast, der Herbsthimmel schob schwarze, auseinanderreißende Wolken in einem Schwarm über die Stadt.

Lea fiel auf, daß die Passanten sich mit gesenkter Stimme unterhielten, als befänden sie sich tatsächlich in einem endlosen, durch die Gassen kreisenden Trauerzug.

Pan Lersch sah sie erst, als er vor ihr stand. Er fing sie geradezu auf, faßte sie an beiden Armen: Pani Pospischilova! Ist das eine Überraschung.

Ja, das ist eine, Pan Lersch. Für Sie bin ich aber noch immer die Lea.

Er schwieg, sah sie ernst und nachdenklich an. Sie wurden zum Hindernis für den Fußgängerstrom und ständig gerempelt.

Ich begleite Sie ein Stück, sagte sie leise, und schon waren sie Teil der flanierenden Menge.

Frau Lea, begann er, und sie machte lachend ein Ausrufezeichen. Wenn es Ihnen so schwerfällt, meinethalben Frau Lea.

Nun erst wurde ihr klar, daß sie tschechisch sprach, daß auch alle um sie herum sich tschechisch miteinander unterhielten, sie kein einziges deutsches Wort hörte.

Ich habe meine Schwiegermutter besucht.

Und wie geht es Ihrer Frau Mama und Ruth und Carlo?

Von Carlo hören wir wenig.

Wie üblich.

Doch meiner Mutter und Ruth geht es Am Bergl pudelwohl.

Das freut mich zu hören.

Und Sie? Sind Sie noch immer der gute Geist der Mährischen Wollwaren?

Das müßten Sie Herrn Ribasch fragen.

Ich werde es bei Gelegenheit tun.

Unvermittelt stoppte er. Wieder wurden sie zum Hindernis. Wieder wurden sie angerempelt, hörten sie gemurmelte Entschuldigungen.

Ich muß mich verabschieden. Ich bin auf dem Weg zum Národní dům. Dort trifft man sich. Er verbeugte sich, küßte ihr die Hand. Meine Verehrung, Frau Lea, und sagen Sie Ihrem Gemahl einen schönen Gruß.

Er hätte sie einladen können, mit ins Národní dům zu kommen. Sie war mit einem Tschechen verheiratet und, nach dem Paß, tschechische Bürgerin. Nur hatte er sie anders in Erinnerung. Er hatte ihnen, den Deutschen, gedient. Pan Lersch, der gute Geist ihrer Kindheit, zog mit einem Mal und furchtbar verspätet eine Grenze. Sie spürte sie wie eine Wand. In einer Anwandlung von Trotz machte sie kehrt. Wenn er das Národní dům aufsuchte, er seine Trauer um Masaryk ebensowenig mit ihr teilte wie Jiří, würde sie ins Deutsche Haus gehen, zu den Ihrigen, zu den Deutschen.

In der Dämmerung leuchtete das auftrumpfende Gebäude wie ein treibendes Schiff. Plötzlich verebbte der Fußgängerstrom. So gut wie niemand befand sich auf dem Weg durch den Park zum Haus. Zwar wehten die Fahnen auf Halbmast, im Restaurant jedoch schien die Nachricht von Masaryks Tod noch nicht angekommen zu sein. Die wenigen Gäste saßen über den Saal verteilt. Sie hätte gern gewußt, worüber sie sprachen. Sie bestellte einen Schwarzen. Der Kellner kannte sie, wünschte ihr einen guten Abend, nannte sie jedoch nicht beim Namen. Hastig trank sie den Kaffee, zahlte, ließ sich vom Ober in den Mantel helfen, wartete darauf, daß er sie nun als Frau Pospischilova verabschiedete. Was er wiederum vermied.

Sie könnte noch Mutter und Ruth besuchen, es drängte sie jedoch, von Jiři zu erfahren, auf welcher Seite der Grenze sie stand, hüben oder drüben und ob er, auch in seiner Trauer, ihr wenigstens einen Schritt hinüber zugestand, aus Liebe.

Jiři malte an dem geöffneten Sekretär, gebeugt über eines der vielen unterschiedlich großen Elfenbeinblättchen, die er stets in Reserve hielt, saß, den Rücken gekrümmt, den Kopf eingezogen. So konnte er stundenlang sitzen, bis er sich reckte und klagte, man werde ihn eines Tages, bald, als uraltes Embryo vom Stuhl in den Sarg heben müssen.

Sie war mit Schwung ins Zimmer getreten, hielt inne, schaute auf den krummen Rücken, flüsterte Dobře večer und ging auf Zehenspitzen ins Schlafzimmer, zog den Mantel aus, legte sich aufs Bett, wartete, bis er sich melden würde, ließ sich in Gedanken treiben durch die trauernde Septemberstadt, die sie nicht aufnahm, die sie ausschloß, obwohl es ihre Stadt war.

Lea?

Ja?

Kommst du?

Ich wollte dich nicht stören. Sie nahm sich Zeit, blieb vor dem großen Spiegel stehen, strich sich das Kleid glatt, zog sich die Lippen nach. Wann bist du nach Hause gekommen?

Früh. Er blieb am Sekretär sitzen, hatte den Stuhl nur etwas zurückgerückt, und sie nahm Platz in seiner Nähe, nicht direkt neben ihm. Er mochte es nicht, wenn man seinem Arbeitsfeld zu nahe kam. Wenn er wollte, konnte er aber mit seiner Hand ihr Knie berühren.

Ich habe Maminka besucht.

Meinetwegen?

Wieso?

Ich habe dir weh getan, Lea.

Pan Lersch auch.

Wie kommst du auf Pan Lersch?

Ich traf ihn in der Stadt. Wir spazierten ein Stück miteinander, dann verabschiedete er sich. Er war auf dem Weg zum Narodní dům.

Da wird man sich heute getroffen haben.

Die Tschechen, sagte sie mit einer Stimme, die sich in sie zurückzog, kindlicher wurde: Die richtigen Tschechen.

Er hätte dich mitnehmen können. Jiři hielt einen der Haarpinsel vor sein Gesicht und begann zu schielen. Du wärst nicht aufgefallen.

Was heißt das: nicht aufgefallen? Hab ich ein Mal auf der Stirn, oder gibt es keine rothaarigen Tschechinnen?

Sie sprang auf, stellte sich hinter den Stuhl, als suche sie Schutz. Er suchte ihn ebenso, krümmte sich hinter der Arbeitsplatte, stapelte die Elfenbeinblätter zu zwei Häufchen und sprach so leise, daß sie Mühe hatte, ihn zu verstehen, sich deshalb wieder setzte und den Stuhl näher zu ihm zog.

Der Trauer fehlt die Vernunft, Lea. Ich könnte dich mit allem, was ich sage und tue, verletzen. Du weißt, daß mir das fernliegt. Was die Deutschen jetzt im Sudetenland anstellen, ist noch viel schlimmer und geht gegen uns. Er strich mit dem Handrücken so sacht über ihren Arm, daß sie Gänsehaut bekam. Waldhans wird gegen neun kommen. Ich habe Krebse mitgebracht und in der Badewanne ausgesetzt. Fürs Abendessen.

Womit er alles nach seinem Plan und seiner Laune wendete.

Als sie die Krebse kopfunter in den brodelnden Sud warf, rief sie ihnen laut nach: Seid ihr nun tschechische oder deutsche Krebse? Der nach Wein und Kräutern duftende Sud gab ihr die Antwort. Durch die Küchen ihrer beiden Mütter, der deutschen wie der tschechischen, zogen die gleichen aromatischen Schwaden, wenn es Krebse gab.

Waldhans erzählte bei Tisch von einer Reise nach Reichenberg und wie selbstverständlich die Sudetendeutsche Partei auf Plakaten, in Verlautbarungen und Versammlungen den Anschluß ans Reich propagiere. Sie hörte zu, wollte es nicht hören.

Beneš kann die Deutschen nicht leiden. Er macht mit seiner Minderheitenpolitik alles noch übler.

Schmeckt es euch? fragte sie.

Verzeih, daß wir dich nicht gleich beim ersten Bissen gerühmt haben.

Die beiden Männer prosteten ihr zu. Ihr wurde warm, sie fühlte sich wohl, und sie nahm sich vor, auf nichts zu hören, was sie von diesem oder jenem trennen könnte. Prosit, rief sie.

Jiří sagte: Wir könnten zu dritt wieder einmal in die Waldhütte fahren, für ein paar Tage.

Und sie sagte: O je.

Ihren Seufzer hob Waldhans mit leichter Hand auf: Ich bitt dich, Lea, schießen mußt du nicht, angeln mußt du nicht, du kannst sein wie ein Schmetterling, aber wirklich, denn wehe du verjagst uns nur einen Hasen, nur einen Karpfen.

Sie genoß es, mit ihnen zu lachen.

In der Nacht kam Jiří zu ihr. Er schlief mit ihr, schrecklich hastig, und da sein Atem danach so rasselnd ging, merkte sie erst nach einer Weile, daß er weinte. Sie schmiegte sich an ihn, spürte seinen knochigen Körper.

Nicht traurig sein, sagte sie.

Ich bin es auf Vorrat, sagte er und wurde ruhiger.

XI

Weil sie sich im Café so angeregt unterhielten, sie sich gelöst wie seit langem nicht fühlte, hat sie Rosalinde Mitschek eingeladen, nachmittags zu einem Kaffeeklatsch zu kommen, Lea werde sich, sie sei sicher, sehr über den Besuch freuen. Nun fällt es ihr schwer, Lea darauf vorzubereiten. Von Tag zu Tag schiebt sie es vor sich her, Lea Bescheid zu sagen. Bis ihr nur noch ein Tag bleibt.

Im Bad übt sie Sätze, mit denen sie Lea schonend die Einladung beibringen kann. Schau, wir haben seit was weiß ich wann, seit zwei Jahren, als deine Chefin überraschend vorbeikam, keinen Besuch mehr empfangen – während sie spricht, hält sie sich die Hand vor den Mund, als wolle sie die eifrigen Wörter zurückhalten.

Sie nimmt sich vor, auf eine günstige Gelegenheit zu warten, und geht in die Küche, wo Lea das Mittagessen vorbereitet.

Was wird's geben?

Frag nicht so blöd. Die Hühnerschenkel, die du gestern aus der Stadt mitgebracht hast. Ausgebacken. Und einen Salat dazu.

Kann ich dir helfen?

Du bringst bloß alles durcheinander. Hast du schon bemerkt, daß es schneit?

Ruth schaut zum Fenster, vor dem die Flocken in einem dichten Vorhang fallen. Hoffentlich wird es nicht glatt, sagt sie und ist drauf und dran, von Rosalinde zu sprechen, aber Lea schneidet ihr barsch das Wort ab.

Heut ist Mittwoch. Die Geschäfte haben geschlossen. Kein Mensch treibt dich aus dem Haus.

Es ist nicht der geeignete Zeitpunkt. Ruth zieht sich zurück, deckt im Wohnzimmer den Tisch, läuft planlos umher, setzt sich schließlich auf die Couch und beginnt, Zeitung zu lesen. Wobei sie die Sätze vergißt, noch während sie liest.

Sie läßt die Zeitung in den Schoß sinken, schaut auf die Tür, dann auf die Uhr auf dem Fernseher. Sie hat den Eindruck, daß Lea immer länger braucht. Sie wird umständlich, sagt sie und gibt sich selber die Antwort: Seit ihr die offenen Beine zu schaffen machen.

Lea kann, als sie aufträgt, den Verzug jedoch begründen. Die ausgebackenen Beinchen seien ihr zu wenig erschienen, und sie habe rasch noch eine Kümmelsuppe gekocht. Mit Kümmel hat sie nicht gespart. Die Suppe duftet übermäßig stark.

Was Ruth zu einem anderen Zeitpunkt gerügt hätte, nun darf sie Lea auf keinen Fall aufbringen, ärgern, bevor sie auf die Einladung von morgen zu sprechen kommt.

Schmeckt dir die Suppe?

So gut wie immer.

Nicht überkümmelt?

Nein, finde ich nicht.

Sie löffeln und schlürfen die Suppe im gleichen Rhythmus, den Ruth unterbricht, indem sie den Löffel aus der Hand legt, sich mit der Serviette die Lippen putzt, so Leas Aufmerksamkeit gewinnt.

Was sag ich, sie schmeckt dir doch nicht.

Doch. Ruth schiebt die Hände neben den Teller, als wolle sie sich abstemmen, aufstehen und eine Rede halten.

Lea beobachtet sie mißtrauisch: Du hast doch etwas vor?

Ich? Nein. Ich eigentlich nicht. Wir –

Was heißt wir?

Mach es mir nicht so schwer, Lea.

Ich habe keine Ahnung, wovon du redest. Aber eines ist sicher, du hast mir die Suppe verdorben.

Ich bitte dich, übertreib nicht. Ruth lehnt sich zurück und preßt die Hände so fest auf den Tisch, daß die Äderchen und Adern stärker hervortreten. Aber möglicherweise verderbe ich sie dir jetzt.

Lea reagiert so, wie Ruth es erwartet. Sie schiebt den Teller beiseite, beugt sich über den Tisch, beißt sich auf die Unterlippe und mustert sie angriffslustig: Sag schon! Sie haucht Ruth ins Gesicht. Ihr Atem riecht nicht nur nach Kümmel.

Ruth rückt mit ihrem Stuhl etwas vom Tisch weg, schaut an Lea vorbei, redet schnell, damit Lea sie nicht unterbrechen kann: Also, letzte Woche im Café

Zimmermann, da haben wir uns so glänzend unterhalten, Rosalinde und ich, auch über Brünn natürlich, daß mir nichts besseres einfiel, als sie einzuladen, zu uns einzuladen, zum Kaffeetratsch, und zwar auf morgen. Das ist alles.

Leas Atem erreicht sie auch noch in dieser Entfernung. Bist du von allen guten Geistern verlassen? Morgen! Und auch noch diese geschwätzige Ziege mit Damenbart. Morgen schon! Ihretwegen bist du beinahe mal vor den Kadi gekommen, wegen übler Nachrede. Hast du das vergessen? Hättest du mir das nicht etwas früher sagen können? Dann hätten wir noch genügend Zeit gehabt, sie wieder auszuladen.

Das können wir nicht mehr.

Das geb ich ja zu. Lea sinkt in sich zusammen. Ihr Blick fällt auf die Hähnchenbeine: Das Backhendl wird kalt. Oder ist es schon. Ich lasse mir das Essen von der Mitschek nicht verderben.

Noch vor dem Mittagsschlaf wird sie geschäftig, fragt sich und Ruth, was man der Gnädigsten auftischen solle, ohne zu übertreiben, und nach ausführlicher Beratung mit sich selbst, ohne daß Ruth sich einmischt, kommt sie zu dem Schluß, einen Apfelstrudel zu backen, womit sie sich ohnedies allzuviel Mühe mache für die Mitschek, wegen des Teigs, aber lumpen lasse sie sich nicht.

Als sie so weit ist, den Teig auszuziehen, so dünn wie Seidenpapier, ruft sie Ruth in die Küche: Schau dir das an. Aber ich denke nicht daran, den Strudel neumodisch zu verderben mit Vanillesoße oder Eis.

Nur saftige Äpfel, gewürzt mit Zimt und Zibeben, dürfen ihn anfeuchten.

Am nächsten Tag ist längst vor der Zeit der Kaffeetisch gedeckt. Selbst die Kerze hat Lea schon angezündet.

Sobald im Treppenhaus Schritte laut werden, treten beide vor die Wohnzimmertür, wie Läufer an den Start, um von dort über den Flur zur Wohnungstür zu eilen.

Rosalinde Mitschek kommt ihnen zu Hilfe und zu früh.

Ruth begrüßt sie als erste.

Ruth duzt sie, Lea ist mit ihr per Sie. Sie halten sich peinlich genau daran.

Rosalindes Stimme wird den Nachmittag beherrschen, dunkel und rauh rollt sie sich wie ein schwerer Teppich aus. Zu Beginn fragt Rosalinde sich, wann sie das letzte Mal zu Besuch gewesen sei, es müsse Jahre her sein, aber, wie sie sehe, habe sich an der Einrichtung nichts geändert – und wie geschmackvoll der Tisch gedeckt sei. Sie erkundigt sich bei Lea, weshalb sie denn überhaupt nicht mehr in die Stadt komme, sich hier draußen in der Siedlung vergrabe, erwartet jedoch keine Antwort, bekundet vielmehr, daß sie sich jede Woche auf den Tratsch mit Ruth im Café Zimmermann freue, wenn es auch so viele Neuigkeiten nicht mehr gebe, bloß noch abscheuliche Nachrichten aus dem Fernsehen, an allen Enden der Welt Kriege, worauf sie den Apfelstrudel rühmt: Also, der ist Ihnen bravourös gelungen, Frau Pospischil, und gleich zu den

Kriegen zurückkehrt, zu ihrem gemeinsamen, was sie erfahren haben, sei mit nichts zu vergleichen, vor allem was man ihnen zugemutet habe, und sie, die beiden Schwestern haben ja zu den besseren Kreisen gezählt, die sich nur schwer gewöhnen konnten an das Elend, aber immerhin seien sie beide fast glimpflich davongekommen, während sie den berüchtigten Brünner Todesmarsch habe mitmachen müssen, von Brünn bis Nikolsburg, und die Menschen um sie herum gestorben seien wie die Fliegen, es könnte sein, sagt sie, daß ich damals auch aufgegeben hätte, wenn es nicht mein Wunsch gewesen wäre, meinen Mann wiederzusehen nach all dem Schlamassel, was ja dann auch ein gütiger Zufall besorgt hat, ein halbes Jahr später, in Cannstatt, wo der Alte mich aufgespürt hat. Und nun kann sie von ihrem Mann erzählen, dieser stadtbekannten Person mit dem weißen Bart, den die Flüchtlinge Rübezahl genannt haben, doch die Einheimischen hätten nicht einmal gewußt, wer Rübezahl ist, ihn aber nach einiger Zeit ebenfalls so gerufen, den Herrn Oberinspektor aus dem Wohnungsamt, er sei ihr viel zu früh gestorben, obwohl er sich um seine Gesundheit gesorgt und selbst im Winter noch im Neckar gebadet habe, aber das wüßten sie ja, was erzähle sie ihnen das. Sie hört nicht auf.

Nachdem sie sich ausgedehnt verabschiedet hat, schleppen sich die Schwestern zu ihren Plätzen am Kaffeetisch.

Endlich kann ich in Ruhe deinen Strudel genießen, seufzt Ruth.

Lea holt zu einem rachsüchtigen Nachruf aus: Hast du gesehen, daß diese Bischkurn einen Damenbart hat, beinahe so dicht wie der von Willy Birgel? Außerdem vertrage ich ihre Stimme nicht. Sie dröhnt mir noch immer in den Ohren. Sie ist unglaublich vulgär. Sie hat nicht aufgehört zu reden. Sie hat geredet und geredet und dabei vier Stück Strudel verschlungen, ohne Sinn und Verstand.

Das stimmt nicht, Lea. Sie hat den Strudel sehr gelobt.

Was hätte sie anderes tun sollen? Auf alle Fälle bitte ich dich, diese Person nie mehr einzuladen. Oder ich verlasse vorher das Haus.

Ich sehe sie ja sowieso einmal in der Woche. Nur du, Lea, du kommst überhaupt nicht mehr unter die Leute.

Ich hab dich. Das genügt mir.

Ein erster Abschied

Ruth hatte, noch bevor das Geschäft geöffnet wurde, mit Kostka gestritten, ihm vorgeworfen, daß er sich mehr, als es schicklich sei, um das Ladenmädchen kümmere, als sie Jakob Ribasch entdeckte, der wartend vor dem Schaufenster stand und grüßend den Hut zog. Sie lief zur Ladentür, ließ ihn ein. Kostka machte aus lauter Verlegenheit einen Bückling nach dem andern.

Ribasch legte seinen Hut auf den Ladentisch. Er habe vor, einen wertvollen Füllhalter zu kaufen, der eine Dame auf eine lange Reise begleiten und sie zu Briefen ermuntern solle.

Ruth fragte, ob sie die Dame kenne.

Worauf Ribasch lächelnd nickte, den Namen aber nicht nannte. Sie werde es spätestens dann erfahren, wenn er sie bitte, den Namen auf den Füller zu gravieren.

Kostka zog die auf Samt gebetteten Schreibgeräte aus dem Schrank, und Ruth legte sie vor.

Ribasch war, obwohl ihm der Kauf wichtig schien, nicht ganz bei der Sache. Er erkundigte sich nach dem Befinden der Mutter, ob die Wohnung Am Bergl ihnen behage, beklagte, daß man sich selten sehe, entschied sich kurzerhand für einen fein gemaserten Damenfüller und bat Ruth, den Namen Sarah Kornfeld einzugravieren. Er werde ein wenig in der Passage spazieren, bis sie damit fertig sei.

Sie hatte die Arbeit längst beendet, als er zurückkehrte.

Ich habe den Füller als Geschenk verpackt. Weshalb er Sarah zugedacht sei, wagte sie nicht zu fragen.

Ribasch zahlte, verabschiedete sich bei Kostka und bat sie für einen Moment vor die Tür. Er faßte nach ihrem Arm. Verzeih dieses Theater, Ruth. Kostka geht das alles nichts an. Wir möchten dich und deine Familie und dazu Herrn Pospischil morgen zum Abendessen einladen. Deine Schwester habe ich schon angerufen. Er nahm ihre Hand, küßte sie, was ihr ganz und gar unmöglich vorkam, denn ihm gegenüber fühlte sie sich noch als Kind, als Spielgefährtin von Mizzi und Sarah. Dann setzte er den Hut auf. Dein Vater fehlt mir sehr, sagte er und schon im Gehen: Wir haben viel aneinander versäumt.

Sie schaute ihm nach, wie er, aufrecht, die Hände in den Manteltaschen, zum Ausgang der Passage ging, und fragte sich, ob er mit diesem letzten Satz den Vater oder die ganze Familie gemeint hatte.

Lea und Jiři holten sie vor dem Abendessen Am Bergl ab. Sie hatten Zeit und nahmen sich Zeit. Wenn wir ein paar Minuten zu spät kommen, werden die Ribaschs nur dankbar sein.

Ruth erzählte von dem Füllerkauf und der Gravur. Warum wohl gerade Sarah dieses Geschenk bekomme?

Lassen wir uns überraschen.

Sie standen vor dem Gartenportal. Die Fenster waren erleuchtet, auch unter den Bäumen gaben Laternen Licht.

Eine schöne Festung. Jiři sagte es so, als zweifle er an ihrer Haltbarkeit.

Komisch, Lea hakte sich bei Ruth unter, die Ribasch-Mädchen sind meistens bei uns gewesen und wir nur selten hier, bei ihnen.

Sie gingen in Paaren auf das Haus zu. Der Kies knirschte unter ihren Schritten. Die Lampen warfen ihre Schatten und schluckten sie wieder auf.

Jakob Ribasch kam ihnen entgegen, begrüßte sie sonderbar überschwenglich.

Auf der Treppe stand, wie ein Türwächter, überraschend Pan Lersch. Er verbeugte sich. Als Lea ihn fragte, ob er denn nun öfter bei Ribaschs aushelfe, antwortete er: Nur für heut.

Jakob Ribasch gab später eine ausführlichere Erklärung. Pan Lersch kümmere sich in letzter Zeit rührend um ihn, sei immer um ihn herum, bewahre ihn vor unnötigem Ärger und habe, als er von der Einladung erfuhr, ihn gebeten, dabeisein zu dürfen, sich allerdings geweigert, mit an der Tafel Platz zu nehmen.

Die Familie erwartete sie im Salon, als posiere sie für einen Fotografen, eng zusammengedrängt, auf das Blitzlicht wartend. Wie auf ein Stichwort löste sich die Gruppe auf, und die Frauen fielen sich in die Arme.

Erst nach einer Weile gelang es den beiden jüngeren Männern, die Damen zu begrüßen. Leo Kornfeld, Sarahs Mann, klein und zierlich, bewegte sich schwungvoll wie ein Tänzer. Jaček Knebl, Mizzis Mann, war sein Gegenbild: ungemein athletisch, hoch gewachsen, mit einem riesigen Schädel.

Sie redeten an vertrauten Stichwörtern entlang: Die Terrasse am Park. Vater Böhmer. Zdenka. Tennis. Das Freibad an der Schwarzawa. Das Operncafé.

In jedem Zuruf steckten, wie in einer Hülse, ungezählte Geschichten.

Und dazwischen, als Refrains, die Fragen und Seufzer: Könnt ihr sagen, wann das gewesen ist? Mein Gott, das ist eine Ewigkeit her. Wenn ich mich genau erinnere –. Das muß nach Svehlas Regierung gewesen sein.

Jakob Ribasch leitete sie unmerklich vom Salon ins Speisezimmer, dachte nicht daran, die Gespräche zu unterbrechen, mischte sich im Gegenteil ein, wies jedem seinen Platz zu, und so saßen sie, ununterbrochen redend, auf einmal um den großen runden Tisch.

Jiři und Knebl unterhielten sich tschechisch. Sie kannten sich seit der Schule, hatten sich später aus den Augen verloren, da Knebl bei einer Prager Zeitung arbeitete, ehe er nach Brünn zurückkam.

Brünn ist doch ein Dorf, stellte Camilla Ribasch um eine Spur zu erstaunt und zu laut fest. Das Stimmengewirr legte sich, und sie vollendete den Satz in aller Ruhe: Hier kennt jeder jeden.

Leo Kornfeld wiegte den Kopf: Ich möchte dir nicht

widersprechen, Schwiegermama, aber ganz so ist es nicht. Hier kennt jeder Deutsche jeden Deutschen, jeder Tscheche jeden Tschechen, jeder Jude jeden Juden.

Dann sind wir die Ausnahme.

Kornfeld blickte in die Runde und dann vor sich hin: Ja, sagte er, die Ausnahme.

Die Suppe wurde aufgetragen. Ruth wollte fragen, weshalb es zu diesem abendlichen Treffen gekommen war, nur wagte sie es nicht, die melancholische, erinnerungssüchtige Musik dieser Unterhaltung zu stören, und Jakob Ribasch setzte sie, nun für sich, fort: Er habe vor, die Leitung der Fabrik abzugeben, seinen Anteil zu verkaufen. Ich fühle mich seit dem Tod Ottos allein, trotz meines neuen, tüchtigen Partners. Und ich rede mir das nicht nur ein.

Papa! waren Mizzi und Sarah zweistimmig zu hören.

Aber Jakob, murmelte Camilla Ribasch.

Ich gebe nicht auf. Ich gebe ab. Ich bin ein wenig müde geworden und muß gestehen, die Entwicklung hier und in Deutschland macht mir angst. Bislang haben mich die Krisen, die Abwertungen und Aufwertungen, der Schwarze Freitag und was sonst auch eher herausgefordert. Die Mährische Wollwaren und ich sind immer davongekommen. Jetzt aber geht es nicht mehr um Warenwert und Devisen. Nein. Denk ich an die Bekannten und Freunde, die aus dem Reich fliehen und hier durchziehen –. Er brach ab, nahm das Glas in die Hand: Ich bin noch eine Erklärung schuldig, warum wir Sie, warum wir euch eingeladen haben. Ich fürchte, die Wehmut wird kein Ende nehmen, aber sie hat, gottlob, einen anderen Grund. Er erhob sich: Ich möchte auf Sarah und Leo trinken, auf ihre Zukunft in Amerika. Ohne euch wäre ein Abschied von den beiden unvollkommen. Sarah geht nicht nur fort, beginnt ein neues Leben in einem anderen Land, sie verläßt auch ihre Kinderstadt. Er kramte in seiner Jackentasche, zog ein Päckchen heraus, ging um den Tisch zu seiner Tochter, die verlegen aufstand und sich mit einem Lachen half: Ist dir aufgefallen, Papa, daß du deinen Toast noch immer nicht vollendet, wir noch keinen Schluck getrunken haben?

Sein Prosit ging im Gelächter unter.

Sie tranken.

Jakob Ribasch überreichte Sarah das Geschenk, küßte sie auf die Stirn. Deine Freundin Ruth hat mir dazu verholfen.

Dann ahne ich schon, was es ist. Sarah wickelte den Füller aus dem Papier, hielt ihn hoch, daß ihn alle sahen. Da du meinen Namen eingraviert hast, Ruth, werde ich, an wen oder was immer ich auch schreibe, an dich denken.

Ich wünschte, wir könnten euch bald folgen, sagte Jakob Ribasch leise.

Leo Kornfeld erzählte, ein Studienfreund leite in Boston eine Klinik und habe ihn gefragt, ob er ihm helfen wolle. Er habe nicht lange überlegen müssen.

Die Sarah in Amerika. Ich kann es mir überhaupt nicht vorstellen.

Lea kommt aus dem Staunen nicht heraus, stellte Mizzi spöttisch fest, wie damals, als ich euch mit meinem Hütchen überraschte.

Sprichst du englisch?

Leo bringt es mir bei. Er hat immerhin zwei Semester in Cambridge studiert.

Da Jakob Ribasch es vorzog, nach seiner Rede zu schweigen, kamen seine Schwiegersöhne zu Wort. Kornfeld, der davon schwärmte, wie mustergültig die Bostoner Klinik eingerichtet sei und daß der Freund sich bereits um ein Haus für ihn und Sarah gekümmert habe, und Knebl, der sich eben noch in Prag umgehört hatte, wo die Angst alle lähme, nachdem es zu einem Treffen zwischen Daladier, Chamberlain und Hitler kommen werde, und was dem folge, wage er nicht an die Wand zu malen.

Du bist ein Schwarzseher, begehrte Mizzi auf.

Jiři sprang ihm bei: Wahrscheinlich sieht er nicht einmal schwarz genug.

Hella Böhmer, die den ganzen Abend über kaum ein Wort sprach, überraschte alle, indem sie, beinahe übermütig, die Schwarzseher zurechtwies: Warum soll sich das alles mit einem Schlag ändern? Haben wir uns nicht jahrelang wunderbar vertragen?

Niemand widersprach ihr. Für kurze Zeit herrschte betretene Stille. Dann übernahm Jakob Ribasch wieder die Regie: Ich habe vorher vergessen, den Auswanderern – um sie auf Goethesche Weise zu bezeichnen – dreifach das Beste zu wünschen.

Es erhoben sich alle.

Lea goß sich in aller Eile nach, und Jiři zischte ihr auf tschechisch ins Ohr: Trink nicht so hastig.

Viel Glück für euch, rief Ribasch, worauf sie anstießen. Hodne stesti. Masel tow.

Es sei spät und Zeit zum Aufbruch.

Aber nein, Hella, entgegnete Ribasch und wurde lebhaft, als beginne der Abend erst. Er rief nach Pan Lersch, der sogleich erschien und von den vier jungen Frauen in Beschlag genommen wurde.

Was vielleicht nicht allgemein bekannt ist: Ribasch wies auf Pan Lersch. Er ist ein ausgezeichneter Tänzer. Ich habe ihn dabei schon beobachten dürfen. Und er weiß auch, wie es weitergehen soll, denn wir haben uns abgesprochen, nicht wahr, lieber Pan Lersch?

Der begab sich aus dem Schutz der Damen, durchquerte eilig den Raum, hielt mit dem Rücken zur Gesellschaft vor einer Stellage an, und Ribasch kommentierte, was sie nicht sahen: Ich habe mir unlängst ein Grammophon angeschafft, bisher nur Dvořák, Smetana, Mozart, Beethoven angehört. Den Abend sollten wir aber damit beschließen, daß wir ein wenig tanzen.

Jitterbug oder Walzer? fragte Pan Lersch.

Ich bitte um einen Walzer, den können alle, auch wir Alten.

Sie tanzten. Jiři und Ruth zogen, als hätten sie sich abgesprochen, die Stühle an den Rand und beharrten darauf, Zuschauer zu bleiben.

Ribasch forderte Hella Böhmer auf.

Pan Lersch verbeugte sich vor Camilla Ribasch.

Die beiden jungen Paare blieben beieinander.

Lea tanzte für sich, gelegentlich Jiři vorwurfsvolle Blicke zuwerfend.

Am Ende gab er nach.

Am Ende ließ sich auch Ruth auffordern von Jaček Knebl, von Pan Lersch.

Jeder riß sich darum, wenigstens einmal die Kurbel am Grammophon drehen zu dürfen. Noch einmal, bitte, noch einmal.

Atemlos, wie aus dem Walzerschwung, verabschiedeten sie sich voneinander.

Ich bin so traurig, Lea stellte sich auf das Gartentor und schwang mit ihm hin und her, daß ich vor Glück heulen könnte.

Steig ab. Jiři zog sie am Ärmel. Du bist zu schwer für dieses Glück.

Drei Tage nach der Abreise von Sarah und Leo Kornfeld wurde das Abkommen von München geschlossen. Das Sudetenland fiel ans Reich.

Jiři war erst abends nach Hause gekommen. Er sei dabei, gemeinsam mit dem Bruder das Geschäft zu liquidieren und die noch vorhandenen Tuche an günstigem Ort zu lagern.

Sie standen auf dem Balkon. In der hellen Nacht schienen die weißen Kubusse der Häuser langsam vorbeizutreiben, weg von ihnen.

Jiři legte den Arm um ihre Schulter, was er so gut wie nie tat. Er zog sie an sich. Bald werden sie hier sein, sagte er.

XII

Nur noch selten setzt sich Lea an den Sekretär und versucht, Ruths Aufmerksamkeit damit zu gewinnen, daß sie in einem der Fotoalben blättert.

Nicht immer läßt sich Ruth rühren. Oft genug haben sie die Fotografien angeschaut, auf Einzelheiten abgesucht und manchmal sogar Entdeckungen gemacht. Im Grunde öffnen sie die Alben, um Geschichten zu finden, Erinnerungen an Personen und Gegenstände wachzurufen und manchmal sogar auf vergessene Zusammenhänge zu kommen.

Seit dem Mittagsschlaf widmet sich Lea wieder den Alben. Sie hat die Kaffeetasse mit zum Sekretär genommen, und Ruth, die am Eßtisch sitzen geblieben ist, liest, sieht von ihr nichts als einen krummen Buckel, der ab und zu von Erschütterungen heimgesucht wird. Offenbar möchte Lea angesprochen werden. Ruth denkt nicht daran. Sie wüßte keine Geschichte, die sie nicht schon wiederholt haben.

Sie schweigen ausdauernd. Die Stille wird nur unterbrochen, wenn Lea umblättert, was unregelmäßig geschieht und an Ruths Nerven zerrt.

Ruth liest längst nicht mehr. Sie konzentriert sich auf das Geräusch des Blätterns und die kommentierenden Laute, die Lea gelegentlich von sich gibt. Sie schnalzt, brummt, lacht kurz auf, und endlich sagt sie ein paar Worte: Er war schon ein prächtiges Stück.

Sie könnte Lea fragen, wen sie meint. Angespannt schlägt Ruth das Buch zu, legt es auf den Tisch und blickt auf Leas Rücken. Er rührt sich nicht mehr. Lea hat aufgehört zu blättern und vertieft sich anscheinend in ein Bild, erzählt sich wortlos eine Geschichte, in der womöglich auch sie, Ruth, eine Rolle spielt.

Leas leiser Ruf kommt aus einer jahrzehntealten Entfernung: Ruth?

Ja?

Kannst du dich noch an Jiřis Tatra erinnern?

Wieso sollte ich nicht?

Schau! Lea wendet sich um, hält das aufgeschlagene Album wie eine Bildtafel hoch.

Ruth kennt das Bild, hat es schon viele Male betrachtet. Aber nun beginnt es zu sprechen, bekommt eine Tiefe, in der sich ungezählte Bilder schichten, die alle die eine Überschrift tragen: Wir und Jiřis Tatra.

Nur Jiři sitzt im Wagen, am Steuer, und lehnt sich aus dem offenen Fenster. Die andern Personen flankieren das Automobil. Lea und sie neben dem Kühler, Mizzi allein am Heck.

Es muß Sommer sein.

Juni 1937 steht in Leas Schönschrift unter dem Foto.

Sie tragen helle, für den Wind leichte, frivole Kleider.

Es war ein wunderbarer, langer Sommer.

An diesem Tag sind wir zur Mazocha gefahren,

glaub ich, und auf dem Höhensee mit dem Boot gerudert.

Das kannst du nicht mehr wissen.

Hab ich gesagt: Ich weiß es? Ich habe gesagt: Ich glaube es.

Lea legt das Album zwischen sich und Ruth auf den Couchtisch.

Beide sitzen gleich entfernt und beugen sich, in einer Bewegung, über das Foto, so daß sich ihre Schläfen für einen Moment berühren.

Komisch, Mizzi ist bei solchen Ausflügen viel öfter dabeigewesen als Sarah.

Und dabei ist sie auch schon verheiratet gewesen.

Bist du sicher, Ruth?

Hundertprozentig.

Ruth zieht sich aus der fühlbaren Nähe zurück, drückt ihren Rücken gegen die Lehne. Hat Jiři das Auto eigentlich schon besessen, als ihr geheiratet habt?

Ja, er hat es von seinem Bruder übernommen.

Sie blicken unverwandt auf das Foto.

Wie sie da für sich allein steht.

Und Jiři kommt sich am Volant wie ein König vor.

Sie war schön.

Behutsam aber entschieden schlägt Lea das Album zu.

Kannst du mir erklären, warum Mizzi ihre Eltern nach Theresienstadt begleitet hat?

Nein. Und wenn ich es könnte, müßtest du es selber herausfinden.

Warum hat sie keiner aufgehalten, frag ich dich?
Wer? Wir sind alt.
Was hat das damit zu tun?
Nichts, Ruth, nichts. Diese Bestien haben ihnen nicht einmal ein Grab gegönnt.

Einmarsch und Exodus

Die kleine Wohnung in den Schwarzen Feldern wurde, je mehr die politischen Ereignisse das Land einschnürten, zum Mittelpunkt für geladene und unerwartete Gäste. Lea pendelte zwischen Küche und Wohnzimmer, wurde manchmal von den Gesprächen ausgeschlossen, und erst als Mutter und Ruth einmal zum Abendessen kamen, fiel ihr auf, daß sie so gut wie nur noch tschechisch sprach.

Waldhans überraschte sie in der Uniform der tschechischen Armee. Er sei als Reserveoffizier eingezogen worden, und er schilderte, was Jiři ihm übelnahm, vorausschauend die Schlacht, in die sie ziehen würden, als ein Kasperltheater. Sollten die Deutschen einmarschieren, prophezeite er, haben wir ihnen nichts entgegenzusetzen als die Hoffnung auf eine schnelle, was weiß ich wie ehrenvolle Niederlage und die stärkende Erinnerung an den Schwejk.

Ein einziges Mal tauchte auch Lubomir, Jiřis Bruder, auf, sein Gegenbild, kräftig und dunkel und mit einer, wie Jiři klagte, seit Jahrzehnten gleich furchterregenden Jerichostimme. Lea hörte die Brüder im Zimmer streiten, und dank Lubomirs Lautstärke bekam sie mit, daß die Familie größere Geldbeträge ins

Ausland transferieren müsse, um später zu überleben, und daß fürs erste die Vorräte an Naturalien reichten. Als der Bruder die Wohnung verlassen hatte, schlug Jiři gleichsam mit gedrosselter Wut die Türen. Nach solchen Aufregungen pflegte er sich meistens mit seinen Elfenbeinblättchen und den haarfeinen Pinselchen zu beschäftigen, oder er setzte sich ans Klavier und spielte Dvořák und Janáček. Es kam darauf an, wie erregt er war.

Lea verschwand dann gelegentlich und besuchte Mutter, mit der sie sich allerdings nur vertrug, wenn sie gemeinsam in Erinnerungen schwelgten oder über komplizierte Rezepte diskutierten. Sobald sie auf die aktuelle Situation kamen, machte Mutter aus ihrer Bewunderung für Hitler, seine Sudetenpolitik kein Hehl und beruhigte Lea, die ihr heftig widersprach, daß den Tschechen bei dem Einmarsch ohnehin nichts passieren werde. Vorsichtig fragte Lea nach, ob Ruth ähnlich denke, bekam aber keine eindeutige Antwort. Ruth wisse ja auch nicht, wie sie mit Kostka dran sei, der neuerdings behaupte, seine Mutter sei Deutsche gewesen.

Lea und Jiři planten, tauschten ihre Ängste aus, sprachen sich, wenn auch gedämpft, Mut zu, tranken mitunter viel, aßen zu gut und wurden, ohne daß sie sich wehren konnten, überrannt. Lea kam es vor, als blieben die Sätze, die um sie herum laut wurden, auf die sie keine Antworten fand und die sie wehrlos machten, wie Papierzettel auf dem Boden liegen. Sie häuften sich an, und sie watete in ihnen wie in mürbem Laub.

Vielleicht genügt den Deutschen der Gewinn des Sudetenlandes.

Könntest du Maminka anrufen, um sie zum Abendessen einzuladen?

Die Truppen stehen, gerüstet für einen Sieg, an einer Grenze, die keine mehr ist.

Was meinst du, Waldhans, sollten wir nicht doch übers Wochenende in die Hütte? Es ist doch egal, wo wir erobert werden, ob hier oder dort.

Und ich, fragte sie, ohne gehört zu werden.

Es wird behauptet, die Slowaken wollten sich unter Tiso selbständig machen.

Unser Land schmilzt, Lea, wie eine Scholle auf einem Fluß im Frühling.

Es wird behauptet, Beneš habe mit einem Flugzeug das Land verlassen.

Merkwürdig, daß sich beinahe alle Gerüchte als wahr erwiesen.

Spät an einem Abend meldete sich Jaček Knebl. Er wisse sich mit Mizzi keinen Rat mehr. Solle er sie behalten, oder solle er sie zu ihrer Schwester nach Amerika schicken?

Wie er das sagte! Soll ich sie behalten. Jiři spuckte nach dem Gespräch jedes Wort einzeln über die Balkonbrüstung.

Waldhans meldete sich in Zivil zurück. Die Kompanie habe sich vorzeitig aufgelöst, zugunsten der Vernunft, fügte er trotzig hinzu, und Jiři stellte fest: Also ein Deserteur bist du auch noch geworden, nachdem du schon Junggeselle geblieben bist.

Waldhans fragte ihn verblüfft, was das bedeuten solle.

Verschiedene Formen von Einsamkeit, Lieber, sonst nichts.

An diesem Tag fischte Lea aus einem Berg von schmutziger Wäsche ein Taschentuch voller Blutflecken. Erschrocken schob sie es unter Wäschestücke. Sie fragte Jiři nicht, ob er Blut gespuckt habe. Sie redete sich ein, daß es sich nicht mehr wiederholen werde, daß die Aufregungen schuld daran seien.

Plötzlich stand Maminka vor der Tür, völlig aufgelöst und noch im Küchenkleid. Sie habe im Radio gehört, oder, da der Empfang miserabel gewesen sei, zu hören geglaubt, in Prag seien die Deutschen einmarschiert und Hitler werde demnächst die Parade der Truppen abnehmen, worauf ihr vor Schreck übel geworden sei, und außerdem fühle sie die Luft vibrieren, wie vor jedem Unheil.

Jiři nahm sie in die Arme, worum sie Lea beneidete, führte sie ins Zimmer, bettete sie auf das Sofa, öffnete die Tür zum Balkon: Dann müßten sie bald hier sein. Brünn ist von der Grenze nicht weiter entfernt als Prag, und außerdem hat sich Waldhans entschieden, unser Land nicht zu verteidigen.

Nichts war zu hören außer seinem hechelnden Lachen, das Lea Angst machte und Maminka tröstete. Solange du dich noch über alles lustig machst, Jiři, fühle ich mich halbwegs sicher.

Er bat sie, über Nacht zu bleiben.

Und das Haus?

Lubomir wird mögliche Eindringlinge schon das Fürchten lehren.

Später tauchte Waldhans auf. Er halte die Spannung nicht aus, sitze allein in der Küche und höre sich selber entweder röcheln oder pfeifen.

Lea bereitete rasch ein paar Palatschinken in der Pfanne. Sie saßen zu viert um den Tisch. Jiřis Hand lag knapp neben der ihren. Sie berührten sich mit den Handkanten. Er zog seine Hand nicht zurück. Sie schloß die Augen, dachte an das Taschentuch voller Blut, genoß die sachte Berührung, einen Anflug von Glück.

Sie prosteten sich mit mährischem Wein zu, und Jiři mahnte sie wie immer, nicht so hastig zu trinken.

Waldhans fragte: Was werden sie mit uns anstellen?

Sie werden längst ihre Pläne haben, erwiderte ihm Jiři.

Lea bereitete Maminka auf der Couch ein Lager.

Gegen Morgen, am 16. März 1939, weckte sie der Lärm von Lastwagen, Motorrädern und jubelnden Rufen.

Die Deutschen sind schon immer Frühaufsteher gewesen, bemerkte Jiři.

Sie blickten vom Balkon auf die langsam sich fortbewegende Kolonne, das Spalier winkender und rufender Menschen.

Zum ersten Mal ärgerte es Lea, wie Jiři über »die Deutschen« redete, und war Waldhans dankbar, daß er Tschechen unter das jubelnde Volk mischte.

Ruth und Mutter hatten den Einmarsch anders erfahren. Sie seien morgens sofort aufgebrochen, hinunter zum Mährischen Platz gelaufen. Die ganze Stadt sei unterwegs gewesen, auch viele Tschechen. Sie hätten gerufen und gewunken. Die Arme hätten ihnen vor lauter Winken geschmerzt. Und ich muß dir sagen, Lea, ich bin stolz gewesen auf unsere Soldaten. Diese jungen, strahlenden Burschen und die feschen Offiziere.

Die einen wurden sichtbar und zeigten sich.

Die andern begannen, unsichtbar zu werden.

Mit schneller Hand wurde die Stadt umgeschrieben. Die Sprachen wechselten auf den Schildern, die deutschen Namen standen groß über den tschechischen, wenn es nicht überhaupt neue Namen waren. Im Deutschen Haus verkehrten, hieß es, fast nur noch Uniformierte, und in die frei gewordenen Wohnungen zögen Neuankömmlinge aus dem Reich. In den Kasematten am Spielberg solle es wieder Gefangene geben, doch das sei, meinte Ruth, nur ein übles Gerücht.

Hacha hieß der neue Präsident, ein Schatten, ein Hervorgerufener auf Abruf. Und Masaryks Republik verschwand in dem Protektorat Böhmen und Mähren.

Wissen möcht ich schon, wovor uns der Protektor schützen will. Auch Jiři begann mit gesenkter Stimme zu sprechen. Er wagte sich kaum aus dem Haus, telefonierte mit Maminka, gelegentlich mit Lubomir, der Anstrengungen unternahm, sich mit den neuen Herren zu arrangieren, allerdings oft ohne Erfolg, und schickte Lea aus, um die Lage zu erkunden.

Sie wurde zur Botin. Nicht nur für Jiři. Eine staunende, verwirrte und stets beherzte Stadtläuferin. Sie hörte sich Mutters Lob auf die Veränderung an und ihre Klage, daß ausgerechnet eine ihrer Töchter mit einem Tschechen verheiratet sein müsse, wenn auch einem anständigen. Von Waldhans, der sich in seiner düsteren Souterrainwohnung verschanzt hielt, nahm sie einen Brief für Jiři mit, für alle Fälle, aber damit wolle er sie nicht einschüchtern, im Gegenteil: Demnächst, Lea, fahren wir hinaus in die Hütte und befragen die Fische, wie es mit unserer Zukunft ausschaut. Sie beobachtete Ruth in ihrem Fülleraquarium, wie sie sich hinterm Ladentisch bewegte, wie sie, während Kostka mit Kunden sprach, auf Stichwörter reagierte, Füller vorlegte, er sich zufrieden zurücklehnte, ein Pas de deux nach einer erfahrenen Choreografie. Die tschechische Ladenbeschriftung hatte Kostka gleich am Tag nach dem Einmarsch verschwinden lassen, und in der Auslage, zwischen Füllhaltern und noblen Briefblöcken, standen, ausgeklügelt verteilt, Bilder deutscher Städte in alten Stichen. Als drei junge Soldaten vor dem Schaufenster stehenblieben, machte Kostka eine einladende Geste. Ruth verschwand im Lager. Das war für Lea eine günstige Gelegenheit, die Szene zu betreten. Kostka nahm sie kaum zur Kenntnis, rief immerhin nach Ruth, die sich bei Lea unterhakte und, schon vor der Tür, Kostka wissen ließ, daß sie mit der Schwester für eine halbe Stunde verschwinden werde. Du kannst inzwischen mit den Soldaten üben. Nur untersteh dich, die Hacken zusammenzuschlagen. Er wird – Ruth riß Lea wütend mit sich – von Stunde zu Stunde deutscher, und wenn ich einmal tschechisch mit ihm rede, verzieht er sein Gesicht, als ob ich ihm auf die Zunge gespuckt hätte.

Habt ihr was miteinander? Lea fragte danach, ohne es unbedingt wissen zu wollen, und Ruth reagierte ebenso: Möchtest du es unbedingt wissen? In dem winzigen Café am Ende der Passage tranken sie einen Kaffee, Ruth erzählte begeistert von den kultivierten Offizieren, die in den Laden kämen, und Lea fiel es schwer, ihr nicht vorzuwerfen, daß sie jetzt dem verhaßten Kostka gleiche.

Wie geht es Jiři?

Er malt, es geht ihm nicht schlecht.

Eine Gruppe von Soldaten fiel schlagartig in das Lokal ein. Sie waren ausgelassen, brüsteten sich, zogen Stühle und Tische hin und her.

Plötzlich sind sie da, murmelte Lea.

Nicht zu unserem Schaden, sagte Ruth.

Den Tatra haben sie beschlagnahmt.

Sie redeten leise, über den Tisch gebeugt, und jeder Satz blieb für sich allein.

Es heißt, daß schon Verhaftungen vorgenommen wurden.

Red keinen Unsinn, Lea.

Und die Flüchtlinge aus dem Reich?

Was wissen wir schon.

Du weißt es, Ruth.

Warst du bei Mutter?

Ja, vorher. Sie ist in bester Stimmung. Ich frag mich, was Vater zu allem sagen würde.

Ruth kramte in ihrer Tasche. Ich lade dich ein.

Auf dem Weg zum Geschäft faßte Ruth nach Leas Hand. Du hast dich in deinen Ansichten verändert.

Eine verrückte Heiterkeit erfüllte Lea: Und du, Schwester, hast du gestern keine anderen Ansichten gehabt?

Wie meinst du das?

Wie du es verstehen sollst.

Hinter der großen Scheibe tanzte Kostka gravitätisch vor einer alten Dame. Die Schwestern blieben Hand in Hand vor dem Geschäft stehen.

Jetzt ist er beschäftigt. Die Alte besitzt drei Füllhalter, und einer von ihnen ist immer bei uns zur Pflege. Sie ließ Leas Hand los, schaute auf den Boden, suchte sichtlich nach Worten, öffnete die Ladentür, sagte kaum hörbar: Laß mich nicht allein, Lea, bitte.

Lea schaute zu, wie Ruth von der alten Dame überschwenglich begrüßt wurde und Kostka vor dem Ladentisch eine Pirouette drehte. Mit einem Mal entfernte sich der Lärm aus der Passage, als werde er abgesogen. Sie folgte ihm, und als sie hinaustrat auf den Rathausplatz, kam er um so heftiger zurück.

Wie gewohnt, ersparte ihr Maminka erst einmal die guten und bösen Nachrichten, fragte nicht nach Jiři und wen sie schon getroffen habe, sondern schwärmte von einer Schallplatte, die Lubomir ihr organisiert habe, obwohl es mit seiner Musikalität nicht weit her sei, das Dumky-Trio von Dvořák, an dem sie sich nicht satt hören könne – und ehe ich mich allein über die Musik errrege, lade ich dich ein, den Dvořák mit mir zu hören. Sie habe alles im Salon vorbereitet, was auch zutraf. Aber den Tonarm bat sie dann doch Lea aufzulegen. Ich bin halt ein bissel zittrig, und mir ist er vorher schon einmal ausgewitscht.

Sie zog ihren Sessel nah vor den Tontrichter, forderte Lea auf, sich neben sie zu setzen.

Lea kannte diese tanzende, stürmische Musik in- und auswendig. Jiři hat sie oft genug mit ihr traktiert. Von der Seite beobachtete sie ihre Schwiegermutter. Sie hörte völlig entspannt zu. Mitten im dritten Satz neigte sie sich zu Lea: Hältst du es für möglich, daß sie auch dem großen Tauber den Mund verbieten?

Wieso?

Stell dich nicht so blöd an, Lea. Weil er Jude ist.

Darauf wäre ich nie gekommen.

Das wird sich, fürcht ich, ändern.

Jeder, den Lea besuchte, mit dem sie mehr oder weniger flüchtig sprach, blieb für sich, entweder triumphierend oder ängstlich, und es gelang ihr nicht, wie Jiři es wohl hoffte, sie zu verbünden.

Auch nachdem der Dvořák zu Ende war, Lea die Platten vorsichtig in die Hüllen geschoben hatte, blieb Maminka auf ihrem Platz.

Sie brauche Leas Hilfe. Sie sprach betont ruhig, um Lea nicht aufzuregen. Du weißt ja, daß der Häuserblock neben dem unseren auch uns gehört. Auf jeden

Fall bis jetzt. Lubomir behauptet sogar, auf die Dauer eine Lösung gefunden zu haben. Ich kümmere mich nicht darum.

Was ist mit dem Haus?

Kommst du mit in die Küche? Maminka lief schon mit kurzen, hastigen Schritten voraus. In der Küche riß sie ein Fenster auf, beugte sich hinaus, schaute hinunter in den Hof.

Vorgestern hat sich ein Mieter aus dem fünften Stock gestürzt. Seither meiden die Kinder den Hof. Mir fehlen ihre Stimmen.

Sie machte Lea Platz. Aus dem Fenster gegenüber winkte ein alter Mann. Herr Dolezal, erklärte Maminka. Er ist ein erfolgreicher Ingenieur gewesen, vor undenklicher Zeit. Seit Jahren sitzt er am Fenster, und wir winken uns. Wir würden einander fehlen, verschwände einer von uns.

Hat Jiři auch im Hof gespielt? Sie konnte sich ihn als Kind nicht vorstellen, erst recht nicht als eines unter vielen herumtobenden Kindern, ihn, der Lärm nicht ertrug, der jedem Streit aus dem Weg ging. Er muß immer schon erwachsen gewesen sein, sagte sie.

Er hat es versucht. Maminka lachte. Manchmal ist er heulend hochgekommen. Lubomir dagegen ist da unten ein Feldherr gewesen. In der Kuchel hat Jiři sich besonders gern aufgehalten. Unsere Gegend ist ja auch nicht gerade fein. Aber mein Mann lebte gerne hier. Schließlich gehörten die Häuser uns, und er legte keinen Wert auf eine Villa. So ist die Wohnung so etwas wie eine Tarnung gewesen. Ich möchte schon lang nicht mehr tauschen, nein.

Wo soll ich dir helfen, wie, Maminka?

Entschuldige, ich bin zerstreut. Sie winkte noch einmal hinüber zu dem alten Herrn, kehrte sich ab, setzte sich neben den Herd. Lea blieb am Fenster stehen.

Wenn wir schon bei den Villen sind. Maminka schaute vor sich hin, und Lea hatte nicht die geringste Ahnung, wohin sie ihre Gedanken führten.

Also, die Wehrmacht hat Ribaschs Villa konfisziert. Darum geht es. Jakob Ribasch ist es gelungen, das Haus vorher noch einem Deutschen zu verkaufen, für ein Spottgeld, und so haben sie für die nächste Zeit keine Sorgen. Ich habe ihnen geraten, zu Sarah nach Boston zu ziehen. Sie ließen sich für nichts in der Welt fortschicken. Mizzi und Knebl können sie nicht aufnehmen, ihre Wohnung ist zu klein. Knebl würde es auch nicht gern sehen. Da in unserem Nachbarblock eine Wohnung frei geworden ist, habe ich sie Ribaschs angeboten. Nun müssen sie umziehen, ohne Möbel. Die haben sie verkauft, bis auf die Bücher. Es wird also nicht viel sein, was sie mitnehmen. Könntest du ihnen beim Umzug helfen? Vielleicht Ruth auch, wenn sie sich für ein paar Stunden frei nimmt? Die Bücher, die Kleider, ein paar Andenken, mehr nicht.

Nun fehlt uns der Tatra, stellte Lea ärgerlich fest, worüber sich Maminka amüsierte. Wann soll es sein?

Morgen schon. Komm! Die alte Frau sprang auf. Ich ruf sie an.

Lea folgte ihr in den Vorsaal, wo das Telefon an der Wand hing. Maminka kurbelte, ließ sich verbinden und sprach, zum Erstaunen von Lea, tschechisch, vielleicht, sagte sie sich, weil sie die Ribaschs auf ihre Seite holen wollte.

Sie werden auf euch in der Wohnung warten, morgen in der Früh.

Jiři hatte alles schon gewußt. Lea ärgerte sich, daß er es für sich behalten, seiner Mutter überlassen hatte, sie einzuweihen. Sie schaffte es, Ruth gegen ihre Bedenken zu überreden. Jiři stand neben ihr am Telefon. Hätte sie sich geweigert, ich hätte das Mädel in der Luft zerrissen.

Das überlasse bei meiner Schwester lieber mir.

Es goß, als sie sich im Morgengrauen auf den Weg machte. Die wenigen Passanten bewegten sich mit ihren Schirmen wie unter Wasser. Die Häuserzeilen schienen dunkel und schwer hin und her zu schaukeln.

Das Gartentor stand offen, die Haustür war angelehnt. Im Vorraum erwartete Lea eine flüsternde Versammlung, die drei Ribaschs, Ruth und Knebl. Während sie alle begrüßte, trat, als wäre es selbstverständlich, Pan Lersch aus einem der Zimmer und sagte, er habe die größeren Gegenstände, wie die Schreibtischlampe von Herrn Ribasch, auf eine Karre geladen, und er rate, sich auf dem Weg zur neuen Wohnung zu verteilen.

Das taten sie nicht. Ribaschs verließen das Haus, als brächen sie zu einem Ausflug auf und würden bald zurückkommen. Jakob Ribasch drehte den Schlüssel zweimal im Schloß, sorgsam, und ging als letzter die Vortreppe hinunter, auf einmal sehr langsam. Seine Frau spannte den Schirm auf, hakte sich bei ihm unter, und beide schauten sich nicht um, gingen hinter dem Wägelchen her, das Pan Lersch zog, wie hinter einem Sargwagen. Jeweils zu zweien folgten die andern.

Die Stadt begann wach zu werden, wartete auf das trübe Tageslicht. Pan Lersch steigerte das Tempo, doch die Gruppe blieb ihm auf den Fersen. Alle, bis auf die alten Ribaschs, schleppten Taschen und Kartons, die der Regen allmählich aufweichte. Kurz bevor sie ihr Ziel erreichten, schon auf der Kröna, kamen ihnen Feldgendarmen entgegen. Sie rückten unmerklich zusammen, und Lea flüsterte Mizzi zu: Solche Kerle können Angst riechen. Die beiden waren offenkundig nicht darin geübt.

In der Wohnung erwartete sie Maminka, sichtlich ungeduldig, sie sei schon besorgt gewesen.

Wovor fürchten wir uns eigentlich? fragte Camilla Ribasch so, als wolle sie keine Antwort hören. Sie bekam auch keine.

Sie stellten ihre Taschen und Kartons ab. Pan Lersch begann auszupacken und zu ordnen.

Es ist alles naß, sagte Camilla Ribasch, ich werde nachher wischen müssen.

Maminka führte sie durch die Wohnung, drei Zimmer, sparsam eingerichtet. Durchaus kommod, fand Jakob Ribasch.

Wieder sammelten sie sich im Entree, standen im Kreis um die beiden Alten, unkundig in solchen halben Abschieden.

Wenn etwas fehlt, wenn Sie etwas brauchen, sagte Maminka, kommen sie hinüber ins andere Haus.

Jakob Ribasch deutete eine Verbeugung an und sagte leise: Was für ein Trost, gnädige Frau, dieses offene andere Haus.

Im Weggehen schaute Lea noch einmal zurück.

Die Alten und Mizzi standen zusammen in der Mitte des Vorraums, als erwarteten sie einen erlösenden Zuruf.

XIII

Lea ist vom Arzt nach Hause gekommen, aufgelöst und zugleich unsinnig stolz, Ruth solle sich nicht erschrecken, sie müsse nun auch ins Krankenhaus, sich operieren lassen, doch nicht an der Brust, sondern, was weiß sie, weshalb gerade ihr das passieren müsse, am Darm, nur habe ihr Doktor Schneider versichert, es handle sich um nichts Bösartiges, und sie beginnt gleich, obwohl sie erst zwei Tage später bestellt ist, ihr Köfferchen zu packen, das schöne Nachthemd noch zu waschen, schließlich wolle sie ordentlich aussehen.

Zwei Tage lang streiten sie, ob Ruth sie begleiten solle oder nicht, ob sie mit dem Bus fahren oder ein Taxi bestellen. Lea entscheidet sich schließlich für ein Taxi.

Ruth bringt sie im Krankenhaus noch auf ihr Zimmer, in dem schon zwei andere Frauen liegen, die Lea neugierig willkommen heißen, endlich hätten sie eine Abwechslung, was Lea sofort mürrisch stimmte.

Ruth ist zum ersten Mal wieder, seit Leas drei Reisen nach Wien, allein in der Wohnung. Wie unter einem grausamen Zauber halbiert sich alles: die Zimmer, der Tisch, das Geschirr. Die eine Hälfte ist von

Lea besetzt und nun leer. Sogar Selbstgespräche helfen nicht. Sie haben, begreift Ruth, nur Sinn, wenn sie gehört werden. Ist sie allein, droht sie an ihnen zu ersticken.

Die Stationsschwester hat ihr versprochen, anzurufen, sobald Lea aus dem Operationssaal ins Zimmer zurückgebracht worden sei.

Sie wartet.

Sie geht durch die Zimmer und redet mit Lea: Den Ölofen müßte die Siedlungsgenossenschaft längst erneuert haben, findest du nicht auch?

Ich bitte dich, könntest du die Botschen so abstellen, daß man nicht drüber fliegt?

Seit wann stellst du die Gläser vor die Teller?

Sie wartet. Sie nimmt den vertrauten Platz zwischen Küchentisch und Fenster ein, ohne sich das Mittagessen aufzuwärmen, wie Lea es ihr geraten hat. Sie setzt sich vor den Fernseher, stellt ihn aber, damit ihr der Anruf nicht entgeht, so leise, daß sie kein Wort versteht.

Sie wartet.

Sie schläft ein und wacht mit der Angst auf, das Telefon überhört zu haben.

Mach mich nicht rasend, Lea. Ich hab schon genug mit dir ausgestanden.

Als das Telefon klingelt, ist sie völlig erschöpft und den Tränen nah. Lea?

Eine fremde Stimme antwortet: Ich soll Ihnen sagen, daß die Operation gut verlaufen und Frau Pospischil wieder auf ihrem Zimmer ist.

Ich komme.

Lassen Sie sich Zeit, sagt die Frau am Telefon. Die Patientin schläft noch.

Jaja. Sie legt den Hörer auf die Gabel, reißt ihn wieder hoch: Es stört aber nicht, wenn ich komme? schreit sie in die tote Leitung.

Suchend läuft sie in Leas Zimmer, öffnet den Schrank, ist sich nicht schlüssig, läuft in die Küche, schaut sich um, verläßt die Wohnung, wartet eine halbe Stunde an der Bushaltestelle, steigt auf dem Schillerplatz aus, hat das Glück, daß der Blumenladen noch geöffnet ist, wählt erst rote Rosen, entschließt sich am Ende für die Teerosen, die Lea mag und immer mit alten Damen vergleicht, wartet von neuem eine halbe Stunde auf den Bus, der hinauffährt zum Krankenhaus, erfährt von dem Pförtner, den sie seit Jahren kennt, da er früher die Drogerie in der Siedlung führte, daß genaugenommen die Besuchszeit zu Ende sei, er aber bei ihr ein Auge zudrücke, fährt mit dem Lift in den zweiten Stock, wobei sie die Blumen auswickelt und das Papier in die Manteltasche stopft, hastet zu Leas Zimmer, klopft, reißt die Tür auf und wird von den Frauen, die mit Lea das Zimmer teilen, zweistimmig empfangen: Sie schläft. Aber die Schwester sagt, sie hat die Operation gut überstanden.

Dann sagt die eine: Das Abendessen ist schon lang vorbei.

Und die andere: Bis zum Frühstück wird sie ausgeschlafen haben.

Ruth setzt sich, ohne den Mantel auszuziehen, an Leas Bett. Mit dem Taschentuch wischt sie sich die Hand trocken, ehe sie Lea über die Stirn streicht.

Die Anstrengung der Operation hat Leas Kopf schrumpfen lassen. Ihr Haar, auf das sie immer stolz gewesen ist, wirkt wie ausgerupft.

Alles, was Ruth tut, wird von den beiden Frauen, die gespannt in ihren Betten sitzen, beobachtet. Ruth zwingt sich, gelassen zu bleiben, überlegt sich, ob sie Leas Hand anfassen kann, obwohl sie am Tropf hängt, umschließt mit ihrer Hand einen Finger und versucht, Wärme auszuschicken. Mit geschlossenen Augen bittet sie die Frauen: Könnten Sie sich nicht mit etwas anderem beschäftigen?

Was die beiden verschämt versuchen.

Was sie gleich wieder aufgeben.

Denn Lea fängt an, sich zu rühren.

Es kann sein, sie muß sich erbrechen, warnt die eine.

Es muß aber nicht sein, beruhigt die andere.

Lea? Ruth preßt den Finger in ihrer Faust und läßt ihn los. Vielleicht sollten sie gar nicht hörbar miteinander sprechen, vielleicht genügte es, Wörter zu denken? Lea, denkt sie und antwortet sich selber: Mach kein Theater, Ruth, ich bitte dich. Die Operation ist vorüber.

Ich weiß, denkt sie zu Lea hin, aber du wirst verstehen, daß ich mich gesorgt habe.

Ruth, hört sie, aber sie könnte es auch gedacht haben.

Bloß haben die beiden Frauen gleichzeitig aufgeseufzt: Jetzt wacht sie auf.

Das hab ich erwartet.

Was hast du erwartet, Lea?

Daß du an meinem Bett sitzen wirst.

Hast du Schmerzen?

Schmerzen? Ich weiß es nicht.

Was heißt das?

Daß ich es nicht weiß.

Nichts hat sich geändert. Sie reden, wie sie immer geredet haben. Sie können fortsetzen, was gewesen ist.

Ruth besucht Lea Tag für Tag. Die Reise zur Klinik wird zum Ritual. Sie macht Halt in der Stadt, genehmigt sich, da sie das Mittagessen ausläßt, Kaffee und Kuchen im Café Zimmermann, trifft sich dabei öfter mit Rosalinde Mitschek, was sie Lea allerdings verschweigt, und fährt danach mit dem Bus auf den Krankenhaushügel. Mitunter erfüllt sie Aufträge, bringt Lea frische Wäsche oder eine Illustrierte.

Die beide Frauen verschwinden aus den Nachbarbetten, es kommen andere nach, frisch Operierte.

Lea darf auf dem Gang spazierengehen, wird übermütig: Der Doktor findet, ich habe eine Roßnatur.

Am Tag, bevor Lea entlassen wird, fragt Ruth den Arzt, ob es gelungen sei, das Geschwür ganz zu beseitigen. Aber er entläßt sie nicht aus der Angst, sondern frischt sie auf: Ich müßte Sie belügen, Frau Böhmer, wenn ich behauptete, mit der Operation sei alles gut und vorüber. Sie ist fürs erste gelungen. Damit sollten wir zufrieden sein.

Zu Hause angekommen, bittet Ruth ihre Schwester, einen Augenblick vor der Tür zu warten.

Was hast du vor?

Ruth verschwindet hinter der Tür, läßt sie zufallen, holt tief Atem, reißt sie wieder auf: Lea! Sie fallen sich in die Arme, und Ruth kann sagen: Komm herein.

Hugo

Aus einer Laune kündigte sie Kostka im Winter vierzig. An diesem Tag waren, als folgten sie einem Befehl, fast ausnahmslos Offiziere und Soldaten Kunden gewesen, und Ruth hatte sich über Kostkas schäbige Ergebenheit geärgert, dieses »Jawoll«, auf das er sich geradezu virtuos verstand.

Nachdem er abends die Tür abgeschlossen hatte, folgte sie ihm, wie so oft, in das Lager, er fiel wieselhaft über sie her, liebte sie, preßte ihre Lungen leer, und als sie wieder Atem holen konnte, sagte sie, ohne daß sie vorher je daran gedacht hätte: Kostka, ich kündige.

Er war gerade dabei, die Hosen hochzuziehen, ließ sie, erschrocken, los; sie rutschten ihm unter die Knie. Seine Erbärmlichkeit machte es ihr leicht.

Ich versteh dich nicht.

Sie hätte ihm antworten können: Ich mich auch nicht, aber sie wiederholte: Ich kündige.

Er ließ sich auf den alten Drehstuhl sinken, die Hosen bildeten einen Wulst über den Schuhen: Wie kommst du darauf? Soll ich dir dein Gehalt erhöhen?

Nein, das nicht. Sie wußte selber keine Erklärung und hatte auch keine Lust, sich eine zurechtzulegen.

Ich werde mich nach einer anderen Arbeit umsehen, Kostka, das ist alles.

Und ich?

Um dich muß ich mich nicht sorgen.

Wann gehst du?

Zum Ende des Monats.

Bis dahin habe ich niemanden gefunden.

Darum muß ich mich nicht kümmern.

Er stand auf, zog wütend die Hose hoch: Du kannst es dir noch überlegen.

Es ist besser, du suchst nach einem Ersatz für mich.

Für alles? fragte er hämisch.

Das habe ich nicht gesagt. Das wollte sie auch nicht.

Diesen anderen Kostka, der sie vor ein paar Jahren in den Verschlag neben dem Laden gedrängt oder gelockt hatte, sie hastig liebte und ihr beibrachte, alle Scham aufzugeben, sich zu vergessen, sich nicht mehr zu verachten, dieser schmutzige Magnet, der sie gegen ihren Willen anzog, den sie brauchte, um nicht nur von der Lust zu träumen, diesem anderen Kostka hatte sie nicht vor, gleich zu kündigen.

Ihre Angst, Mutter könnte sich über die plötzliche Entscheidung aufregen, war unnötig. Sie freute sich, da sie nun mehr Zeit füreinander hätten. Sie als Verkäuferin sei ohnehin nicht nach ihrem Geschmack gewesen.

Das Haus Am Bergl, in das sie bisher nur abends, zum Schlafen, gekommen war, führte ihr allmählich seine Bewohner vor. Nicht zuletzt durch Mutter, die längst alle kannte, mit den meisten verkehrte und mit zwei alten Damen abwechselnd Rommé oder Patiencen spielte.

Die Nachbarinnen wußten durch Mutter über sie Bescheid, kannten sich in ihrem Leben aus, Madame Longe, die vor dreißig Jahren als Sprachlehrerin nach Brünn gekommen, hängengeblieben und inzwischen naturalisiert war, und Tilli Berger, die früh verwitwet, sich mit Hilfe von Schminke und Tinkturen ihre Puppenhaftigkeit bewahrt hatte.

Lea, die die beiden nur flüchtig kannte, warnte Ruth vor deren haltloser Geschwätzigkeit, sie schafften es, aus jeder Mücke einen Elefanten zu machen und frönten einer schwachsinnigen Heldenverehrung. Sie würde, ganz und gar widersinnig, geschürt von dem dreizehnjährigen Hausmeistersohn, der zwar schlicht Wilhelm heiße, jedoch darauf bestehe, Tecumseh gerufen zu werden. Dies sei, erkläre er jedem ungefragt, der Held eines Buches von Fritz Steuben, »Der fliegende Pfeil«. Wahrscheinlich das einzige Buch, das dieser Schlaumeier je gelesen habe. Ruth störte sich an alldem nicht.

Sie ließ sich auf die Spiele ein, hörte zu, wenn die Frauen den Blitzkrieg gegen Frankreich und Polen mit den Attacken auf Dänemark und Norwegen verglichen und ohne weitere Erläuterungen Helden wie Prien und Udet beschworen wurden. Tecumseh, der seine festen Auftritte und Aufträge hatte, für ein paar Kronen einkaufte, Semmeln und Milch holte, versorgte sie stets mit den neuesten Siegesnachrichten. Ihre Aufmerksamkeit für die Karten litt darunter nicht.

Ruth mischte sich selten ins Gespräch, zog sich, wann immer es ihr die spielenden Damen erlaubten, in ihr Zimmer zurück, überließ Mutter die Küche und schaffte es, sich mehr und mehr Zeit für Gänge in die Stadt zu nehmen.

Sie streunte, wurde zur Stadtkatze. Der Winter schwand allmählich aus der Stadt, zog den Schnee zurück, hinterließ Pfützen und schwarze Wolkensäcke überm Spielberg, und es gab Tage, an denen der Frühling die Sonne vorausschickte, Ruth auf einer Bank im Augarten oder am Deutschen Haus rasten konnte, ehe sie sich weiter auf den ungeplanten Weg machte, im Operncafé eine Stunde verbrachte, allein oder mit einem zufällig anwesenden Bekannten, oder ihrer Lust nachgab, schnurstracks, kurz vor dem Ladenschluß in die Passage bog, in das Geschäft stürzte und Kostka nach allen Regeln der Herausforderung dazu brachte, sie länger und phantasievoller zu lieben, als ein Wiesel es kann.

Wann kommst du wieder, Ruth?

Ich weiß es nicht.

Du brauchst mich.

Bilde dir nichts ein, Kostka.

Du benimmst dich wie eine Hure.

Wenn ich wüßte, wie die sich benehmen.

Sie verließ ihn, nicht glücklich, aber sonderbar gestärkt. Nur so, dachte sie, konnte sie der Stadt gewachsen sein und dieser angenehm ruhelosen Existenz.

Bis die Angst sie abpaßte, sich ihr in den Weg stellte: Sie hatte nichts vor, hatte im Dompark ihre

Runde gemacht, schlenderte durch die Kindergegend in einer der engen Gassen am Krautmarkt. Aus einem Haustor, ein paar Schritte vor ihr, traten Männer, alle in Zivil. Der in der Mitte wurde von den beiden anderen gehalten, geführt. Er ging mit und doch nicht. Mit steifen Schritten und einem aufgerichteten Körper schien er sich zu widersetzen. Passanten gegenüber verschwanden in einem Eingang. Ruth hielt an. Was sie sah, fuhr ihr in die Glieder, lähmte sie. Der Mann riß den Kopf herum, schaute mit blinden Augen zu ihr hin. Geübt und grob drückten die beiden Begleiter ihn ins Auto. Es fuhr nicht im Schwung ab, es rollte weg.

Sie brauchte eine Zeit, bis sie sich aus der Starre löste. Dann lief sie los, heimwärts. Sie begriff, was sie gesehen hatte, wäre aber nicht imstande gewesen, davon zu erzählen. Bisher hatte sie solche Geschichten immer bezweifelt. Zu Hause lief sie zum Telefon, rief Lea an, die mit ihrem Anruf nicht gerechnet hatte: Du bist es, Servus, Ruth. Ist etwas passiert?

Nein. Allein diese einsilbige Unwahrheit trocknete ihr die Kehle aus.

Hat Mutter einen Wunsch?
Nein.
Sei nicht komisch.
Ich bin es nicht. Geht es Jiři gut?
Seit wann beschäftigt dich Jiřis Befinden?
Es geht ihm also gut.
Ja, Ruth. Ich hoffe dir auch.
Und was weißt du von Waldhans?

Sag mal, hat dich was geschüttelt?

Es ist mir schon besser, danke.

Ist dir übel gewesen?

Vielleicht. Ich habe dich nach Waldhans gefragt.

Er hat sich erst gestern abend eine Stunde sehen lassen. Selbst im Theater lassen sie ihn in Ruh. Obwohl in der Verwaltung einige Stellen durch Deutsche besetzt worden sind.

Ich komm euch bald besuchen.

Tu's, Ruth. Mir scheint, der Weg in die Schwarzen Felder ist euch zu weit.

Nein, das nicht. Ich – sie suchte nach einer Erklärung, ließ den Hörer sinken, drückte ihn wieder ans Ohr: Servus, Lea. Sag Jiři einen Gruß von uns.

Servus. Paß auf dich auf, Ruth.

Im September einundvierzig, knapp nach ihrem Katzensommer, lernte sie im Operncafé Hugo kennen, den berühmten Hugo Maria Kroll, dessen Romane von aller Welt gelesen wurden und von dem sie unlängst im Kino »Schwarzfahrt ins Glück« sah.

Das Datum prägte sich ihr ein, da am Tag zuvor Tecumseh die Patiencen mit der »Sondermeldung« gestört hatte, daß es neben dem Reichsprotektor, Herrn von Neurath, nun auch einen stellvertretenden Reichsprotektor gebe, der aber, habe sein Jungzugführer erklärt, in Wahrheit der richtige Reichsprotektor sei. Er heiße Reinhard Heydrich.

Woraufhin Madame Longe, die ihm nicht zu folgen vermochte, fragte, ob denn Präsident Hacha mit all diesen Protektoren einverstanden sei, und Tecumseh schlichtweg die Existenz irgendeines Hacha bestritt und darin auch von Tilli Berger mehr oder weniger bestärkt wurde, Hacha habe es im Grunde nur gegeben, damit der Führer und seine Protektoren zum Zuge kämen.

Hugo Maria Kroll feierte, umgeben von einem halben Dutzend Bewunderern, die enthusiastisch auf ihn einredeten. Ruth, die am Nachbartisch Platz genommen hatte, wollte sich erst wegsetzen, da ihr die Gesellschaft zu laut war, aber was sie in Bruchstücken zu hören bekam, interessierte sie. So wurde der Titel eines Romans genannt, den sie unlängst gelesen hatte, »Golowin geht durch die Stadt«, und auch sonst war von Büchern, Filmen und Menschen die Rede, die sie zu kennen glaubte.

Kroll gefiel ihr. Sein schmales, arrogantes Gesicht mit der dünnen, etwas zu langen Nase, den schweren Lidern und der geraden hohen Stirn unter den grauen, glatt nach hinten gekämmten Haaren – so etwas wie ein Dandy. Lea würde ihn wahrscheinlich für einen eingebildeten Affen halten. Sie stützte den Kopf in die Hände, vermied es, hinüberzusehen, hörte um so konzentrierter zu. In Gedanken kommentierte und ergänzte sie, was sie zu hören bekam: Daß er anscheinend aus dem böhmischen Jungbunzlau stammte, wo seine Eltern lebten, daß er Aufträge von der Ufa bekam, daß er in Brünn bei Freunden wohnte, um, ohne von den umtriebigen Filmfritzen gestört zu werden, an einem neuen Roman zu schreiben; daß er nach der Scheidung von Sibylle beschlossen habe,

Junggeselle zu bleiben. Was die beiden Frauen am Nachbartisch heuchlerisch bedauerten.

Ruth schweifte mit ihren Gedanken ab, versuchte, sich das unruhige, schöne Leben neben einem berühmten Mann auszumalen.

Gnädigste, hörte sie. Die Stimme war so weit entfernt oder so nah wie die andern. Mit einem halben Blick nahm sie Anzugbeine wahr und den Anschnitt eines Sakkos, schaute hoch, fragte zögernd, denn vielleicht hatte der Mann sie gar nicht gemeint, oder die Bande vom Nachbartisch zog sie in ein Spiel, das sie lächerlich machte, fragte: Ja, bitte?

Wir wollen Sie nicht stören. Sie sitzen als einzige im Café für sich. Der Mann hielt ihr die Innenfläche seiner Hände vors Gesicht, als könnte er sich damit ausweisen. Halten Sie meine Bitte nicht für unverschämt – wir möchten Sie zu uns an den Tisch laden.

Es ärgerte sie, daß sie folgsam aufstand, ihr das Blut sozusagen vorschriftsmäßig ins Gesicht stieg, daß sie sich kindisch und eckig vorkam, als sie von den andern begrüßt wurde, vor allem von dem Schriftsteller, der ihr, die Hand küssend, seinen Namen nannte, den sie längst wußte: Hugo Maria Kroll.

Von da an bemühte sie sich, ihre Rolle zu spielen.

Sie lehnte es ab, Wein zu trinken, blieb beim Kakao. Sie hörte schweigend zu, mischte sich nicht ins Gespräch. Manchmal lachte sie sparsam mit. Als ihr eine Zigarette angeboten wurde, bestand sie darauf, ihre Marke rauchen zu wollen, ägyptische, zog die Tabatiere aus der Handtasche, klappte sie auf wie eine

Puderdose und fand sich ein wenig zu affektiert. Sie schwebte, und sie stürzte in einem solch ungleichen Wechsel, daß ihr schwindelte.

Eine der Frauen erinnerte sich, ihr in einem Geschäft in der Marktpassage als Verkäuferin begegnet zu sein, versuchte sie klein und unbedeutend zu machen.

Sie haben recht, lächelte sie der Person zu. Ich habe ein paar Jahre lang Füller und Briefpapier verkauft, und das mit Vergnügen. Jetzt allerdings werden sie mich dort nicht mehr antreffen.

Und wo? fragte Kroll.

Hier, im Operncafé, antwortete sie, winkte dem Oberkellner, doch Kroll ließ es nicht zu, daß sie zahlte, bestand darauf, sie bis zum Ausgang zu begleiten, fragte, wann sie denn wieder hier zu sehen sei, und sie erwiderte ihm, bestochen von seiner selbstverständlichen Höflichkeit, sie werde, wie fast jeden Tag, so auch morgen um die gleiche Zeit ins Café kommen, und eine Winzigkeit von sich mußte sie noch preisgeben, also fügte sie hinzu: Es ist eine Station auf meiner täglichen Runde.

Er zog sie an. Warum, konnte sie nicht erklären. Dabei war sie sicher, daß sie sich nie in ihn verlieben würde, wie sie im Grunde ohnehin nie einen Mann geliebt hatte, Kostka gewiß nicht, ihn nur brauchte, um sich zu lieben und ihn zu verachten.

Sie verabredeten sich in den drei Wochen, die er sich in Brünn aufhielt, Tag für Tag. Die Orte ihrer Rendezvous änderten sich. Er überließ es ihr, sie auszuwählen. Sie zeigte ihm ihre Stadt: Vom Domberg bis zum Augarten, von den Mährischen Wollwaren bis zum Oblatenbäcker. Er fragte sie aus, nie zudringlich, sondern an den Details interessiert, so, als wollte er zusammenfügen, was in ihrem Gedächtnis eine brüchige Folge von Bildern und Erfahrungen blieb.

Von sich erzählte er nur, was sie sowieso wußte, zog sich zurück hinter Anekdoten aus seiner Arbeit mit Regisseuren und Schauspielern oder machte sich lustig über seine Lektoren, die jedem komplizierten Satz mißtrauten, da sie in ihm eine politische Anspielung vermuteten. Sonst vermied er es, über Politik zu sprechen.

Als Ruth sich wunderte, daß er nicht eingezogen worden sei, verblüffte er sie mit einer für seine Verhältnisse skandalös-frechen Auskunft: Ich bin ein Drückeberger, Fräulein Ruth. Aus Berufung. In Jungbunzlau wuchs ich unter lauter deutschstämmigen Helden auf, die mich natürlich zu den ihren zählten, und starb tausend Tode vor jeder Mutprobe, die sie mir abverlangten. Ich zog in die Welt, wie es im Märchen heißt, und erlebte eines. Meine Bücher brachten mir Erfolg und Geld. Als man mich zu den Waffen rief, wurde ich zum einen krank, zum andern unabkömmlich. Dafür sorgte eine Handvoll Einflußreicher. Und seither, meine Gnädige, betätige ich mich als Zivilist, der die allgemeine Wehrkraft durch Phantasie stärkt.

Zufällig, einige Tage vor seinem Abschied, liefen sie auf dem Krautmarkt Lea über den Weg. Das also sei die Schwester, von der so oft die Rede gewesen sei, Frau Pospischil.

Sie wurden den Marktgängern zum Hindernis, wurden geschubst und zusammengedrängt. Lea und Kroll hörten nicht auf zu schwärmen von Karpfen, Weißfischen, Forellen, die, trotz der Lebensmittelkarten, am Fischstand angeboten würden, und sie begannen, Rezepte zu rezitieren. Kroll schlug vor, sie könnten in einem Beisl am Markt einkehren, und obwohl Lea vorgab, wenig Zeit zu haben, da Jiři auf sie warte, ließ sie sich ohne weiteres überreden.

Kroll hatte an Lea Gefallen gefunden, wie sie an ihm.

Sie hörten nicht auf in ihrem Küchenallerlei, beklagten den Mangel an Früchten, an Obst, gingen in ausholenden Sätzen in die Beeren, in die Pilze. Es war ein Flirt, der den Eifer vorschützte. Ruth, die für einen Augenblick die Eifersucht stach, bekam Spaß an dieser Unterhaltung, in der nur und immer üppiger genossen wurde, Amor direkt aus dem Schlaraffenland erschien.

Ein bissel verrückt ist das alles schon.

Lea und Kroll bestritten es nicht, tauschten Blicke, die vielleicht vor Hunger auf Eierschwammerln, ausgebackenes Hirn, auf ein ordinäres, doch hauchdünn geklopftes Schnitzel leuchteten, schlossen Ruth keineswegs aus ihrem plötzlichen Tête-à-tête aus, nahmen vielmehr an, sie teile ihren Appetit.

Ungern brach Lea auf. Ruth bot sich an, sie ein Stück zu begleiten.

Kroll lud sie beide in die Weinstube Haveltschek ein. Er wolle seine Brünner Freunde mit einem Abendessen überraschen, das so fein und üppig ausfallen werde, wie die grimmige Zeit es erlaube.

Es fiel tatsächlich so aus.

Ruth kam kaum zum Zug, aber sie begann sich auch schon aus dem Traum, der Hugo Maria Kroll überschrieben war, zu entfernen. Während Lea, die ihn nicht aus den Augen ließ, ihn gerade zu träumen begann.

Ruth hat ihr nie verraten, daß sie Kroll noch einmal traf, wenige Wochen vor dem Attentat auf Heydrich, als die Lage sich verschärfte, die Verfolgungen zunahmen und Carlo für immer verschwand.

Er hatte sie angerufen, so vertraut getan, als kennten sie sich von Kind auf. Er denke oft an sie, an Lea. Ob sie nicht Lust und Zeit habe, übers Wochenende nach Prag zu kommen.

Allein?

Ja. Er lachte. Sie ärgerte sich.

Sie wohnten in einem Hotel am Wenzelsplatz, das vom Militär okkupiert schien. Kroll bewegte sich zwischen den Uniformierten als gleichsam notwendige Ausnahme.

Es gelang ihm, einen Kellner zu überreden, das Essen aufs Zimmer zu servieren.

Er war von erlesener Höflichkeit, liebte sie behutsam und geduldig. Seine Zärtlichkeit blieb ihr auf der Haut.

Erst auf der Heimfahrt wurde ihr bewußt, daß sie

zum ersten Mal mit einem Mann im Bett gelegen hatte, nicht auf dem Boden, zwischen Regalen und unter Stuhlbeinen. Dennoch sehnte sie sich derart nach dieser gemeinen Lust, daß sie es bedauerte, Kostka im Laden nicht heimsuchen zu können. Er war schon vorher verschwunden, hatte das Geschäft verkauft.

Als »Die heimliche Gräfin« erschien, kaufte sie das Buch, schenkte es Lea, obwohl sie wußte, daß die sich nie die Zeit nehmen würde, es zu lesen.

XIV

Seit Tagen, klagt Lea, leide sie unter Anfällen von Müdigkeit. Sie nicke im Sitzen, beim Lesen oder vorm Fernseher jäh ein, das sei schon der halbe Tod.

Ruth fährt mit dem Staubsauger in engen Kurven um Leas Stuhl.

Ich sag es doch, dir fehlt die Bewegung. Würdest du mit mir in die Stadt fahren, einkaufen gehen oder wenigstens ein bissel zum Friedhof hoch spazieren, müßtest du nicht klagen. Dir genügen die paar Schritte zum Bäcker, wenn überhaupt. Hättest du die Güte, dich für einen Moment zu erheben?

Unwillig verläßt Lea den Sessel, tritt auf den Balkon und beobachtet Ruth bei der Arbeit.

Du bist auch nicht besonders gut in Form. Du schnaufst so laut wie der Staubsauger.

Dann mach du doch weiter.

Kaum hat Ruth den Stuhl zurechtgerückt, sitzt Lea bereits wieder. Dazu träume ich auch noch. Verrückte kurze Stücke. Vorher bin ich im Augarten spazierengegangen, und die Männer haben mir hinterhergesehen und gepfiffen.

Das ist kein Traum, das ist ein übriggebliebener

Wunschtraum. Ruth saugt mit Akribie die Fransen am Rand des Teppichs.

Du weißt es so gut wie ich, daß mir noch vor ein paar Jahren Männer nachgeschaut haben.

Das kann nicht sein, Lea. Schon vor ein paar Jahren hast du kaum mehr die Wohnung verlassen.

Aber als ich noch hinausging. Das wirst du doch nicht bestreiten wollen.

Wütend schaltet Ruth den Staubsauger aus, setzt sich aufs Sofa, den Tisch zwischen sich und Lea, und klemmt den Staubsauger zwischen die Beine.

Du hast mit dem Hintern gewackelt wie eine Ente. Ich erinnere mich noch, wie Mutter sich darüber empörte, als wir mal zu dritt das Bergl hinuntergingen.

Da war ich noch jung, gerade mit Jiři verheiratet.

Später hast du nicht mehr solch einen Schwung gehabt.

Lea mustert ihre Schwester mit zusammengekniffenen Augen, ist sich nicht schlüssig, ob sie das Gespräch weiterführen oder lieber auf den Balkon flüchten soll. Dann sagt sie, Wort für Wort betonend: Du bist nur neidisch. Und sie hofft auf Ruths Zorn.

Die aber tut ihr nicht den Gefallen, sondern antwortet gespielt ruhig: Sag mir, worauf soll ich neidisch sein? Darauf, daß du ein bissel fetter gewesen bist als ich und schon deswegen ausdrucksvoller den Hintern schwenken konntest? Mir ist es unheimlich, daß du noch nach Jahren davon träumst. Ruth stützt sich auf den Staubsauger, erhebt sich: Ich geh Kaffee kochen.

Sie möchte einer Fortsetzung des Gesprächs ausweichen.

Plötzlich ist Lea hellwach. Sie läuft ihr nach: Warte. Ich helf dir. Was sie nicht tut. Sie bezieht vielmehr Stellung auf dem Stuhl zwischen Küchentisch und Fenster, schaut auf den Rücken der Schwester, der sich zu einem Buckel krümmt, streckt die Beine aus: Du hast ja keine Ahnung, sagt sie.

Ruth schweigt, und ihr Rücken wird zur Wand.

Nicht die Bohne. Du bist schon mit dreißig eine alte Jungfer gewesen.

Ich bitte dich, Lea, laß mich in Frieden.

Oder hast du dich womöglich mit diesem widerwärtigen Kostka eingelassen?

Zufrieden beobachtet Lea, wie Ruth zur Statue erstarrt.

Ich kann nichts für deine Träume, Lea.

Ich habe dich etwas gefragt.

Von mir wirst du nichts hören.

Weil du nichts weißt.

Soll ich dich fragen, ob deine Ehe mit Jiři glücklich verlaufen ist und warum du keine Kinder bekommen hast?

Du wirst gemein.

Und du? Du bist es nicht?

Ruths Rücken wehrt sich nicht mehr, er bebt, und sie läßt die Schultern hängen.

Weinst du?

Vielleicht hast du vor lauter Männern im Kopf nie begriffen, was Liebe bedeutet.

Das sagst du mir, Ruth?

Das sag ich dir.

Und Hugo?

Ja, du hast ihn in Wien besucht und dir etwas darauf eingebildet. Nur wenn du mir vorwirfst, ich hätte keine Ahnung, dann hast du nicht einmal einen Schimmer von Ahnung.

Was soll das bedeuten, Ruth?

Daß wir zwei alte Weiber sind, nichts sonst. Ruth schluchzt auf, und ihr Atem rasselt nach. Geh schon. Ich komme gleich mit dem Kaffee nach.

Lea drückt sich an Ruth vorbei und fährt dabei sacht mit der Hand über ihren Rücken. Der wehrt sich und wird hart.

Flieger und Fliehende

Im Sommer zweiundvierzig bekam Ruth eine Anstellung als Wirtschafterin auf dem Fliegerhorst bei Brünn.

Im Sommer zweiundvierzig tauchte unangekündigt Carlo mit seinem Freund Harald auf.

Im Sommer zweiundvierzig fiel der stellvertretende Reichsprotektor Heydrich einem Attentat zum Opfer, wurde zur Vergeltung von der SS Lidice bei Prag ausgelöscht, wurden die Männer des Dorfes ermordet, die Frauen und Kinder verschleppt.

Im Sommer zweiundvierzig sah Lea Jiři zum ersten Mal weinen, wurde Waldhans verhaftet und meldete sich nach einem Monat, abgemagert und verschlossen, zurück.

Im Sommer zweiundvierzig mußten sich die Juden, die noch in der Stadt lebten, den gelben Stern an die Kleider heften.

Jiři hatte Lea zu Maminka ausgeschickt, um zu erfahren, was sich an der Kröna ereignet habe, ob Lubomir weiter erfolgreich mit Militärs Geschäfte treibe und wie sich Ribaschs zurechtfinden.

Als hätte sie Jiřis Neugier zusammengetrieben, traf Lea sie alle in Maminkas Kuchel an, die alten Ribaschs, Mizzi und Knebl, Lubomir und Maminka. Die einen saßen, die anderen gingen umher, und alle redeten durcheinander, wie in Trance, nur auf sich selbst hörend, und sogar aus dem Hof drangen Geschwätz und Rufe hoch.

Sie mischte sich nicht ein, lauschte, jedes Wort, jeder halbe Satz, der hängenblieb, flößte ihr Angst ein.

Mizzi stand mit dem Gesicht zur Wand, Knebl, den sie eigentlich nie hatte ausstehen können, führte, Tränen in den Augen, ein verzweifeltes Selbstgespräch, die alten Ribaschs saßen nebeneinander mitten in der Küche und lauschten, die Köpfe im Nacken, Lubomir, der leise und ernst auf sie einredete, und Maminka lehnte sich aus dem Fenster, die Stimmen aus dem Hof schienen sie nicht gerade zu trösten.

Zum ersten Mal sah Lea die gelben Sterne, an Jakob Ribaschs Jacke, an Camilla Ribaschs Kleid.

Sie stellte sich zu Maminka ans Fenster, ließ ihre Blicke wandern, hinunter in den Hof, dann in die Küche, von einem Gesicht zum andern.

Jiři und ich – begann sie.

Maminka nickte: Du kommst gerade recht, zur falschen Zeit. Wir wissen uns nicht mehr zu helfen, und es kann uns auch niemand mehr helfen.

Was sie erfuhr und erlebte, berichtete sie danach Jiři, faßte atemlos zusammen: Die alten Ribaschs, erzählte sie, sind registriert für einen Transport nach Theresienstadt, sie sollen sich morgen früh mit zwanzig Kilo Gepäck am Güterbahnhof einfinden, oder sie werden zwangsweise abgeholt, was sie aber auf alle

Fälle vermeiden wollen, und Pan Lersch hat sich bereit erklärt, sie zu begleiten, ihnen die Koffer zu tragen, und Mizzi hat darauf bestanden, mit den Eltern zu gehen, und keine Macht der Welt werde sie daran hindern, worauf Knebl völlig zusammengebrochen ist und Lubomir Mizzi beschworen hat, an ihr Kind zu denken, der Peppi ist inzwischen auch schon drei Jahre, sie aber nicht hören wollte, sie kann die Eltern nicht allein lassen, und Knebl sie plötzlich faßte und dazwischenrief, du erwartest ein Kind, und damit die alten Ribaschs alarmierte, die aufsprangen, sich an Mizzi drängten, ihr gratulierten, sich gratulierten, wissen wollten, in welchem Monat Mizzi sei, im zweiten, am Anfang, sagte sie, und nun baten sie auch die Alten, es sich aus dem Kopf zu schlagen, mitreisen zu wollen, sie sagten mitreisen, sie dürfe nur noch an das Leben ihrer beider Kinder denken, unsere Enkelkinder, und Lubomir, der schon versucht hatte, allerdings vergeblich, für die Alten eine Aufschiebung zu erwirken, versprach ihnen, sich um Mizzi und Knebl zu kümmern, was bei Mischehen nicht ganz so schwierig sei, nicht ganz so aussichtslos, sagte er, wenn ich mich richtig erinnere, aber das hörte schon niemand mehr, denn auf einmal streichelten und umarmten sich alle, und Maminka lud uns zu Kolatschen und Kaffee ein, als sei nichts geschehen, aber ich habe es nicht ausgehalten, mich verabschiedet von den Ribaschs, sie naß gebusselt und Mizzi im Arm gehalten und mir von Maminka auftragen lassen, unbedingt in den nächsten Tagen mit dir bei ihr zu erscheinen, denn in dieser Zeit darf man sich, genaugenommen, nicht einen Moment aus den Augen verlieren, das sagte Maminka und küßte mich für dich.

Jiři setzte sich ans Klavier, sah auf die Tasten, spielte jedoch nicht. Sie werden den Krieg verlieren, sagte er, doch was hilft es noch den Ribaschs.

Pan Lersch, der extra vorbeikam, wie er betonte, berichtete, wie er Ribaschs hingebracht habe zur Sammelstelle. An dem Wort blieb er hängen. Das habe er vorher nicht gekannt. Und er spreche deutsch so gut wie tschechisch. Neuerdings gebe es Wörter, die einem im Schlund steckenblieben. Unter Transport habe er bisher auch etwas anderes verstanden. Mizzi wollte unbedingt ihre Eltern begleiten. Sie haben, mitten im Sommer, ihre Winterkleider angehabt, dicke Mäntel, da sie ja nicht ahnen können, wie lange sie fortbleiben. Trotz der dicken Verpackung seien ihm die Ribaschs furchtbar klein vorgekommen. Und so entsetzlich brav und höflich, sagte er. Als einer der Soldaten sie angeherrscht habe, da sie nicht wußten, zu welcher Gruppe sie sich gesellen sollten, entschuldigten sie sich bei ihm. Er und Mizzi seien weggeschickt worden. Ich habe es auch nicht länger mit anschauen können, sagte er. Und zu Jiři gewandt: Ihre Frau Mutter hat alle Wertstücke, die Ribaschs hier ließen, aufbewahrt, und soviel ich weiß, wird Mizzi mit ihrer Familie in die Wohnung an der Kröna ziehen. Weil Herr Knebl in seiner neuen Position als Korrektor nicht mehr viel verdient und die Miete bei Pospischils besonders günstig ist.

Er verabschiedete sich. Sie winkten vom Balkon nach.

Er wird alt, sagte Lea. Ich habe ihn schon als Kind für einen alten Mann gehalten. Die Treue zu Menschen, die ihm verlorengehen, einer nach dem andern, wird ihn am Ende auffressen.

Ruth hatte keine Ahnung, erschrak mit einer Spur von schlechtem Gewissen, als Lea sie anrief. Mutter und sie hätten Ribaschs seit Monaten nicht mehr gesehen. Und Pan Lersch spare sie in letzter Zeit auch aus.

Wir hätten sie nicht allein lassen dürfen, klagte Mutter danach, es sind unsere ältesten Freunde. Dann schwiegen sie miteinander und gingen, jede für sich, bedrückt ihren Gedanken nach.

Jeden Morgen wurde Ruth von einem jungen Luftwaffensoldaten mit dem Kübelwagen abgeholt. Zuerst ging es zur Markthalle, wo sie mit einem Sonderausweis für den Fliegerhorst einkaufte, danach fuhren sie mit vollbepacktem Wagen aus der Stadt, begegneten so gut wie nur Soldaten und Arbeitern auf dem Weg zur Morgenschicht. Da ihre Chauffeure wechselten, kam es kaum zu Gesprächen, sie hatte Zeit, dieses neue Morgengefühl auszukosten. Kaum hatte sie die Stadt hinter sich, geriet sie in eine von Männern und Maschinen bestimmte Welt, die eigenen Regeln und Gesetzen unterworfen war, in der fast jeder auf Zeit lebte, die Pausen mit Fluchen, Fressen und Feiern füllte und den immer drohenden Tod mit magischen Formeln zu bannen versuchte.

Sie war als Wirtschafterin angestellt worden und für die Versorgung zuständig. Ihr assistierten zwei Luftwaffenhelferinnen und ein Zahlmeister. Kantine und Kasino gehörten zu ihrem Herrschaftsbereich. Von ihrem Büro aus konnte sie die Flugzeuge starten und landen sehen. Die Fenster und Wände bebten, wenn sie die Motoren warmlaufen ließen.

Die jungen Piloten feierten unausgesetzt ihr Leben. Kam einer aus dem Geschwader nicht zurück, verfielen sie in eine fatalistische Starre, die nicht länger dauerte als einen Tag und eine Nacht, um hernach in einem wüsten Gelage die Angst wegzuschwemmen. Dazu fanden sich junge Frauen ein, natürlich nicht ungerufen, und zu Ruths Erstaunen befanden sich auch Tschechinnen unter ihnen. Ruth versorgte sie mit Schocacola-Dosen, die mit dünnen runden Täfelchen gefüllt waren, sogenannter Kraftnahrung für die Flieger. Sie selbst verschwand, zogen sich die Nächte in die Länge, in einem Verschlag neben ihrem Büro. Dort schlief sie auf einem Feldbett gegen das Getöse, bis eine der Köchinnen sie weckte. Sie merkte, daß ihre Sprache lakonischer und knapper wurde, nicht alles, was zwischen Kasino und Rollfeld sprichwörtlich war, kam über ihre Lippen. Aber sie fing an, in diesen Männerformeln zu denken, gegen die sich zu wehren wenig Sinn hatte.

Hinein mit Sack und Flöte oder Dir wird der Arsch auf Grundeis gehen – es waren Sätze, die keinen Sinn suchten, die mit den Muskeln spielten.

Ein paarmal holte sie der Kommodore von zu Hause ab, Major Frenzel, ein vierschrötiger Franke, aus dessen politischer Einstellung sie nicht schlau geworden war. Er hielt sich zurück, mischte sich nie in Streitgespräche.

In dem rüttelnden, mit Gemüse und Büchsen beladenen Wagen taute er auf, erzählte von seiner unstillbaren Lust zu fliegen, doch nicht in diesen Kisten jetzt, sondern mit den Seglern, beinahe lautlos, schwärmte er, beinahe wie Ikarus. Er fragte Ruth, ob sie in Brünn geboren sei, und wollte, wobei er wohl aus blanker Neugier seine Zurückhaltung aufgab, von ihr wissen, ob sie sich als Deutsche im Protektorat wohler fühle. Dabei schaute er unverwandt durch die zerkratzten Scheiben: Fühlen Sie sich als Deutsche nun wohler im Protektorat, Fräulein Böhmer?

Sie warf ihm von der Seite einen Blick zu und mußte sich gar nicht erst zu einer offenen Antwort entscheiden.

Sie müßten mehr von mir wissen, Herr Major, damit sie mich überhaupt verstehen können. Wir leben nicht schlecht, nein. Meine Mutter ist glücklich. Aber vorher, vor dem Protektorat, fühlte ich mich – sie suchte nach einem Wort.

Freier? fragte er.

Das vielleicht auch. Ich meine unbefangener.

Ein Lachen knitterte sein vom Wind und vom Wein gerötetes Gesicht: Danke, sagte er. Auf Sie kann ich bauen.

War das eine Prüfung?

Er redete gegen den Fahrtwind und gegen ihre Wut: Seien Sie mir nicht böse, Fräulein Ruth, das ist gewiß keine schlechte Angewohnheit, sondern ich gehorche einer privaten Notverordnung.

Können Sie sich nicht einfacher ausdrücken, Herr Major?

Eben nicht. Er fuhr um eine Spur schneller, und sie hüpften ein wenig höher.

Ehe sie den Fliegerhorst erreichten, gestand ihr Major Frenzel, daß er an einen Sieg des Führers nicht mehr glauben könne.

Am Abend dieses Tages, an dem ein Offizier das Siegen aufgab, rief Lea an und stotterte weinend, nun sei auch Mizzi nach Theresienstadt gebracht worden, obwohl Lubomir und Knebl Gott und die Welt alarmiert hätten, und Maminka sei mit dem Baby aufs Land gefahren, um es in ihrem Dorf in Pflege zu geben. Der Bub bleibe bei seinem Vater.

Ruth hörte zu, weinte mit. Warum schreibt es niemand an die Wand?

Als Lea Jiři fragte, was Ruth damit gemeint haben könnte, setzte er sich ans Klavier, tadelte sie wie ein Schulkind: Also belesen bist du wirklich nicht, spielte Schumanns Belsazar und gab ihr Heines Gedicht zu lesen.

Sie erschienen unerwartet und unangemeldet. Carlo und sein Freund Harald standen Am Bergl vor der Wohnungstür, fast ohne Gepäck, und ihre panische

Angst sprang ihnen wie ein unsichtbares Tier voraus.

Mutter riß Carlo in die Arme, tastete und streichelte, als wolle sie feststellen, ob er noch ganz, ob ihm in den unglücklichen Jahren in Chemnitz nichts verlorengegangen sei.

Ruth begrüßte inzwischen Harald, ließ sich von ihm sagen, sie hätten Chemnitz verlassen müssen, über die Gründe jedoch schwieg er sich aus.

Am Ende drängten sie sich um den kleinen Tisch im Erker, warteten auf Lea, die Ruth alarmiert hatte.

Die ganze Familie, wunderte sich Mutter ein um das andere Mal.

Sie planten – auch Harald sei Advokat – eine Kanzlei einzurichten, hier oder in Olmütz oder in Proßnitz, hätten aber bereits erfahren, es wäre so gut wie aussichtslos, vielleicht kämen sie überhaupt nicht mehr dazu, weil sie auf einen Bescheid warten müßten, auf eine Art Gestellungsbefehl, und dann doch noch eingezogen würden, wovor sie sich bisher hätten hüten können. Mit allen Finten, sage ich euch. Er lachte.

Er lacht wie früher, sagte Lea, die plötzlich mitredete, von Jiři Grüße ausrichtete.

Nein, betonte Carlo, sie wollten ihnen nicht zur Last fallen, keineswegs, aber der erste Weg in Brünn wäre eben der nach Hause, zu euch. Sie hätten sich in einer Pension in der Nähe der Post eingemietet und müßten sich auf alle Fälle noch beim Wehrkreiskommando melden, bei diesen verdammten Kommißhengsten.

In den nächsten Tagen blieben sie aus.

Carlo sei in der Stadt. Pan Lersch wußte es und sagte es Lea weiter.

Was hat er gegen uns, warum besucht er uns nicht? fragte Mutter jedesmal, wenn Ruth abends von der Arbeit kam.

Es wird nicht einfach sein, eine Genehmigung für die Kanzlei zu erhalten. Wahrscheinlich geht das nicht ohne die Reichsanwaltskammer.

Aber man kennt ihn doch.

Wer, Mutter?

Die alte Frau verließ den Erker kaum mehr, sie möchte sehen, wie ihr Sohn das Bergl heraufkommt. Irgendwann, sagte sie, schon vorsichtig geworden.

Sie erkannte ihn nicht, da er Uniform trug. Er meldete sich ab, allein, ohne Harald. Mit Mutter wartete er auf Ruth im Erker, schweigend. Ruth stellte sich hinter ihn, ließ die Arme über seine Schulter hängen. Er rührte sich nicht, hatte schon begonnen zu versteinern.

Morgen, sagte er, geht es in Richtung Osten.

Mit Harald? fragte Ruth.

Mit wem?

Mit meinem Freund, Mutter, mit meinem Kollegen, sagte er, erhob sich, zog demonstrativ die Uniformjacke glatt, verabschiedete sich sonderbar förmlich, küßte beide Frauen auf die Wangen, die Stirn und eilte zur Tür.

Einmal, als Junge, erinnerte sich Ruth –

Einmal als Junge, sagte sie zu Mutter, es war noch

im ersten Krieg, und er war zwölf oder dreizehn, überraschte er uns mit der Einsicht: Soldat möchte ich nicht sein, die müssen immer fallen. Ich sehe noch Vaters Gesicht vor mir. Er erschrak und lächelte erleichtert.

XV

Sie gewöhnen sich an ihr Schweigen, und auch die Stimmen, die sie erinnernd hören, beginnen zu verstummen. Das Leben sickert aus ihnen weg, nur manchmal wehren sie sich noch, bäumen sich gegen diesen stärker werdenden Sog der großen Leere auf.

Lea steht vor dem Garderobenspiegel und ordnet sich mit gespreizten Händen das Haar. Sie erschrickt, als Ruth hinter sie tritt, ihr über die Schulter schaut.

Kannst du dich nicht bemerkbar machen?

Glaubst du, ich habe mich angeschlichen?

Was sonst?

Du hörst schlecht, Lea, das ist alles.

Lea verschränkt die Hände überm Kopf und zwingt Ruth, auf Abstand zu gehen. Selbst wenn ich taub wäre, dich würde ich hören. Sie läßt die Arme sinken und gibt Ruth die Gelegenheit, sich neben sie in den Spiegel zu drängen.

Warum gehst du nicht endlich einmal zu einem Friseur in der Stadt?

Wieso? Weil du gerne Geld ausgibst?

Schau dich doch an. Wie schlecht deine Lieblingsfriseuse hier draußen dir das Haar färbt. An den

Spitzen bleiben sie grau, und es ist auch im ganzen ein gesprenkeltes Rot.

Ich möchte wissen, was du unter rot verstehst.

Du gehst ja bloß hin, weil es dir bequem ist.

Wenn schon, Ruth, es sind meine Haare.

Wütend boxt Ruth sie in den Rücken, so daß Lea gegen den Spiegel prallt.

Bist du wahnsinnig geworden? Sie drückt sich vom Spiegel ab, stößt gegen Ruth, die laut zu atmen anfängt.

Immer wenn du streitest, fängst du an zu rasseln. Es hört sich gräßlich an.

Wenn du so weitermachst, Lea, bringst du mich noch um.

Was tu ich denn? Ich seh mich im Spiegel an und richte mir das Haar. Möchtest du unbedingt streiten?

Das wäre mir schon zu viel der Anstrengung.

Aber du suchst doch Streit.

Nein, du, Lea.

Ruth sieht, wie Leas Gesicht sich im Spiegel verzerrt, die Backenknochen gegen die Augen drücken und auf den unteren Lidern sich Tränen sammeln. Ich frage mich, wozu ich mir überhaupt noch die Haare färben lasse.

No, wozu schon. Weil du eitel geblieben bist.

Lea wendet sich halb zu Ruth um, während die weiter in den Spiegel hineinredet.

Was meinst du mit geblieben?

Begreifst du nicht, daß ich dir ein Kompliment mache?

Also, das würde mich sehr überraschen.

Ich bitte dich, stell dich nicht blöder an, als du bist, Lea.

Lea kehrt sich wieder von Ruth ab und schaut ihr im Spiegel fragend in die Augen. Du möchtest doch streiten.

Nein. Weißt du, daß heute der 16. September ist?

Ich habe den Kalender in der Küche noch nicht abgerissen.

Aber ich.

Das überlasse bitte mir.

Heute vor sechsundvierzig Jahren habe ich dich im Lager Wasseralfingen abgeholt.

Lea starrt Ruth im Spiegel an, dann drückt sie ihre Stirn gegen das Glas. Ich habe es vergessen. Wir leben mehr als die Hälfte unseres Lebens zusammen.

Das stimmt nicht, die ersten drei Jahre mit Mutter.

Doch von da an.

Ja, von da an. Nur sind wir noch zur Arbeit gegangen.

Es ist zum Verrücktwerden.

Lea dreht sich aus dem Spiegel weg und steht sehr nah vor Ruth: Es lohnt sich kaum mehr zu sterben, sagt sie.

Ruth faßt nach ihrem Regenmantel an der Garderobe. Das sagst du?

Lea schüttelt kaum merklich den Kopf: Du traust dich nur nicht, Ruth.

Der Bus fährt mir davon. Zum Abendessen bin ich zurück. Warte nicht auf mich, und reg dich nicht auf.

Wer bin ich! ruft Lea, läuft ihr nach bis zur Tür, die schon ins Schloß gefallen ist.

Der andere Himmel

Meistens flogen die Bomberschwärme über Ungarn ein, über Ödenburg. Die Stadt, die keiner kannte, die auf ungarisch Sopron hieß, schrumpfte zur Bake, zur Namenstafel.

Jiři war sicher, daß die Krähen, die sich oft über den Schwarzen Feldern sammelten, noch ehe die Sirenen heulten, Ödenburgödenburg riefen.

Alle, auch die, denen Sterne und Sternbilder nichts bedeuteten, begannen zum Himmel zu schauen. Ihr Blick, ihre Haltung änderten sich. Immer von neuem lauschten sie oder legten den Kopf in den Nacken.

Der Mond ging nicht mehr stille. Die Städte versteckten sich unterm Himmel, die Straßenlaternen leuchteten nicht, die Fenster waren mit gewachsten, häßlichen Rolläden verdunkelt, selbst an den Autolampen war nur ein kleiner Schlitz erlaubt.

Eine halbe Stunde, nachdem die Stimme im Radio ungerührt mitgeteilt hatte, daß starke Bomberverbände Ödenburg passiert hätten, begann der Himmel vom Rand her zu vibrieren. Monatelang überquerten die Schwärme in großer Höhe die Stadt, ohne Bomben abzuwerfen. Das Gedröhn erfüllte das ganze Himmelszelt, ließ aber allmählich wieder nach.

Bis sie die Stadt entdeckten und der schwarze, furchtbar grollende Himmel aufriß, bis lange vor Weihnachten Christbäume ihn erhellten, Leuchtspuren ihn durchzogen, Lametta herunter auf die Erde fiel, Scheinwerfer ihre Strahlen bündelten.

Jiři, der es ablehnte, den Keller aufzusuchen, den Luftschutzkeller – Was soll mich ein Keller vor der Luft schützen? –, stand oft allein auf dem Balkon und starrte in den neuen Himmel. Nur noch selten – sobald die Pausen zwischen den Warnungen aus Ödenburg größer wurden – widmete er sich der Elfenbeinmalerei, setzte sich ab und zu ans Klavier, wechselte aber nicht mehr die Stücke, spielte nur noch eines, das fünfte aus den Albumblättern von Smetana, was er ihr immer wieder einmal zurief, wenn sie durchs Zimmer schlich, um ihn nicht zu stören: Hörst du, das ist Smetana, das fünfte der sechs Albumblätter, Moderato con anima, hörst du, Lea, ich habe mich dafür entschieden.

Was diese Entscheidung bedeute, fragte sie ihn nicht. Sie wich lieber seiner Sprunghaftigkeit aus und floh zu Mutter und Schwester.

Waldhans, den Jiři offenbar mehr brauchte als sie, erschien Tag für Tag. Sie fuhren mit der Bahn sogar hinaus nach Großseelowitz und setzten, heimgekehrt, Karpfen und Forellen in der Badewanne aus. Oft verschwanden sie für einen ganzen Tag, behaupteten, sie hätten sich im Tuchlager vergraben, dieses Lager, das es nur in den Erzählungen Jiřis gab, von dem sie nicht wußte, wo es sich befand, ob es überhaupt vorhanden war.

Da sich nach dem Attentat auf Heydrich, der Verhaftung von Waldhans und seiner Rückkehr die Treffen im Tuchlager häuften, nahm Lea an, daß Jiři und Waldhans dort nicht allein blieben. Die wachsende Entfernung zu Jiři schmerzte sie: wie wenig sie von ihm wußte, seine Heimlichtuerei. Dazu kam noch die Angst um seine Gesundheit, die sie mit Maminka teilte, die eher spöttisch abwiegelte.

Aber seine rare Zärtlichkeit wog ihre Ängste, ihre Wut und Verdrossenheit auf. Wann immer er sie während eines Gesprächs mit einer behenden, huschenden Umarmung überraschte, plötzlich in der Küche hinter ihr stand, sie mit den Armen umschlang und in den Nacken küßte, wann immer er sie nachts weckte und seinen Arm über ihre Brust legte, vergaß sie ihm alles.

Die Bomber sparten die Stadt nicht mehr aus.

Im Sommer vierundvierzig kamen sie Nacht für Nacht.

Die Bewohner des Hauses Am Bergl richteten sich im Keller ein. Jede Partei bezog ihren Lattenverschlag. Gab es tagsüber keine Entwarnung, wurde in der Küche des Hausmeisterpaares für alle gekocht. Sie legten, was sie in den Speisekammern noch gehortet hatten, zusammen. Tecumseh übernahm das Regiment, Madame Longe erklärte sich für Unterhaltung und die Ordnung der Spiele und Karten zuständig, Tilli Berger, ein Tuch virtuos um den Kopf geschlungen und in einem extravaganten Morgenmantel, hielt sich meistens in ihrer Ecke auf.

Jiři schickte Lea, die sich anfänglich weigerte, in den Keller Am Bergl, dort sei sie am sichersten. Wenn es ihm in den Schwarzen Feldern zu gefährlich werde, zöge er an die Gröna. So teilte er die Bombenkeller in solche für Tschechen oder Deutsche.

Lea gab nach, nicht zuletzt, weil Waldhans sie mit einer banalen Wahrheit überredete: In Todesangst kommst du auf deine Muttersprache zurück.

Kobler, der Hausmeister, dem Madame Longe tief mißtraute, weil er, wie sie behauptete, schon als Nazi auf die Welt gekommen sei, mußte ohnehin die Brandwache besorgen, hörte für alle Radio und gab die Nachrichten weiter, mitunter merkwürdig verdreht oder mit entstellten Ortsnamen.

Tecumseh, sein belesener Sohn, pflegte sie zu verbessern und wurde von seinem Vater als vorlaut zurechtgewiesen.

Sondermeldungen gab es so gut wie keine mehr, dafür wurde nun ausgehalten, durchgehalten, und alle Rückzüge verliefen erfolgreich.

Kobler verkündete den Verlust von Rumänien, Bulgarien und Ungarn und die Eroberung Belgrads durch die Partisanen. Außerdem hätten die deutschen Truppen Monte und Cassino in Italien aufgeben müssen. Es half Tecumseh nichts, daß er Monte und Cassino wieder zu einem Ort zusammenrückte. Er erntete dafür eine väterliche Watschen. Im Juli gab es nach langem wieder eine Sondermeldung. Auf den Führer hätte, gab Kobler erregt und den Tränen nah weiter, eine Bande gewissenloser

Offiziere ein Attentat versucht. Sie seien kläglich gescheitert.

Wilczek, der Pensionär aus dem vierten Stock, dankte im Namen des Führers sofort dem Allmächtigen, wurde jedoch nur unterstützt durch den Hausmeister.

Die Nachricht, die Russen seien schon über die Weichsel, beunruhigte ungleich mehr. Abends scharte Tecumseh einige Damen um sich und erheiterte sie, indem er aus einem Buch vorlas, einem Briefroman, den er unter den Büchern Ruths entdeckt hatte: »Ich an dich« von Dinah Nelken. Da dem Band Realien beigegeben waren – Theaterbillets, Fahrkarten, Lippenstiftkrümel –, arbeitete er sich ebenso neugierig wie enthusiastisch von Station zu Station dieser, wie er betonte, wirklich wahren Liebesgeschichte.

Die Straße war bisher verschont geblieben. Nachdem der Himmel wochenlang gedröhnt hatte, begann nun die Erde zu wanken. Es hätte ein besonderer Tag werden sollen; auf andere Weise wurde es einer. Ruth hatte Mutter vom Fliegerhorst ein Zickel mitgebracht, abgezogen und ausgenommen, ein Festbraten, zu schmal für Kasino und Kantine. Frau Kobler hatte es übernommen, den Braten zu garen. Leas Hilfe schlug sie aus. Der Weg zu ihrer Wohnung sei am kürzesten.

Mit der Aufforderung, Teller und Besteck bereitzuhalten, kam sie gerade noch vor den Bomben zurück. Gleich sei das Zickel durch. Sie habe nicht mehr nachgelegt, die Glut im Ofen reiche.

Setzt euch, befahl Madame Longe mit einer Stimme, die sie sonst wahrscheinlich nur in ihren Träumen hatte, duckt euch, nehmt die Hände über den Kopf. Welche Ahnung aus ihr sprach, konnte sie im nachhinein nicht erklären. Lea zog Mutter an sich, sie wuchsen, die Köpfe aneinander gedrückt, zum Zelt zusammen. Es kam plötzlich. Eben waren die Einschläge noch entfernt gewesen. Mit einem Mal hob sich die Erde und rüttelte sich. Ein gewaltiger Knall drückte die Luft im Keller zusammen und trieb sie wieder auseinander. An der Außenwand lief ein breiter Riß hoch, und von der Decke fielen Ziegel. Einer stürzte auf einen für den Braten bereitstehenden Teller, der klirrend zersplitterte. Darauf war es still. Sie hockten mit geschlossenen Augen auf dem Boden, auf den Liegen, hörten sich nur noch in ihrer Angst röcheln, seufzen, wimmern. Als erster sprang Tecumseh auf und schlug sich den Staub aus den Kleidern.

Warte, befahl ihm sein Vater, doch der Junge rannte zu der Eisentür, öffnete sie mit großer Mühe, und durch einen Spalt wirbelten Licht und nach Brand riechende Luft. Er zwängte sich hindurch. Die andern starrten ihm nach und begannen sich allmählich zu rühren. Es brauchte nicht lange, bis Tecumseh den Kopf durch die Tür steckte und in einer Mischung aus Entsetzen und Erstaunen rief: Das müßt ihr sehen. Das Nachbarhaus ist weg.

Einer nach dem andern kroch hinaus. Das Haus war tatsächlich verschwunden, bestand aus einem Steinberg, einem Mauerrest.

Sie versammelten sich in dem klein gewordenen Hinterhof, den sie mit dem anderen Haus geteilt hatten. Die Teppichstange war unversehrt geblieben.

Und die Leute? Tecumseh schaute in die Runde. Der Jakob Reißenberger ist mein Freund.

Frag mich nicht, antwortete ihm sein Vater.

Sie schwiegen, zogen sich zurück in ihre Verschläge.

Irgendwann fiel Madame Longe der Braten ein, das Zickel.

Die Hausmeisterin eilte, nach ihm zu schauen. Ihm war nichts passiert, im Gegenteil: Wunderbar knusprig schwamm es in seinem Saft.

Sie beschlossen, draußen im Hof zu speisen, obwohl es noch keine Entwarnung gegeben hatte. Das Henkersmahl wurde zum Fest. Mit jedem Bissen wurden sie ausgelassener. Schließlich fand sich noch eine Flasche Sliwowitz, und als Ruth vorzeitig vom Fliegerhorst kam, geriet sie in eine Gesellschaft Betrunkener.

Seit Ödenburg das Stichwort für den Lebensrhythmus der Stadt geworden war, übernachtete Ruth beinahe immer im Bunker des Fliegerhorstes. Längst konnte sie nicht mehr so aus der Fülle arbeiten wie zu Beginn. Der Zufall war zu ihrem Assistenten geworden. Es schien ihr eine Ewigkeit her, daß sie morgens von einem Soldaten von zu Haus abgeholt worden, zur Markthalle gefahren war und den Wagen vollgeladen hatte. Das besorgten neuerdings die Helfer des Zahlmeisters. Die streng kontingentierten Lebensmittel kamen von verschiedenen Stellen. Natürlich wurden die Piloten noch immer bevorzugt. Die Quelle für Schocacola war nicht versiegt.

Wann immer sie vorzeitig von sich nähernden Geschwadern erfuhr, das Radio noch nicht gewarnt hatte, rief sie zu Hause an und schickte Mutter in den Keller. Auch für Ruth hatte der Himmel eine neue Bedeutung gewonnen, auch sie legte den Kopf ungewöhnlich oft in den Nacken. Aber sie las die Zeichen anders als die Leute in der Stadt. Der Himmel, der sie dröhnend wie alle in den Bunker trieb, war vorher leer und voller unsinniger Erwartung. Dieser Himmel verschluckte Menschen und Maschinen, sie schienen ohne jede Spur in ihm verlorenzugehen.

Wenn die Piloten sich im Kasino trafen, wurden die Vermißten und Toten in ihren Gesprächen lebendig, verzerrt zu Karrikaturen, denn sie wurden nur mit ein paar Eigenschaften erinnert. Daß der Kunert, war er aufgeregt, stotterte, der Schröder nichts im Sinn hatte als Weiber, daß der Glauber so verrückt war, Fleisch zu verschmähen, wo jedes Stückchen im Eintopf schon als Sondermeldung gepriesen wurde.

Die Männer verloren den Boden unter den Füßen, soffen und gröhlten und waren in Gedanken schon fort. Fast immer standen zwei oder drei Maschinen beschädigt im Hangar. Die Techniker versuchten sie zusammenzuflicken.

Frenzel sprach kaum mehr. Er schickte aus und wartete. Das unausgesetzte Warten zehrte an ihm, er magerte ab und alterte.

Fast alle Frauen auf dem Fliegerhorst fingen Verhältnisse mit den Soldaten an, auf Zeit, abrufbar. Wann immer sie sich liebten, voller Hast und Selbstvergessenheit, nahmen sie Abschied voneinander. Ruth galt als unantastbar. Zwar versuchte der eine oder andere einen flüchtigen Flirt mit ihr, doch zu mehr kam es nicht. Sie selber hielt auf Distanz, achtete darauf, daß sie respektiert wurde: Unsere Wirtschafterin.

Im Herbst verliebte sie sich gegen alle Vorsätze in einen Leutnant, der neu zu ihnen gestoßen war, versetzt aus dem Reich, völlig unnötig, wie Frenzel befand, denn es gab keine Maschine für ihn. Er konnte allenfalls einspringen. Der Junge verschloß sich noch den Orgien, wehrte sich gegen den Himmel, saß meistens für sich, trank, behielt, durchaus freundlich, die tobende Bande im Blick. Vielleicht fürchtete er, wie die andern, den Boden unter den Füßen zu verlieren, am Himmel verlorenzugehen. Von zwei oder drei Einsätzen kam er unbeschadet zurück. Er war vierundzwanzig, zehn Jahre jünger als sie.

Sie legte es darauf an, ihm über den Weg zu laufen, wußte bald, wo er sich mit Vorliebe aufhielt, daß er sich auf das Rasenstück hinter den Baracken mit einem Stuhl zurückzog, las oder vor sich hindöste. Er kam aus Bayern, das war, wenn er redete, unüberhörbar, und hieß Günter Neubauer.

Sie unterhielt sich mit ihm, auch wenn sie allein war, sie stellte sich vor, mit ihm spazierenzugehen, ihn für sich zu haben, zu schützen.

Der Herbst war heiß. Das Land um die Rollbahn versteppte.

Günter saß lesend hinter der Baracke, wanderte mit dem Schatten. Als sie, wie zufällig, vorüberkam und ihm zunickte, sprach er sie an, zum ersten Mal: Können Sie schon sagen, was es morgen zu Mittag gibt?

Sie blieb vor ihm stehen, schaute auf ihn hinunter, wünschte ihn sich näher: Nein. Das richtet sich nach der Lieferung. Wenn keine kommt, wählen wir unter den Konserven.

Erbsen? fragte er.

Speckbohnen. Davon haben wir mehr.

Er senkte den Kopf wieder übers Buch. Sie zögerte, entfernte sich von ihm, blieb im Schatten noch einmal wartend stehen, horchte mit dem Rücken, verschwand um die Ecke.

Am nächsten Morgen ging er am Himmel verloren.

Im Kasino rückten die Zurückgebliebenen zusammen.

Die Zeit, die sie sich noch gaben, verlängerten sie mit einem zynischen Trinkspruch um ein paar Schluck: Feiert den Krieg, der Frieden wird fürchterlich sein.

Frenzel brachte sie im Wagen nach Hause. Er hatte sie auf der Treppe zwischen Büro und Küche abgefangen, die Schultern hochgezogen, als friere er, und sie wissen lassen, daß die Staffel, der Rest der Staffel nach Prag verlegt werde. Sie könne mitziehen, was er ihr jedoch nicht rate.

Wie lange sie noch bleiben solle, fragte sie.

Er lachte. Packen Sie ihre Siebensachen, und ich fahre Sie vor dem nächsten Alarm in die Stadt.

Sie verabschiedete sich nur von ihrem Zahlmeister und den beiden Köchinnen, die weinend und ratlos in der Küche die Henkersmahlzeit zubereiteten.

Sie fuhren Umwege, da manche Straßen durch die Trümmer unpassierbar geworden waren.

Selbst der Fahrtwind linderte die Hitze nicht.

Ein Tag für ein Picknick, sagte Frenzel.

Die Häuser Am Bergl waren zur Hälfte zerstört. Sie schaute entsetzt die kaum geräumte Gasse hoch.

Weiter komme ich nicht.

Es geschah schnell und unerwartet. Frenzel nahm ihren Kopf zwischen seine Hände und küßte sie auf den Mund: Leben Sie wohl, Fräulein Ruth. Geben Sie auf sich acht.

Sie küßte ihn zurück. Sie auch, Herr Major.

Sie stolperte über Steine hinweg zu einem Fußpfad, der an den Ruinen entlangführte, und sah sich nicht nach ihm um, lauschte nur dem schwindenden Motorgeräusch nach.

Aus, sagte sie, als Mutter ihr die Wohnungstür öffnete, Schluß.

Was ist denn los mit dir, Ruth? Mutter nahm ihr die Tasche ab, zog sie ins Vorzimmer hinein.

Jetzt nicht, sagte sie. Ich verschwinde erst einmal ins Bad.

Aber der Ofen ist nicht geheizt.

Ich will auch nicht baden. Ich möchte mich nur auf den Wannenrand setzen und ein bißchen nachdenken. Diese Marotte mußte sie Mutter nicht erklären. Die kannte sie.

Der heiße Herbst wich dem Winter mit einem Schlag. Die Aufenthalte im Keller strengten mehr und mehr an, die Damen bekamen beim Kartenspiel klamme Hände. In den Wohnungen konnte wenigstens ein Ofen geheizt werden. Kohlen waren noch ausreichend vorhanden. Zu ihrer Erleichterung sparten die Bomber Brünn wieder aus, suchten ihre Ziele im Reich.
Mit dem ersten Schnee wurde Tilli Berger unruhig, verfolgte die Meldungen von der Front mit wachsender Angst, erwartete die Russen demnächst in Brünn, wurde allerdings von Mutter und Tecumseh zurechtgewiesen, die jede Hoffnung auf die angekündigten, allerdings noch nicht eingesetzten Wunderwaffen des Führers setzten. Bei Kobler, dem Hausmeister, fand sie jedoch erstaunlicherweise Gehör. Mährisch-Trübau hat ihn aufhorchen lassen. Von dort stamme er, seine Eltern haben einen Gutshof gepachtet, der von seiner Schwägerin betrieben werde. Tilli Berger kam ebenfalls aus Trübau, ebenfalls von einem Bauernhof, und mit einem Mal wußten sie einen rettenden Ort. Kein Rommé verging, ohne daß Mährisch-Trübau am Horizont der Gespräche auftauchte und Schutz verhieß.
Zu Weihnachten trafen sie sich, gegen alle Hausregeln, in der überheizten Souterrainwohnung von Koblers, verzehrten gemeinsam die mitgebrachten

Delikatessen, beschenkten Tecumseh reichlich und beschlossen, schon betrunken von Sliwowitz, falls die Front noch näherrücke, nach Trübau auszuweichen, denn wenn ein Ort sicher wäre, sagten sie sich gegenseitig auf, wäre es dieser. Sie trauten der Unwirklichkeit zu, immer wirklicher zu werden.

Lea warnte vor dem Plan, nicht zuletzt im Auftrag Jiřis, und Maminka beunruhigte Ruth mit einem Sprichwort aus ihrem Dorf: Nur in blinder Angst springe man von einem Feuer ins andere.

Sie brachen Ende Januar auf und mußten schon auf dem Bahnhof zur Kenntnis nehmen, daß sich offenbar die halbe Welt Mährisch-Trübau als Fluchtpunkt in den Kopf gesetzt hatte. Welcher Zug wohin fuhr, war kaum mehr herauszubekommen.

Tecumsehs Hurtigkeit und Findigkeit verdankten sie, daß sie sich wenigstens in den richtigen Zug zwängten, ohne sich aus den Augen zu verlieren. Ein Eisenbahner, der sich mit ihnen im Abteil drängte, sichtlich entschlossen war, seine Pflichten zu vergessen, wiederholte ungefragt die Summe seiner Erfahrungen: Auch Flüchten will gelernt sein.

Ruth fragte sich, ob sie es überhaupt lernen wolle. Mutter preßte die Handtasche, in der die wichtigsten Dokumente verstaut waren, in den Schoß. Tilli Berger erregte bei den anderen Passagieren Aufmerksamkeit, als sie den Schminkkoffer öffnete und sich ausgiebig zu pudern begann. Koblers verteilten Schmalzbrote, und Tecumseh vermißte die französische Squaw, Madame Longe.

Die Fahrt, die gemeinhin nicht länger als zwei Stunden dauerte, zog sich hin durch die ganze Nacht. Immer wieder strandete der Zug auf Abstellgleisen.

Im Mährisch-Trübau trennten sie sich von Tecumseh und seinen Eltern. Tilli Bergers Gut erwies sich als Karawanserei. Flüchtlinge aus dem Warthegau trafen sich mit solchen aus Oberschlesien und aus den umliegenden Städten. Tillis Schwägerin freute sich nicht übermäßig, wies sie, kurz angebunden, zur Tenne, wo sie sich einen Platz suchen sollten: Findet euch, so gut es geht, zurecht.

Was nicht einfach war, denn keiner war willens, Platz abzugeben. Ruth begann zu streiten, Tilli bestand auf ihrem Recht, als Angehörige der Besitzerfamilie, und Mutter strich die ausgebreiteten Decken glatt.

Am Abend verteilten Helferinnen Essen, Heringe in Tomatensoße und lauwarme Pellkartoffeln. Im Laufe der Nacht erbrachen sich nicht wenige, wahrscheinlich weil die leeren Mägen die fette Speise nicht vertrugen. Es breitete sich ein widerwärtiger Gestank über den Schlafenden und Wachenden aus. Das hinderte jedoch zwei Paare nicht daran, übereinander herzufallen, während die anderen still lagen, lauschten und ihren Phantasien nachhingen.

Sie hielten nur diese eine Nacht aus.

Während Tilli Berger sich bei ihren Eltern nach einer besseren Bleibe erkundigte, spazierten Ruth und Mutter um den von Entengrütze überwucherten Teich am Hof, wurden von einer deutlich verwirrten, jüngeren Frau im Dirndl aufgehalten. Ihre Arme waren blau gefroren. Mit den Fäusten rieb sie sich das Dekolleté. Sie zeigte aufs Wasser: Wenn Sie wüßten, wie viele Mutterkreuze hier schon versenkt wurden. Die Kröten werden dran krepieren oder sonstwer. Wieder rieb sie sich die Brust und kicherte.

Es gebe nur den Weg zurück nach Brünn. Tilli entschuldigte sich kleinlaut für ihren Vorschlag, hier das Ende des Kriegs abzuwarten. Sie brachen mit ihren Bündeln von neuem auf. Der Zug nach Süden war genauso überfüllt. Anscheinend sorgte die Flucht bei vielen dafür, daß sie die Richtung verloren, sie einfach nur noch unterwegs waren.

Das Haus Am Bergl stand.

Sie packten nur die gebrauchte Wäsche aus den Bündeln.

Ruth lief in die Schwarzen Felder. Hier waren ganze Straßenzüge verschwunden, ein zufälliges System von übriggebliebenen Wegen und Trampelpfaden ersetzte sie. Das Haus an der Ecke zur Kirsch-Gasse stand unversehrt, und über der Schule der Siedlung wehte die Hakenkreuzfahne.

Lea empfing sie erleichtert. Jiři hingegen warnte: Wer weiß, ob ihr nicht bald wieder aufbrechen müßt.

Mach uns nicht angst, sagte Ruth.

Haben wir die nicht schon?

Sie saßen rund um den Tisch, jeder die Hände auf der Platte, wie Statuen, wagten es nicht, vorauszudenken.

Wir haben vergessen, es Ruth zu erzählen, fing Lea an.

Ja, sagte Jiři, das kannst du noch nicht wissen, stand auf, begann den Tisch zu umkreisen.

Ich weiß gar nicht, wie ich es dir beibringen soll, sagte Lea.

Erzähl es einfach.

Jiři wurde ein wenig schneller und sprach vor sich hin: Pan Lersch, wann hast du ihn zum letzten Mal gesehen?

Das ist schon ziemlich lange her.

Pan Lersch hat sich erhängt. Er hat sich erhängt, ohne uns zu fragen, stell dir das vor. Jiři wird immer leiser und immer schneller. Die SS hat ihn aus irgendeinem Grund festgenommen, verhört und ihn zu seinem Glück oder Unglück wieder entlassen, denn daheim in seiner Stube in der alten Wollwarenfabrik wird ihm aufgefallen sein, daß ihm fast alle, die er liebte, denen er diente, die er brauchte, fehlten: die Ribaschs, der Vater, und da ihm wahrscheinlich zu viele fehlten, stellte er sich auf einen Stuhl in einer der leerstehenden Hallen, schlang einen Strick um einen Haken an der Decke und um seinen Hals und stieß den Stuhl um. Jiři war kaum mehr zu verstehen. Erst nach drei Tagen ist er gefunden worden.

Noch auf dem Heimweg weinte Ruth. Hin und wieder stolperte sie auf dem unebenen Pfad. Jetzt könnte sie alles aufgeben, es wäre ihr gleich. Mit Pan Lersch, schien es ihr, hatte die Stadt ihre Seele verloren.

XVI

Ruth überrascht Lea mit dem Vorschlag, sie zum Bäcker zu begleiten.

Wieso fällt es dir plötzlich ein?

Ich bin schon ewig nicht mehr beim Bäcker gewesen, und du hast mir erzählt, er hätte sich neu eingerichtet.

Das ist doch nicht der Grund.

Wir könnten danach ein paar Schritte spazieren.

Also ich hab's doch gewußt.

Auf dem Treppenabsatz faßt sie nach Leas Arm.

Ich bitte dich, Ruth, übertreib nicht.

Du könntest stürzen.

Ich habe mir noch nie den Arm gebrochen.

Das bin ich gewesen, jedoch nicht auf der Treppe, sondern weil irgendwas im Weg lag.

Wahrscheinlich überhaupt nichts.

Wenn wir so weiter streiten, fallen wir noch beide.

Sie drücken die Haustür auf. Ein sonniger Oktobertag empfängt sie.

Ruth hält an und atmet tief ein.

Ich bitte dich, Ruth, sei nicht so theatralisch. Wenn du so ostentativ atmest, rasselst du.

Ruth hebt resigniert die Arme und fragt: Sollen wir uns einhaken?

Ich habe nichts dagegen.

Mit kleinen Schritten wandern sie um den Häuserblock. Ein paarmal werden sie von Passanten erkannt und erwidern zweistimmig deren Gruß.

Ruth schaut um sich. Hier sei sie schon lange nicht mehr gewesen. Aber sie habe den Eindruck, in der Jusi-Straße werde sich, solange sie leben, nichts mehr ändern. Dafür, daß die Häuser kurz nach dem Krieg gebaut worden seien, blieben sie gut im Schuß.

Aus dem engen Bäckerladen, den sie kannte, hat sich ein kleiner Markt entwickelt. Der Besitzer, in weißem Mantel, fliegt ihnen geradezu entgegen, begrüßt Ruth besonders herzlich. Ich weiß, für die Einkäufe in der Stadt sind Sie zuständig, und das übrige besorgt Ihre Frau Schwester bei uns. Da man neuerdings auch Kaffee bei ihm trinken kann, lädt er die Schwestern zu einem Täßchen ein.

Sie stehen sich an einem der beiden brusthohen Tische gegenüber, und Lea genießt ihr Heimrecht: Jedesmal, wenn ich eingekauft habe, gönne ich mir einen Kaffee.

Das hast du mir bisher verschwiegen.

Geht es dich was an?

Wieviel mußt du für eine Tasse zahlen?

Ruth, ich bitte dich. Frag ich dich, was du im Café Zimmermann, angefeuert von Rosalinde, ausgibst?

Ruth legt verlegen die flache Hand auf die leere Tasse: Entschuldige, Lea. Hast du noch Lust, ein paar Schritte zu spazieren? Das Netz mit dem Brot kann ich dir tragen.

Wohin?

Wohin? Den Weg zum Friedhof, aber nicht ganz hinauf.

Meinethalben. Auf alle Fälle entscheide ich, wann wir umkehren.

Hin und wieder bleiben sie stehen, um zu verschnaufen. An der Omnibushaltestelle sagt Lea: Hier trittst du dir also die Beine in den Bauch.

Ach was. Meistens fahren die Busse pünktlich.

Das habe ich schon anders von dir gehört.

Sie konzentrieren sich aufs Gehen, halten einen schleppenden Gleichschritt. Lea bemüht sich lautloser und leichter zu atmen als Ruth, und vor der Gärtnerei, auf halbem Weg zwischen Siedlung und Friedhof, besteht sie darauf, zurück und nach Hause zu wollen. Nach einem Blick hinauf zum Friedhof, der sich im Schutz hoher Waldbäume ausbreitet, kehren sie um.

Wie häufig sind wir da früher hinaufgegangen.

Mutters Grab gibt es ja nicht mehr.

Wir hätten die Frist verlängern können.

Hätten, sagst du. Wir haben es vergessen, Lea.

Mutters Grab ist deine Aufgabe gewesen, Ruth.

Was du immer behauptest.

So hatten wir es ausgemacht.

Ruth drückt Leas Arm wütend an sich, sie stolpern und geraten aus dem Gleichschritt. Mit dir könnte ich verrückt werden.

Worauf Lea ihren Arm aus Ruths Griff zieht und sich mit zwei Schritten von ihr entfernt.

Ohne mich auch, sagt sie.

Wortlos trotten sie hintereinander her, bis sie das Haus in der Jusi-Straße erreicht haben.

Nach dem Abendessen, sie sitzen schon nebeneinander vor dem Fernsehapparat, bricht Lea endlich das Schweigen, das sie in ihrem Zorn durchgehalten haben: Ich habe gehört, es gibt Doppelgräber.

Ja, die gibt es.

Da kommen die Särge übereinander.

Ja, sie werden gestapelt.

Ein solches Grab möchte ich für uns haben, Ruth.

Ich unten und du oben?

Sei nicht so geschmacklos. Wir beide in einem.

Vielleicht kann man sich das reservieren lassen.

Ich bitte dich, tu's, Ruth.

Verluste im Zeitraffer

Die Wohnung begann, sich gegen sie zu sträuben. Fast alle Fenster hatten dem Druck von Luftminen nachgegeben, waren durch schwarze Teerpappe ersetzt. Eines im Erker war wie durch ein Wunder intakt geblieben. Hinter dem bezog Mutter, in ihren Pelzmantel gehüllt, Stellung, spähte die Gasse hinunter, in der sich nur selten jemand bewegte, während Ruth sich damit beschäftigte, Glassplitter von den Schrankwänden zu pflücken. Die Kohle wurde knapp. Ruth war entschlossen, wenigstens die Stühle und die Nachtkasteln zu verheizen.

Wenn es die Pausen zwischen Entwarnung und Alarm zuließen, brachte Lea eine Kasserolle mit Eintopf, Kartoffelgulasch in Variationen, das sie streng in Portionen teilten. Nach jeder Mahlzeit versenkten sie den Topf in der Kochkiste.

Tilli Berger und Madame Longe erschienen regelmäßig zum Rommé.

Die Front rückte näher, schob Flüchtlinge und sich absetzende Truppen vor sich her. Manchmal schleppten sich Kolonnen die Gasse hinunter, begleitet von Mutters Kommentaren: Schau sie dir an.

Mußten sie in den Keller, fehlte ihnen Tecumsehs

Unterhaltung und ebenso die Küche der Hausmeisterin.

Sie fingen an zu schrumpfen. Eine Kruste von Schmutz und Angstschweiß überzog ihre Haut. Manchmal gerieten sie ins Reden, berieten sich, wie sie sich vor Vergewaltigungen schützen könnten, und Tilli Berger versprach, alle, auch die Jüngste, zu abschreckenden Greisinnen zu schminken. Stundenlang stritten sie, ob es vernünftig sei, auszuhalten, sich von der Front überrollen zu lassen oder doch nach Westen aufzubrechen, hin zu den Amerikanern. In ihren Überlegungen siegten die Amerikaner ein wenig schneller als die Russen, doch die Nachrichten, die sie zu hören bekamen, widersprachen ihren Hoffnungen. Die Frauen rückten zusammen, spürten sich, teilten ihre Wärme.

Ruth versuchte, sie zu überreden, es noch einmal zu wagen, aufzubrechen. Trübau sei wahrscheinlich der falsche Ort in der falschen Richtung gewesen. Tilli Berger und Madame Longe jedoch hatten sich entschlossen, auszuharren.

Jiři half Ruth, sich zu entscheiden. Zum ersten Mal begleitete er Lea. Er war noch dünner und zerbrechlicher geworden, ein nachsichtig lächelnder Gliedermann. Den Deutschen werde es an den Kragen gehen, er wisse es. Es führen noch Züge nach Wien.

Was sie dort sollten? fragte Mutter.

Er habe eine Adresse, Freunde, bei denen sie unterkommen könnten, bis das Schlimmste vorüber sei.

Und Lea?

Sie sei durch die Heirat mit ihm Tschechin. Das sei ein Schutz.

Sie hörten zu, wehrten sich, fragten, was aus der Wohnung werden solle, aus dem Besitz. Viele Möbel seien noch vom Domberg. Ruth fiel auf, daß Mutter mit dem Kopf wackelte, als sei sie einer dauernden Erschütterung ausgesetzt. Sie gaben nach, gaben auf.

Nehmt nicht zu viel mit, belastet euch nicht. Nur das Nötigste.

Sie verbrachten ihre letzte Nacht Am Bergl.

Ruth packte. Mutter blieb im Dunkeln am Fenster sitzen und starrte hinunter, wo sich die Finsternis ballte.

Am Morgen zogen sie sich »für alle Fälle« an, zwei Kleider übereinander und Mutter den Pelzmantel darüber. Und was habe ich, wenn Sommer wird?

In der Küche warteten sie auf Jiři und Lea, saßen schon in Mänteln, die Koffer neben sich, stellten Fragen, auf die sie keine Antworten bekamen.

Ob wir je zurückkommen? Was wird aus der Wohnung? Wer wird da einziehen?

Jiři und Lea ließen ihnen kaum Zeit, Abschied zu nehmen. Sie drängten, rissen sie los.

Ich bitte dich, schließ doppelt ab.

Lea bekam den Schlüssel überreicht. Sie werde immer wieder einmal nachsehen. Die Bilder, das Silber, die Gallégläser und alles, was wertvoll sei, würde bei Maminka an der Kröna aufbewahrt, wie schon die Wertsachen von Ribaschs.

So kommt das eine zum andern, sagte Jiři.

Von nun an waren sie Zufällen ausgesetzt, nicht mehr in der Lage, zu entscheiden. Wer flieht, hinterläßt eine Spur, folgt aber keiner.

Ein langer mühseliger Abschied blieb ihnen erspart, denn Jiři brachte heraus, daß gleich ein Zug nach Wien abfahre, natürlich nicht mehr nach Plan, und zufällig fanden sie zwei Plätze für sich und die Koffer auf dem Gang, zwischen Soldaten und Flüchtenden.

Laßt von euch hören, rief Lea.

Wie? Ruth lehnte sich aus dem offenen Fenster und riß die Arme hoch.

Gleichgültigkeit und Geduld stellten sich von selber ein, schon nach ein paar Kilometern. Nach wenigen Blicken auf die verschneite Gegend, aus der sie sich entfernten, und mit den Stimmen, die um sie herum laut wurden, sich bündelten, auf die sie wie Träumende hörten.

Der Schörner, sagte der eine.

Die Oderfront, der andere.

Der Barras, der dritte.

Der Schörner, erfuhren sie, war ein General an der Ostfront, der Jagd auf Deserteure machte, die Oderfront hingegen wurde entweder noch gehalten oder war schon gefallen, von den Russen überrollt, und der Barras, das wußten sie, bedeutete Uniform und Fußlappen und Knobelbecher und die Ausdünstung Ungewaschener.

In Lundenburg hielt der Zug so lange, daß die Zusammengepferchten im Waggon unruhig wurden vor Furcht, er würde für immer stehenbleiben. Einen

Schaffner, den sie hätten fragen können, gab es nicht, und die Helferinnen vom Roten Kreuz, die Suppe verteilten, gaben vor, keine Ahnung zu haben.

Während sie warteten, stand auf dem Bahnsteig, mitten in der strudelnden Menschenmasse, ein Soldat und rührte sich nicht. Das Gesicht unterm Stahlhelm hätte die Totenmaske eines Kindes sein können.

Ruth fragte sich, ob er überhaupt noch lebte.

Daß ihn niemand anspricht.

Warum?

Man kann ihn doch nicht einfach so stehenlassen.

Wahrscheinlich fühlt er sich wohler als wir.

Sie behielt ihn im Auge, bis der Zug mit einem Ruck anfuhr, an ihm vorbeirollte und ihn stehenließ.

In dem Bahnhofslokal in Lundenburg, sagte jemand, haben sie keine Mark mehr angenommen. Sie wollten nur noch Kronen haben.

Es wird alles wieder wie früher, sagte Mutter und schüttelte den Kopf.

Zuerst, nachdem der Zug Laa passiert hatte, gab es eine winzige Veränderung in den Geräuschen, die sie einschlossen, das rhythmische Klopfen der Schienen, das Geschwätz, das unablässige Geschrei von Kindern. Es war ein stechender, aus der Höhe sich senkender Ton. Manche hoben lauschend den Kopf, andere versuchten, sich unauffällig zur Tür zu stehlen. Unvermittelt stockte der Zug, warf die Passagiere durcheinander, schleuderte sie förmlich aus den Waggons. Tiefflieger, schrie jemand. Sie wurden geschoben. Ruth faßte Mutter am Arm. Solange sie sich aufrechthielten, wurden sie ohne Zutun hinausgeschwemmt.

Sie stolperten auf den Trittbrettern, liefen ein paar Schritte den Abhang hinunter, fielen hin, gemeinsam, Ruth drückte Mutter mit dem Arm an die Erde, noch immer schrien Stimmen gegen das sich rasch nähernde, von einem peitschenden Stakkato begleitete Heulen an. Es dauerte nicht länger als zwei Atemzüge. Die Salven peitschten an ihnen vorbei.

Ruth zog Mutter näher an sich, sie drückten ihre Stirnen aneinander. Sie blieben liegen. Irgendeiner setzte sie in Bewegung: Es ist vorbei. Der Zug fährt gleich weiter.

Aber es brauchte Zeit, bis alle unter den Waggons hervorgekrochen, bis die Toten entdeckt und aus den Waggons geschleppt worden waren, bis die Verwandten der Verwundeten und Toten sich zu kleinen Gruppen gesammelt, ihre Bündel und Koffer aus den Waggons gezerrt hatten, denn die Toten würden, so hieß es, im nächsten Ort begraben und die Verletzten ins nächste Lazarett gebracht.

Die Zurückbleibenden winkten ihnen nach.

Der Zufall schickte ihnen auf dem Wiener Nordbahnhof, der zu einem Biwak zugewachsen war, einen Mann über den Weg, einen Zivilisten unter lauter Uniformierten, auffallend gepflegt, der sie grundlos grüßte, den Hut lüpfte und fragte, ob er ihnen behilflich sein dürfe, worauf sie erschrocken abwinkten, er jedoch nicht lockerließ, sich vorstellte, Watzlawik, und ihnen nuschelnd versicherte, keine finstern

Absichten zu haben, wie die meisten, die sich heute auf den Bahnhöfen herumtrieben, er habe nur ihre Unsicherheit bemerkt, und vielleicht könne er helfen.

Sie vertrauten sich ihm an.

Zufällig mußte er ebenfalls in den Neunten Bezirk, in die Nähe der Nußdorfer. Er nahm Mutter den Koffer ab, was sie von neuem fürchten ließ, er könnte ein Dieb sein, sich plötzlich mit ihrer ganzen Habe aus dem Staub machen, aber er achtete darauf, daß sie ihm nicht verlorengingen, bahnte ihnen den Weg zwischen den Gepäckbergen der Wartenden. Die Stadt verwirrte sie: Sie lebte. Straßenbahnen fuhren. Frauen waren mit Einkaufstaschen unterwegs, sogar Schulkinder.

Man sollte es nicht für möglich halten.

Nicht wahr? Watzlawik schwenkte Mutters Koffer. Wien ist nicht umzubringen.

Er verbeugte sich nach links zu Ruth, nach rechts zu Mutter: Es ist nur ein Katzensprung. Wir müssen um drei Ecken, und schon werden wir in der Lichtenthaler sein. Da, wo Ihre Bekannten wohnen. Wir wollen es hoffen, fügte er hinzu, mit einer Befürchtung spielend, die er sich und ihnen gleich wieder ausredete: Und wenn nicht – eine Bleibe findet sich überall.

Der Wind trieb ihnen Schnee entgegen. Herr Watzlawik entschuldigte sich für ihn. Sonst haben wir West oder Ost. Daß es aus dem Norden bläst, ist eine Rarität. Er hielt sich den Hut und beruhigte sie: Noch die Hälfte der Badgasse, und wir haben unser Ziel erreicht. Er plauderte, plapperte. Der Matsch gehe ihm durch die Sohlen. Er greift mir womöglich die Füllung an. Sie müssen wissen, meine Damen, ich habe die Kappen mit Scheinen ausgestopft, mein ganzes Vermögen, und wenn es mir aufweicht, bin ich mit einem Schlag arm.

Er war vor und schon wieder hinter ihnen, ein Schneetänzer. Sie achteten nicht mehr auf den Weg, Watzlawik umkreiste sie, mit seinem billigen, doch hilfreichen Zauber. Gelegentlich rief er Servus, aber sie sahen niemanden, den er hätte grüßen können. Auf einmal sagte er: Hier sind wir, stand schon vorm Klingelbrett: Wie heißen Ihre Bekannten?

Weinberger.

Ja, Weinberger, ein angenehmer Name. Lächelnd wandte er sich ihnen zu: Und wie ist Ihr Name, meine Damen, Sie haben ihn mir noch nicht verraten?

Böhmer, antwortete ihm Mutter. Zweimal Böhmer, ergänzte Ruth.

Nachdem ihm dies nun auch bekannt sei, dürfe er sich verabschieden. Allerdings müsse er noch rasch die Schuhe ausziehen, was sie ihm nachsehen sollten. Es gelang ihm mit Grazie, abwechselnd auf einem Bein balancierend, prüfte er die Konsistenz seines Vermögens, nickte zufrieden, küßte ihnen die Hände und stürzte sich ins Schneetreiben.

Die Haustür war nicht verschlossen. Das Licht im Treppenhaus ging nicht.

Ihre Erwartungen und Ängste machten sie schwer.

Sie stiegen, immer wieder innehaltend, hoch in den dritten Stock, standen vor der Tür, lauschten, ob sich hinter ihr etwas rühre.

Ruth drückte die Klingel, die Tür wurde aufgerissen von einem lachenden Hünenweib: Flüchtlinge, sagte sie, ich habe Sie erwartet, Jiřis Brief ist vor Ihnen angekommen. Sie entriß ihnen die Koffer, lief vor ihnen her in die Wohnung. Die Zeit begann mit ihr zu rennen, Ruth ahnte, daß sie so mitgerissen, so atemlos bleiben würden, bis sie irgendwo angekommen waren, nicht hier, irgendwo.

Mit ausholenden Bewegungen führte ihre Gastgeberin sie durch Zimmer, Kammern, größere und kleinere, von denen es offenbar unübersehbar viele gab. Blitzschnell drehte sie sich um die eigene Achse, wurde mit den beiden Koffern zum Karussell, dem sie ängstlich auswichen: Sie sehen, ich könnte Kompanien unterbringen, aber mein Liebster, den Sie am Abend kennenlernen werden, und ich haben bisher wenig Lust auf Gesellschaft gehabt. Sie fügte, um einer möglichen Frage zuvorzukommen, hinzu: Mein Mann ist seit vier Jahren Soldat, Hauptmann inzwischen, hatte nur ein paar Mal Urlaub, und wenn er jetzt käme, müßte er wohl gehen. Wobei sie nachsichtig lächelte, als habe sie in Gedanken den Hinauswurf von Hauptmann Weinberger viele Male geprobt.

Sie bezogen ihr Zimmer, das offenkundig nie bewohnt worden war, eine mit allerlei nicht zueinander passenden Möbeln ausgestattete Rumpelkammer. Ihre Sorge, in dem düsteren Raum Tage verbringen zu müssen, wurde ihnen von Frau Weinberger abgenommen. Kaum hatten sie ihre Reisebündel in einer alten Truhe verstaut, lud sie sie ein, zum Einkauf mitzukommen. Sie kannte sich aus, wußte, in welchem Laden, welchem Keller es auch neben den Lebensmittelkarten besondere Angebote gab, handelte und versprach, und im Hinterzimmer eines Caféhauses wurde ihnen nicht Zichorie als Kaffee serviert, sondern ein echter Mocca.

Sogar im Keller, in den sie noch vor dem Abend ein Alarm trieb, genoß die Riesin Vorrechte, verfügte über den größten Verschlag, der außer mit einem ausladenden Pritschenlager wiederum mit exotischen Annehmlichkeiten versehen war, wie einem großen Spiegel, einem Waschgestell mit Krug und Lavoir und einem Spiralkocher, auf den Verlaß sei, nicht jedoch auf den Strom, der immer ausfalle.

Auch bei den Mitbewohnern des Hauses genoß Vera Weinberger nicht nur Respekt, sie vertrauten ihr in einer Weise, als könnte sie, wenn es darauf ankäme, Bomben auffangen.

Mit dem Alarm stellte sich der Liebste ein, ein kleiner, gedrungener Mann in Uniform, der die Gabe besaß, sich unsichtbar zu machen, grau zu werden in der grauen Masse.

Dies sei Hansi. Ihr Stolz hob ihn hervor, verlieh ihm Kräfte, die er sonst sparte.

Mutter fand Hansi unausstehlich. Da sie nie seinen Nachnamen erfuhren, er stets Herr Hansi blieb, vermied sie es, ihn anzusprechen. In Ruth weckte er

Erinnerungen an Kostka. Offenbar hatte er es geschafft, nie an die Front geschickt und dennoch regelmäßig befördert zu werden. Nun tat er als Stabsfeldwebel in einer militärischen Einrichtung Dienst, die sich überdies noch ganz in der Nähe des Neunten Bezirks befand.

Hansi sagte an, was geschehen würde, machte bekannt, was noch geheim war. Er wußte, wo die Russen standen, wie nah sie der Stadt schon gekommen waren, und seine Kenntnis schlug manchmal um in Prophetie: Wenn Budapest fällt, muß auch Wien dran glauben.

Selbst im Keller, wenn die Kerzen gelöscht waren, die Kinder schliefen, erfüllte Hansi seine Liebespflicht, bestieg die gewaltige Vera, die, um die anderen zu schonen, bloß moderat stöhnte.

Was für ein Pack.

Und wir gehören dazu, Mutter, also reg dich nicht auf.

Die Russen werden die Nußdorfer herunterkommen, kündigte Hansi an und entledigte sich seiner Uniform.

Die Zeit lief ihnen weg. Sie hatten in der riesigen Wohnung Feste gefeiert, in einer Gesellschaft, die Vera Weinberger aus den Höhlen und Ritzen der ruinierten Stadt rief, Soldaten, Soldatenbräute, Tagediebe und Huren, Lebenshungrige und Todvernarrte. Wein und Schnaps gingen nie aus. Es wurde getanzt, Paare zogen sich zurück in die zahllosen Zimmer und Ecken, und wenn das Geplärr zu wüst wurde, fing einer an zu singen. Je näher die Front rückte und laut wurde, um so weniger Lieder fielen ihnen ein, bis am Ende, als der Boden schon Tag und Nacht unter ihren Füßen bebte, eine junge Frau auf den Tisch sprang und den Trost für die ganze Gesellschaft sang: »Es geht alles vorüber, es geht alles vorbei.«

Es ging alles vorüber und hinterließ Spuren.

Sie verließen den Keller nicht mehr, lebten von den gemeinsamen Vorräten.

Hansi liebte, ungeachtet der Granaten, die in der Nähe einschlugen, das Haus in den Fugen knirschen ließen, mit Inbrunst seine Vera, und die Kinder ahmten immer virtuoser ihre Seufzer nach.

Allen Widrigkeiten zum Trotz lebte Ruth auf. Die Leidenschaft und Lebenslust der Riesin übertrugen sich auf sie.

Müssen wir immer im Keller bleiben? fragte ein Kind.

Vielleicht noch ein Stockwerk tiefer, bekam es zur Antwort.

Der Frieden erschien als Einbrecher. Die Kellertür wurde aufgebrochen, und Rotarmisten, die Maschinenpistole im Anschlag, stürmten die Treppe herunter.

Angstvoll drängten sich die Frauen und Kinder zusammen, hielten sich gegenseitig fest. Sie starrten die Soldaten an, die Soldaten sie. Dann verschwanden die wieder.

Die Russen sind da.

Uns haben sie nichts angetan.

Erst nach zwei Tagen trauten sie sich hinauf.

Warum schreibt Lea uns nicht? fragte Mutter.

Ich bitte dich, glaubst du, jetzt wird Post transportiert?

Kurz bevor sie Wien verließen, im Herbst, erhielten sie Nachricht von Lea. Sie habe die Befreiung ohne Schaden überstanden.

Ich kann nicht begreifen, wie Lea darauf kommt, den Einmarsch der Russen Befreiung zu nennen.

Sie lebt in einem anderen Land.

Wir auch.

Im Nachbarhaus, hörten sie, seien Frauen vergewaltigt worden.

Und der Führer sei bei der Schlacht um Berlin umgekommen.

Hier möchte ich nicht bleiben, sagte Mutter.

Aber wohin? Es heißt, alle Deutschen müßten die Tschechei verlassen.

Vera Weinberger bestand darauf, nun erst recht zu feiern. Immerhin würden sie wieder Österreicher werden. Hansi hatte damit schon begonnen. Er war endgültig an die Stelle von Herrn Weinberger getreten, mit dessen Heimkehr nicht gerechnet wurde. Er beherrschte den wuchernden Schwarzmarkt am Kärntnerring und im Stadtpark, rühmte sich seiner Beziehungen zu allen vier Besatzungsmächten, wobei die Franzosen noch am sprödesten seien. Er hatte Aussicht auf eine Stellung bei der Stadt, als Unbescholtener. Von ihm erfuhren sie, daß Transporte ins Altreich gingen, mit Piefkes, wie die Deutschen wieder genannt wurden, seit die Österreicher wieder Österreicher geworden waren.

Wir könnten in Wien bleiben, versuchte Ruth Mutter zu überreden. Ich habe mich erkundigt. Wir könnten es, da wir keine Sudetendeutschen sind.

Die alte Frau will fort.

Im Herbst, Österreich hatte wieder eine eigene Währung, den Schilling, wurden sie von Vera und Hansi zum Westbahnhof gebracht, verabschiedet und gleich wieder eingeladen, erklommen einen Güterwaggon, verschafften sich, längst versierte Flüchtlinge, mit Decken ihr eigenes Revier und reisten acht Wochen kreuz und quer durch Österreich und Süddeutschland, versorgt von französischen Soldaten, bis sie eine Gegend erreichten, die sie nicht einmal dem Namen nach kannten, Schwaben. Das Lager, in das sie eingewiesen wurden, befand sich am Rande eines Ortes, der Wasseralfingen hieß. Von dort aus wurden sie, wiederum nach Wochen, weitergebracht nach N. Hier könnten sie, versprachen die Transportbegleiter, auf Dauer bleiben.

Denen glaube ich kein Wort.

Ruth half Mutter aus dem Waggon, faßte sie um die Hüften und fühlte sich leicht und übermütig: Das sollten wir überhaupt bleibenlassen, Mutter.

Die Wohnungszettel wurden verteilt, Anweisungen gegeben. Zum ersten Mal hörten sie Schwäbisch und verstanden so gut wie nichts.

Der kurze Weg vom Abstellgleis neben dem Bahnhof, die Uhlandstraße hoch, an der Kreuzkirche vorbei zur Marktstraße, verwirrte und bedrückte sie.

Keine Spur von Zerstörung, dafür eine herausfordernde Reinlichkeit. Die Passanten gingen ihnen ängstlich aus dem Weg, als schleppten sie in ihren Bündeln und in ihren Kleidern eine ansteckende Krankheit mit. Die Stadt schien den Krieg nicht erlebt oder schon wieder vergessen zu haben.

Das Haus, das sie aufnehmen sollte, stand so schief wie stolz im Schatten der auf einer Felsenklippe gebauten Kirche.

Ihre Wirtin, Frau Ebner, empfing sie wortkarg. Sie hatte einen Buckel, wurde von einem kleinen, immer wieder kläffenden Spitz begleitet und führte sie auf einer schmalen Stiege unters Dach. Die beiden Mansarden würden ihnen wohl genügen.

Sie setzten sich nicht fest, blieben im Wartestand.

Ruth besorgte, was die Ämter von ihnen verlangten, Lebensmittelkarten, Bescheinigungen aller Art, erkundete nebenbei die Stadt, lief immer wieder denselben Leuten über den Weg, wurde gelegentlich eingeladen ins Deutsche Haus, in den Schwanen, ins Café Zimmermann, und es gelang ihr nicht, Mutter aus ihrem Unterschlupf zu locken. Sie verschloß sich, sank zusammen, es schien ihr zu genügen, auf Stimmen aus der Vergangenheit zu lauschen. Vergiß nicht, an Lea zu schreiben, mahnte sie immer wieder. Wie kann sie sonst erfahren, daß wir noch am Leben sind? Daß Ruth es längst getan, eine Karte nach Brünn geschickt hatte, nahm sie nicht zur Kenntnis. Auch nicht, daß die Tochter fast immer fort war, manchmal auch über Nacht.

Vielleicht kann ich mich nur einleben, wenn ich mich auslebe. Das sagte sie Irene Steiger, nachdem sie ein Jahr in einem wüsten Schwarm von Heimwehkranken, Hochstaplern, Schwarzhändlern, Traumtänzern Tage und Nächte durchgebracht und nur noch auf das augenblickliche Selbstvergessen gesetzt hatte.

Müde und vergiftet von einem gemeinen Streit hatte sie die Bar verlassen und war in die Arme einer Frau getaumelt. Sie schaute auf in ein Gesicht, das sie die Nacht vergessen ließ, das ruhig und ausgeruht war, und wurde von dem Wunsch überwältigt, es zu berühren, zu streicheln.

Kommen Sie.

Ruth folgte, ohne Widerspruch, trottete neben der Frau her und fragte nicht, was sie mit ihr vorhabe.

Ich koche uns einen Kaffee, und wir werden königlich frühstücken. Die Frau sprach schwäbisch, und dennoch verstand Ruth jedes Wort. In den wirren und sinnlosen Nachtgesprächen hatte sie es gelernt.

Irene Steiger bewohnte das Parterre einer Villa. Ruth kam es vor, als kehre sie mitten in der Fremde, die sich gegen sie wehrte, mit einem Mal zurück ins Vertraute. Sie bewegte sich anders, spürte keine Anstrengung mehr.

Sie folgte Irene Steiger in die Küche, sah zu, wie sie den Kaffee aufgoß, Butter, Käse und Eier aus der Speisekammer holte und auf einer Platte anrichtete.

Oben, im ersten Stock, seien Flüchtlinge untergebracht, erzählte sie, irgendwann werde er wieder frei.

Ihr Mann sei in amerikanischer Kriegsgefangenschaft, die Fabrik habe den Betrieb noch nicht aufgenommen. Wir haben eine Strickerei, erklärte sie, und ich bemühe mich darum, Wolle zu beschaffen, aber da muß man gute Beziehungen haben.

Sie frühstückten, es gab einen gedeckten Tisch, Servietten, feines Porzellan.

Erzählen Sie doch von sich.

Irene würde ihr ohnehin nicht glauben, sie würde, wie fast alle Einheimischen, denken, daß sie lüge und aufschneide. Alle Flüchtlinge sind mindestens Großgrundbesitzer und Fabrikanten gewesen.

Brünn, sagte sie. Kennen Sie Brünn?

Sie kannte es nicht, nicht einmal dem Namen nach.

Es ist die Hauptstadt von Mähren.

Jetzt weiß ich, im Protektorat.

Das gibt es nicht mehr. In der Tschechoslowakei.

Ist es eine schöne Stadt?

Ja, sagte sie und wünschte sich, daß diese eine Silbe sich ausweite und den Krautmarkt, das Rathaus, die Oper, den Dom und die beiden Wohnungen aufnehme und alle, die dort lebten, die sie kannte. Ja.

Möchten Sie ein Bad nehmen?

Sollte sie Irene sagen, daß dies ein Luxus sei, den sie seit Monaten vermisse?

Die Wohnung wurde zur Bühne, die sie fürs erste nicht mehr verlassen wollte.

Das Wasser, die Hitze, der Duft – ihre Haut war entwöhnt und reagierte um so empfindlicher.

Sie schwamm in sich herum und davon, fragte sich,

ob es möglich sei, daß sie sich in eine Frau verliebt habe, diese blonde, blasse, dralle Person.

Sie bekam eine selbstverständliche Antwort. Irene hatte sich ausgezogen, bat sie, gelassen und schamlos, Platz zu machen, und stieg zu ihr in die Wanne. Mit angezogenen Beinen saßen sie sich gegenüber, zwei Mädchen, die anfingen, miteinander zu spielen.

Sie liebten sich.

Sie gingen miteinander.

Es wurde über sie geredet.

Ruth genoß es, nicht mehr zu dem namenlosen Pack zu gehören, das die Nächte der kleinen Stadt scheinbar gefährlich machte. Mutters Vorwürfe und die Gerüchte, die umgingen, waren ihr gleich. Sie ahnte, daß diese Liebe ihre letzte sei. Schon darum durfte sie keiner in ihrer Erinnerung gleichen.

So unerwartet, wie es begann, endete es. Irene warf sie hinaus, verabschiedete sie. Es müsse vorbei sein. Ihr Mann habe sich angemeldet, werde in den nächsten Tagen aus der Gefangenschaft entlassen. Sie dürfen sich nicht mehr sehen, ja, nicht einmal mehr kennen.

Verstehe mich, bat sie.

Kannst du einfach aufhören, mich zu lieben?

Die Tür schloß sich hinter Ruth. Sie ging.

Trafen sie sich später in der Stadt, erkannten sie sich nicht mehr.

Mutter fand, daß sie endlich ruhiger geworden sei.

Die nächtliche Meute hatte sich verlaufen, die Bar gab es nicht mehr.

Von nun an ging Ruth anders mit der Stadt um. Sie lebte in ihr und mit ihr. Manchmal nahm sie Mutter ins Café Zimmermann mit, und gemeinsam schlossen sie Bekanntschaft mit Rosalinde Mitschek, die vom Nachbartisch ihrem Gespräch zugehört und sich mit der Frage eingemischt hatte, ob sie denn aus Brünn kämen. Es höre sich so an.

Die Währungsreform nötigte sie, mehr zu sparen, und Ruth begann, ihren Schmuck zu verkaufen.

Im Frühjahr neunundvierzig bekamen sie eine Wohnung in der Jusi-Straße, geräumig für sie beide. Auf dem Hügel über der Siedlung wurde eben der neue Friedhof angelegt. Es gelang Ruth sogar, Mutter zu Spaziergängen zu überreden, von denen sie allerdings bald wieder abließ. Komisch, sagte sie, ich habe nie einen Sinn für Landschaften gehabt.

Mehr als zuvor stritten sie.

Such dir eine Arbeit.

Ich finde keine, Mutter.

Du willst keine haben.

Um Mutter zu beruhigen und ihr vorzuführen, daß sie nicht untätig bleibe, beschaffte sie sich mit Hilfe von Rosalinde Mitschek eine Nähmaschine und bekam bald kleine Aufträge: Kleider zu kürzen, Blusen zu schneidern, Mäntel zu wenden.

Und Lea kündigte sich an: Nach Jiřis Tod sei sie zwar von Maminka aufgenommen worden, doch ihr Status habe sich geändert. Sie werde wieder als Deutsche behandelt. Auf die Dauer könne sie nicht bleiben.

Sie müsse, so schwer es ihr falle, ausreisen. Zu euch! schreibt sie.

Wenn Lea einmal da ist, sagte Mutter, wird sich für uns alles ändern.

Was erwartest du von ihr?

Wenn ich das wüßte.

XVII

Den ganzen Vormittag kämpft Ruth gegen die Beklemmungen in der Brust. Sie atmet nur mit Mühe. Immer wieder geht sie auf den Balkon, klammert sich an der Brüstung fest und versucht, Luft zu holen. Notgedrungen beschließt sie, nicht wie gewöhnlich in die Stadt zu fahren, und hofft, daß es Lea gar nicht erst auffalle.

Bleib entweder draußen auf dem Balkon, Ruth, oder komm herein.

Stör ich dich?

Müßtest du nicht in die Stadt?

Wer sagt, daß ich muß?

Ich habe nur gefragt.

Heute nicht.

Fehlt dir etwas?

Ich bin ein bissel unruhig.

Dann setz dich, lies oder leg dich hin und mach mich nicht nervös.

Lea überrascht Ruth damit, daß sie sich an den Sekretär setzt und ihn öffnet.

Hast du womöglich vor, einen Brief zu schreiben? An wen?

Ich weiß es nicht. Von Hugo hast du ja keine Adresse mehr.

Erinnerst du dich an die Todesanzeige von Sarah?

Wie kommst du darauf?

Ich habe sie wiedergefunden.

Wie alt ist Sarah geworden?

Siebenundsechzig.

Wahrscheinlich hat sie Krebs gehabt.

Wenn es nach dir ginge, müßte jeder an Krebs sterben.

Ruth, die sich auf die Couch gesetzt hat, reckt sich, versucht so unauffällig wie möglich zu atmen, steht auf und tritt hinter Lea.

Wie hieß Sarahs Mann?

Doktor Kornfeld, Leo Kornfeld. Lea hält ein schwarzumrandetes Blatt hoch. Da, lies es selber.

Ich kenne die Anzeige doch. Sie haben zwei Kinder, soviel ich weiß.

Ja, Ken und Debbie. Das steht hier.

Ob er noch lebt, der Doktor Kornfeld?

Er müßte etwas älter sein als wir. Lea schiebt das Blatt wieder in ein Fach, lehnt sich zurück und schließt den Sekretär. Dann senkt sie den Kopf und redet mehr für sich: Ich erinnere mich noch, wie Lubomir in Brünn auf mich zustürzte, mich an den Armen packte und mich schüttelte und mir sagte, daß Mizzi und die alten Ribaschs in Auschwitz ermordet worden seien, vergast. Er hat es mir so gesagt, als sei es meine Schuld. Darauf hat mich Maminka in die Arme genommen, und wir haben geheult, bis wir leer waren.

Ruth hat die Hände auf Leas Schulter gelegt. Es ist ihr jetzt gleich, ob Lea ihren Atem rasseln hört.

Mizzi war so schön. Und ihre Kinder. Sie sind Waisen geworden, ohne Grund, und die alten Ribaschs haben keinem Menschen ein Haar gekrümmt.

Haben wir damals kondoliert, Doktor Kornfeld geschrieben? So, wie ich uns kenne, nicht.

Nein, wahrscheinlich nicht. Du schreibst sowieso nie, und ich habe es nicht übers Herz gebracht.

Ruth stützt sich auf Lea ab, die sich gegen den Druck ihrer Hände aufrichtet.

Wer kondoliert dir, wenn ich sterbe, Ruth?

Das könnte ich dich auch fragen.

Das Lachen steigt in kleinen Wellen aus Leas Bauch bis in die Schultern, ein Beben, dem Ruth nachgibt.

Immerhin bringen wir keinen Menschen in Verlegenheit.

Ruth beugt sich nach vorn und drückt ihre Brust gegen Leas Kopf.

Lea

Immer roch es nach Rauch, nach Brand, und der Wind warf eine Schicht von Ruß und Steinstaub auf die Fensterbretter. Mit einem Mal jedoch wurde die Luft frisch, und der Frühling, der gezögert hatte, brach lau und leuchtend auf. Das ferne Beben, an das sie sich fast gewöhnt hatten, rückte näher, ein Gewitter aus wolkenlosem Himmel.

Jiři malte rosa Flamingos auf Elfenbein. Er wartete vergeblich auf einen Besuch von Waldhans, der stets am genauesten über den Verlauf der Front Bescheid wußte. Mit Lea sprach er nur noch tschechisch. Antwortete sie ihm auf deutsch, stellte er sich taub. Er verletzte sie. Sie redete sich ein, daß er sich auf die kommenden Veränderungen vorbereiten wolle. Seit ein paar Tagen wurde die Hakenkreuzfahne an der Schule nicht mehr gehißt. Jiři war es sofort aufgefallen. Er spottete über die Großdeutschen, die auf einmal klein würden, sich davon machten, über die Goldfasane, die nichts mehr sein wollten als harmlose Sperlinge. Bei jeder Kleinigkeit, die ihm zuwider war, brauste er auf. Oder er hielt, während er mit feinen Pinseln seine Flamingos auf haardünne Beine stellte, ausschweifende Selbstgespräche, in denen Lea nie namentlich vorkam. Er schloß sie aus und sprach sie zugleich an. In einer untergründigen Wut brachte er zusammen, was ihn bewegt hatte und bewegte: Seine Liebe zu Dvořák und Janáček, seine Verehrung für Hus und Zižka, die slawischen Götter, wie er sie nannte, seinen Haß auf die deutschen Unterdrücker, Hitler, Frank und Genossen, seine Sorge um Maminka, seine Verachtung für den Bruder, der es allen recht tun wolle, und seine Sehnsucht, endlich mit Waldhans wieder in den Wald zu gehen, an den See, seine Hoffnung auf die neue Republik und die Furcht, sie könne nicht so werden, wie er es sich vorstelle.

Bevor die Rote Armee die Stadt einnahm, packten sie das Notwendigste, auch die Schallplatten, die Malutensilien und die Elfenbeinblättchen, und zogen an die Kröna, zu Maminka, die sie bereits erwartete. Sie habe mit ihnen gerechnet, denn der Keller unter dem großen Haus sei bei weitem sicherer, und es gebe keine deutschen Mieter. Worauf sie sich bei Lea für ihre Taktlosigkeit entschuldigte, sie nehme nur an, daß es mit den Russen weniger Schwierigkeiten gebe. Und auch mit unseren Leuten. Alles, was ihr vertraut war, was sie brauchte und in Anspruch nahm, ohne darüber nachzudenken, was sie wärmte und wodurch sie sich geschützt fühlte, wurde ihr genommen. Ihr kam es vor, als würde sie aus der Zeit, die Maminka und Jiři bevorzugte, ausgestoßen. Sie strengte sich, aus Liebe zu den beiden, an, nicht aus der Rolle zu fallen, die sie ihr zugedacht hatten. So merkte sie gar nicht mehr, daß sie tschechisch träumte.

Jiři hatte sich an einem Fensterbrett in der Küche festgesetzt und malte wieder. Mit der ins Auge geklemmten Lupe glich er einem Uhrmacher.

Der Keller wurde von den Bewohnern des ganzen Blocks aufgesucht. Die Mauern stanken nach Schweiß und Urin, nur wenn die Temperatur sich veränderte, die Tür geöffnet wurde und ein Schwall frischer Luft hereindrang, erinnerte eine Andeutung von Apfelduft an das, was hier früher lagerte. Sie warteten auf das Ende, das ein Anfang werden sollte. Die Männer stritten über die Absichten der Russen, der Kommunisten, und Jiři, der sich selten einmischte, brachte sie auf, da er um nichts in der Welt wieder in einer Vasallenrepublik unter anderen Vorzeichen zu leben gedachte. Doch sie wagten es nicht, ihn, einen Pospischil, als Verräter zu verdächtigen, sie behandelten ihn als Eigenbrötler, als Künstler.

Lea zog es vor, zu schweigen. Sie machte sich keine Gedanken um die Zukunft der Republik. Ihre Angst lag näher. Die Kellergespräche nährten sie. Sie dachte wie ein Kind, fühlte sich ausgescholten und wußte nicht, wie sie sich verteidigen sollte.

Vielleicht würde es Jiři nicht erlaubt, mit einer Deutschen zusammenzuleben. Vielleicht käme er von sich aus darauf, sich von ihr zu trennen.

Was wird mit mir geschehen? fragte sie Maminka.

Die schaute sie erstaunt an: Warum fragst du, Lea? Das, was mit uns geschehen wird.

Aber ich bin eine Deutsche.

Sie nahm Leas Hand und rieb sie zwischen ihren warmen, weichen Händen: Das ist meine Mutter auch gewesen.

Das wußte ich nicht.

Sie war eine Bauerntochter aus Vyškov.

Aus Wischau?

Von ihr habe ich deutsch gelernt. Und sie setzte auf deutsch fort: Ihre Eltern haben es nicht gern gesehen, daß sie einen Tschechen heiratete.

Als ein junger Mann die Treppe herunterkam, wie ein Maschinchen blitzschnell die Stufen nahm und rief: Kommt heraus, ihr müßt die Unseren empfangen!, trauten sie ihm nicht. Dieser frische, unbekümmerte Bote war ihnen nicht geheuer. Ihre Ungläubigkeit regte ihn auf, er zappelte und fuchtelte herum, baute sich vor Jiři auf: Es ist wahr. Seid ihr blöd? Ihr seid frei, wir sind frei!

Sie gerieten in Bewegung, Maminka riß Lea mit, sie drängten hinauf, hinaus auf die Straße, die bereits von Menschen gesäumt war.

Die Truppen zogen in lockerem Zug vorüber. Es war keine Parade. Die Soldaten wirkten müde und abgekämpft, auch die, die auf den offenen Lastwagen standen oder hockten.

Maminka schob Lea an Jiřis Seite. Sie sah, daß er schluchzte, seine Schultern sich hoben und senkten.

Frauen kreischten, sprangen den Soldaten in den Weg, umarmten und küßten sie.

Sind das nun Russen oder die Unseren? fragte jemand hinter ihr.

Sie drängte sich an Jiři, schob ihren Arm unter seinen und fühlte sich ausgeschlossen aus diesem allgemeinen Glück. Es half ihr auch nicht, daß sie an das Gespräch mit Maminka dachte, Jiřis Arm an ihren Leib preßte. Sie blieb für sich. Eine ungewisse Angst erfaßte sie.

Plötzlich riß die Kolonne, es gab eine Lücke, das begleitende Freudengeschrei veränderte seine schrille, auftrumpfende Farbe, wurde dumpf und drohend. Dieses haßerfüllte Grollen galt deutschen Gefangenen. Sie liefen, stolperten, taumelten, die Hände über dem Kopf gefaltet, von Rotarmisten begleitet und getrieben. Ihre Gesichter waren flach vor Schreck und Entsetzen.

Ab und zu brach ein Zuschauer durch die begleitende Postenkette, schlug auf eine der grauen Gestalten ein, spuckte ihr ins Gesicht.

Da sind sie nun, unsere Beschützer. In Jiřis Stimme mischten sich Spott und Genugtuung.

Nicht, murmelte sie.

Er sah sie überrascht von der Seite an: Was soll das bedeuten, Lea? Hast du womöglich Mitleid mit ihnen?

Ja, sagte sie.

Ich bitte dich, sag kein Wort mehr. Er versuchte, sich von ihrem Arm zu lösen. Sie ließ ihn nicht frei, bis der Zug vorüber war, nur noch Nachzügler kamen und Maminka sie lauthals und glücklich aufforderte, ihr nach oben, in die Wohnung zu folgen, denn die Kellerzeit habe für immer ein Ende.

Doch die Unruhe hörte nicht auf. Nur Maminka und Lea blieben an Ort und Stelle, verabschiedeten und empfingen, lauschten und fragten. Lea fragte oft und bekam keine Antworten. Noch immer war nicht klar, was aus ihr werden würde. Noch immer wußte sie nicht, wohin es Ruth und Mutter verschlagen hatte, wie es ihnen ging. Noch immer ließ Jiři es offen, ob sie an der Kröna bleiben oder zurück in die Wohnung an den Schwarzen Feldern ziehen würden. Er war ständig unterwegs, manchmal über mehrere Tage, und seine Launen wechselten so rasch und heftig wie die Erfahrungen, die er machte. Aber selbst die Neugier von Maminka und ihr Zureden brachten ihn nicht dazu, sich mitzuteilen: Es befinde sich alles in den Anfängen. Immerhin habe Beneš Erfahrung.

Maminka nahm Lea mit in die Stadt. Die Menschen waren nicht nur aus den Kellern gekrochen, sie räumten Trümmer zur Seite, richteten sich ein, sogar Geschäfte hatten wieder geöffnet. Die Stadt kam zu sich. Sie vergaß die eine Geschichte und begann die andere. Maminka wollte nicht wahrhaben, was Lea erschreckte. Immer wieder trafen sie auf Gruppen von Frauen und Männern, die unter Bewachung, mitunter gestoßen und getreten, Schutt zur Seite räumten, den Gehweg kehrten. Viele trugen eine weiße Armbinde mit einem schwarzen N, Nemec.

Die Auswüchse würden sich rasch geben, Lea müsse den Zorn der Tschechen begreifen. Jedesmal fügte Maminka beschwichtigend hinzu: Du gehörst doch zu uns, Lea.

Im Sommer zogen sie wieder in die Schwarzen Felder. Die Wohnung empfing sie verstaubt, doch unberührt. Jiři legte zur Feier des Einzugs eine Platte nach der andern auf und ärgerte sich über jeden Kratzer. Waldhans erschien in der Uniform eines Offiziers vom Narodní výbor, erzählte müde von Übergriffen an Aussiedlern, die er nicht habe verhindern können, unter Aussiedlern verstand er Deutsche.

Jiři wiegelte ab, zweifelte jedoch an Beneš' Politik, ob er alles noch in der Hand habe.

Die beiden Freunde nahmen sich vor, so bald wie möglich nach Großseelowitz zu fahren, nach der Hütte zu schauen, ein paar Tage ungestört zu angeln. Als es soweit war, lud Jiři Lea ein, sie zu begleiten, zum ersten Mal seit Jahren. Sie konnte es kaum fassen.

Aber störe ich euch nicht?

Wir brauchen dich. Du mußt uns die Regenwürmer dressieren. Er umarmte sie lachend und überraschte sich selbst mit diesem Ausbruch von Zärtlichkeit.

Bleib noch eine Weile, bat sie.

Er machte sich jedoch los: Wir wollen es nicht gleich übertreiben, Liebe.

Sie ließ ihn stehen, lief ins Schlafzimmer, riß den Schrank auf, holte ein Sommerkleid nach dem andern heraus, stellte sich vor den Spiegel, hielt die Kleider prüfend vor sich hin, zog sich aus, zog sich an, drehte sich mit ausgebreiteten Armen um sich selbst, entschloß sich für ein leichtes, tiefausgeschnittenes Kleidchen, weiße Tupfen auf rotem Grund, ordnete sich im Bad die Haare, noch immer rot bis auf ein paar graue Fäden, schminkte sich, legte eine Spur von Rouge auf, suchte vergeblich nach dem Kölnisch Wasser, forderte sich auf, eine gute Figur zu machen, eilte über den Flur und stellte sich in die Tür. Er saß mit gekrümmtem Rücken zu ihr und malte.

Sie mußte, wenn sie ihn nicht erschrecken wollte, wie ein Vogel rufen. Jiři!

Er spielte, wandte sich nicht gleich um, machte einen Buckel, schien zu lauschen.

So versuchte sie es noch einmal, schon etwas frecher: Jiři!

Er ließ sich Zeit. Als er sie endlich anschaute, hörte er auf zu spielen. Er staunte: Da bist du wieder. Ich habe dich sehr vermißt!

Sie begriff nicht gleich. Ich bin doch eben noch dagewesen.

So nicht, Lea, so nicht.

Um Regenwürmer mußte sie sich nicht kümmern. Die Hütte war aufgebrochen und verwüstet, stank nach verfaulten Speiseresten, Exkrementen.

Wenn ihr vom Teich zurückkommt und hoffentlich einen dicken Karpfen mitbringt, werdet ihr dieses Schlachtfeld nicht wiedererkennen, versprach sie. Sie schaffte es. Geradezu mit Lust hatte sie den Schutt einer verrotteten Zeit beiseite geräumt. So wenigstens kam es ihr vor.

Sie setzte sich auf die knarrende Veranda, öffnete eine Flasche Wein und prostete sich zu. Als Jiři und Waldhans auf die kleine Wiese vor dem Haus traten, ihr von Ferne zuriefen, daß sie sich nicht auf Karpfen, sondern auf Forellen einstellen solle, war sie schon etwas angetrunken. Ihr Gesicht glühte, sie rieb mit den Händen ihre Wangen und freute sich über die Lobreden der Männer: Du hast ja gezaubert, Lea. Es ist wieder wohnlich. Wie einst.

Wie einst. Die beiden Wörter, beiläufig gebraucht, stimmten sie eigentümlich um. Was sie eben noch und endlich wieder belebt und beschwingt hatte, bekam einen schweren und kalten Grund. Es war ja nichts mehr wie einst. Und es konnte – plötzlich wurde es ihr klar – auch nie mehr so sein. Die vergangenen Monate hatten das Land um sie verändert. Sie hatte dazugehört, ohne einen Gedanken daran zu verschwenden. Nun wurde es ihr eingeredet, und je liebevoller es Maminka oder Jiři taten, um so fremder erschien es ihr.

Sie blieben drei Tage.

Nichts hielt Lea mehr auf, Regenwürmer zu zähmen.

Stundenlang hockte sie auf einem Baumstumpf zwischen den beiden Männern, lauschte mit geschlossenen Augen auf den Wald, auf das am Teichrand schmatzende Wasser.

Einmal wurden sie gestört von zwei Rotarmisten, die an der Idylle Gefallen fanden, sich nicht vertreiben ließen, aus unerfindlichen Gründen in voller Montur ins Wasser sprangen und erst gingen, als Waldhans in fließendem Russisch eine längere Rede hielt.

Sie werden sich festsetzen.

Es sind halbe Kinder.

Ich meine nicht die beiden.

Waldhans spulte die Angelschnur auf, warf sie in einem genußvollen Schwung wieder aus: Meistens, Lea, erklären Bagatellen die Geschichte. Bloß merken wir es erst zu spät oder gar nicht.

Zieh das Tupferlkleid an, bat Jiři. Die Nacht war sommerhell, der Mond warf den Schatten des Waldsaums auf die Wiese. Sie hatten zu Abend gegessen. Wein war noch genügend vorhanden. Hastig zog sie sich um und sprang auf die Veranda wie auf ein Podium. Hier bin ich. Waldhans applaudierte, Jiři erhob sich, faßte mit spitzen Fingern ihre Hand, führte sie an ihren Platz. Aber als sie saß, hatte er sie schon wieder vergessen, führte das sprunghafte, ratlose Gespräch mit Waldhans fort über dessen Zukunft im Narodní výbor, den wachsenden Einfluß der Kommunisten, über die undurchsichtige Rolle Beneš' und seine Zweifel an Lubomirs Fähigkeit, den väterlichen Tuchhandel wieder in Schwung zu bringen.

Und ich? unterbrach sie ihn, hob ihr Glas und schaute hindurch.

Ohne nachzudenken und ohne sie anzuschauen, als habe er ihren Einwurf erwartet, antwortete er: Frag das nie wieder, Lea, ich bitte dich.

Nach Maminkas Zeitrechnung war die Normalität eingekehrt. Brot war nur nach geduldigem Anstehen zu bekommen, für Zucker und Butter bedurfte es besonderer Beziehungen, Fleisch blieb eine Rarität, und Gemüse zog man sich am besten selber.

Eine Anordnung, die zwar veröffentlicht wurde, deren Urheber sich aber nicht bekannten, rief die deutschen Einwohner der Stadt zusammen. Von Mannschaften des Narodní výbor wurden sie in einer endlosen Kolonne in Richtung Nikolsburg getrieben, und bereits nach wenigen Tagen ging das Gerücht, daß viele die Entbehrungen nicht ausgehalten hätten, am Straßenrand umgekommen wären. Ein Todesmarsch.

Als Maminka darauf zu sprechen kam, verließ Jiři wortlos das Zimmer.

Du kannst von Glück reden, Lea.

Von Glück?

Immerhin wußte sie inzwischen, wo Mutter und Ruth angekommen waren.

Es ist wie ein Würfelspiel, wohin es die Leute verschlägt. Maminka blätterte in einem alten Atlas, konnte N. aber nicht finden.

Hauptsache die Gegend ist, wie Ruth schrieb, vom Krieg verschont geblieben.

Waldhans zog die Uniform aus und bekam nach einigen Umständen seinen Posten in der Theaterverwaltung wieder.

Jiři überwand seine Vorbehalte, prüfte mit Lubomir die vorhandenen Tuchvorräte, und sie erwogen und verwarfen in kurzen Abständen die Eröffnung des Geschäfts. Erst müsse es überhaupt einen Markt geben, das Geld wieder etwas wert und heraus sein, wer an die Macht komme, regiere. Sie trauten Beneš nicht, seinem Widerstand gegen die kommunistischen Rückkehrer wie Gottwald.

Lea bekam das alles nur zufällig und am Rande mit. Maminka unternahm mit ihr abenteuerliche Reisen aufs Land, in ihr Dorf, wo sie sich Vorräte für die Küche beschaffte. Endlich wolle sie wieder aus dem vollen schöpfen, was nichts anderes bedeutete als Buchteln und Kolatschen backen, Powidl einkochen, bis er Teer glich, Schöpsernes auf Kraut betten.

Waldhans und Jiři fuhren übers Wochenende meistens nach Großseelowitz, das nun Židlochovice hieß, und füllten die Badewanne wieder mit Forellen, Karpfen und Krebsen. Maminkas Vorstellung von der Normalisierung verwirklichte sich wenigstens in Kleinigkeiten.

Einmal wagte es Lea sogar, allein an die Schwarzawa baden zu gehen, suchte vorher verzweifelt nach ihrem Badeanzug, den sie, da sie ihn Jahre nicht brauchte, verräumt hatte und der ihr, als sie ihn anprobierte, unbeschreiblich altmodisch vorkam. Da sie aber annahm, daß es den anderen Frauen ähnlich erging, ließ sie es darauf ankommen.

Der Badeanzug war dann auch nicht schuld an der Unsicherheit und dem Unbehagen, die sie in der Menge der ausgelassenen Badenden nicht los wurde. Sie fürchtete, als Deutsche erkannt zu werden. Darum vermied sie jedes Gespräch, hielt sich lange im Wasser auf und trödelte auf dem Heimweg. Jiři verriet sie nichts von ihrer Angst. Er nahm sie tagelang so gut wie nicht zur Kenntnis, lebte neben ihr her, widmete sich seiner Elfenbeinmalerei, hörte, direkt vor dem Grammophon sitzend, seine Musik, verließ meistens ohne Erklärung die Wohnung, schlug das Essen, mit dem sie auf ihn wartete, aus und achtete darauf, nicht mit ihr zur gleichen Zeit zu Bett zu gehen.

So schlief sie schon, als er anfing zu sterben. Er weckte sie nicht, wollte sie nicht erschrecken. Sie wachte an einem leisen Röcheln und Würgen auf, machte Licht, richtete sich auf.

Er saß am Bettrand, mit dem Rücken zu ihr, einem Rücken, der sehr langsam zu knicken schien.

Jiři? Sie rutschte über das Bett, kniete hinter ihm und sah, woran er erstickte.

In immer neuen Schüben quoll ihm Blut aus dem Mund, sammelte sich in einer Lache vor seinen nackten Füßen.

Sie hatte es befürchtet und auch erwartet, und ein einziges Wort füllte ihren Kopf: Blutsturz.

Hilflos schaute sie zu.

Warte, sagte sie.

Sie stand auf, achtete darauf, daß sie nicht ins Blut trat, lief ins Bad, kam mit einer Schüssel zurück, sein Blut aufzufangen, doch es rann ihm nur noch in einer dünnen Spur über das Kinn und tropfte ab.

Das Telefon war seit Wochen abgestellt. Sie konnte nicht anrufen.

Soll ich zum Doktor laufen? Sie hockte sich neben ihn hin. Ich brauche dich doch, Jiři. Nach mehr als zwei Jahren sprach sie ihn wieder auf deutsch an.

Zuerst merkte sie es gar nicht, daß er zu Seite sank. Es geschah unendlich langsam. Seine hellen, wasserblauen Augen begannen sich zu trüben.

Bitte nicht, sagte sie.

Sein Kopf senkte sich auf ihre offene Hand. Er war warm, so warm wie ihre Hand. Sie rührte sich nicht, wartete darauf, daß er sich bewege, den Mund öffne, spreche, obwohl sie wußte, daß das nie mehr geschehen werde. Sie brauchte lang, bis sie es wagte, die Hand unter seinem Kopf wegzuziehen. Dann stand sie auf, sah auf ihn hinunter, spürte sein Blut an ihren bloßen Füßen, versuchte, seine Beine auf das Bett zu heben, ihn hinzulegen.

Im Bad wusch sie sich das Blut von den Händen und Füßen, schaute ihn danach noch einmal an, traute sich nicht, ihm die Lider über die offenen Augen zu schieben und fing an, am ganzen Leib zu zittern. Sie weinte nicht. Der Schreck hatte sie ausgetrocknet.

Eine Weile saß sie im Wohnzimmer, an seinem Sekretär. Es gelang ihr nicht, die Gedanken zu ordnen. Sie sprang auf, lief aus der Wohnung, drehte den Schlüssel zweimal im Schloß, als befürchte sie, er könnte sich heimlich davonstehlen, rannte durch die nächtliche Stadt.

Maminka öffnete ihr, verschlafen, im Nachthemd: Du mußt mir nichts sagen, Lea.

Die alte Frau zog sie über die Schwelle. Sie schlossen sich in die Arme, lehnten sich, Halt suchend, gegen die Tür, und endlich lösten sich Leas Tränen.

Maminka behielt sie bei sich, beauftragte Lubomir, den Hausarzt zu rufen und für alles weitere zu sorgen.

Lea kam nicht zu sich und wollte es auch nicht.

Maminka brachte sie in dem Zimmer unter, in dem sie mit Jiři während der letzten Kriegswochen gewohnt hatte, und als sie sich auf das Bett legte, die Augen schloß, glaubte sie, ihn atmen zu hören.

In den folgenden Tagen schützte sie eine Bewußtlosigkeit, die ihrer Trauer merkwürdigerweise den Schmerz nahm.

Zur Beerdigung kamen ungleich mehr Menschen, als sie erwartet hatte, vor allem Männer, die sie nicht kannte, die offenbar im Krieg mit Jiři durch den Kreis verbunden waren, über den er kein Wort verloren und zu dem auch Waldhans gehört hatte, der nun neben ihr stand, sie ganz unauffällig stützte und tröstete, indem er seine Schulter leicht gegen ihre drückte.

Schwarz steht dir gut, hatte Maminka festgestellt, bevor sie sich auf den Weg machten, aber Schwarz steht allen Frauen gut, wahrscheinlich steckt die Witwe schon in jeder.

Lea löste die Wohnung in den Schwarzen Feldern auf, zog endgültig an die Kröna. Mit Maminka lebte sie mehr oder weniger in der Küche, begleitete sie selten in die Stadt, freute sich auf die gelegentlichen Besuche von Waldhans, der allerdings von Mal zu Mal mürrischer wurde, über die Zustände am Theater jammerte, einen ekelhaften Stellungskrieg, dem er nicht mehr gewachsen sei. Von ihm erfuhr sie, daß Jan Masaryk, der Sohn des Präsidenten und gegenwärtig Außenminister der Republik, in Prag aus einem Fenster des Czernin-Palais gestürzt oder geworfen worden sei, womit, wie er klagte, mit einer grauenvollen

Wiederholung die Geschichte der tschechischen Republik ende. Aber vielleicht, sagte er, reicht ein zweiter Fenstersturz noch nicht.

Das war am 10. März 1948. Als Edvard Beneš vier Monate danach zurücktrat und dem Kommunisten Klement Gottwald den Platz räumte, hatte Lea bereits ihre Ausreise beantragt. Jiři konnte sie nicht mehr schützen. Sie galt wieder als Deutsche.

Maminka hatte ihr mit einem Satz deutlich gemacht, daß es für sie besser sei, Brünn zu verlassen und nach Deutschland zu gehen. Ich könnte mir denken, daß Hella und Ruth dich jetzt erwarten.

Was zutraf. In dem Brief, in dem sie auf Jiřis Tod reagierten, fragten sie, ob ihr die Ausreise gestattet sei und wann sie komme.

Sie nahm Abschied in Gängen durch die Stadt, begleitet von Maminka. Allein jedoch verabschiedete sie sich von Jiři auf dem Friedhof, redete leise auf das Grab ein, entschuldigte sich am Schluß, daß sie deutsch mit ihm gesprochen habe: Ich bitte dich, ärgere dich nicht, Jiři, aber so kann ich nur in Deutsch sprechen. Du verstehst mich ja.

Einen Moment lang hielt sie vor dem Kinderhaus auf dem Domberg, schloß die Augen, und in ihrem Kopf kreischten zwei Mädchenstimmen. Sie streiten, sagte sie, immerfort müssen sie miteinander streiten.

Wie sie mit diesem Berg von Gepäck unterwegs zurechtkommen werde, sei ihr ein Rätsel.

Das hat auch sein Gutes. Wenn mir etwas verlorengeht, wird es mir überhaupt nicht auffallen, Maminka.

Sie konnten wieder lachen. Es ist das Lachen, das sie aus dem offenen Fenster über den Hof schickten, damit die andern an ihre Stärke glaubten.

Waldhans zog den Leiterwagen mit dem Gepäck. Maminka schob.

Der Zug wurde verspätet eingesetzt. Auf dem Bahnsteig drängten sich Menschen, türmten sich Berge von Taschen, Bündeln und Koffern. Es schienen noch immer nicht wenige zu sein, die hinaus wollten oder mußten. Sie saßen sich auf den Koffern gegenüber, tauschten Blicke aus. Ihre Traurigkeit machte sie verlegen. Die Sätze, die sie wechselten, lernte Lea wie Verse auswendig, und sie konnte sie noch nach Jahren.

Maminka beugte sich, nachdem sie eine Weile das Treiben auf dem Bahnsteig verfolgt hatte, nach vorn, stützte sich mit den Händen auf den Knien:

Tröste dich, Lea, dich treibt kein Polizist mehr zu Fuß bis nach Nikolsburg, du hast keinen Marsch vor dir, du kannst halbwegs komfortabel reisen.

No, was man heute komfortabel nennt.

Ihr müßt nicht mit mir warten. Wer weiß, wann der Zug eintrifft.

Mir geht ständig ein deutsches Liedel durch den Kopf, sagte Waldhans, ich hab es als Kind gelernt: »Flieg, Maikäfer flieg, / Der Vater ist im Krieg, / Die Mutter ist im Mährerland, / Mährerland ist abgebrannt.«

Das heißt aber Pommerland.

Bist du sicher, Lea?

Das fragst du mich?

Ob wir uns wiedersehen, Lea?

Warum nicht, Maminka.

Das sag ich mir auch. Es wird sich alles normalisieren.

Waldhans stand auf, summte das pommersche Kinderlied, das auch für Mähren galt, erklärte Maminka, daß er an ihrer Normalisierung in Stufen seine Zweifel habe, schluchzte trocken auf, zog Lea von ihrem Koffer hoch, küßte sie, erklärte, er müsse nun in sein Theater, und verschwand in einem stolpernden Mäander in der Menge.

Beide schauten ihm verblüfft nach. Er weint, sagte Maminka, und ich gebe mir Mühe, die Tränen zu unterdrücken.

Sie blieb dann winkend auf dem Bahnsteig zurück.

In Prag ging Lea auf dem Bahnhof tatsächlich ein Koffer verloren.

An der Grenze in Furth im Wald mischten sich plötzlich die Sprachen. Die Deutschen wagten es, in ihrer zu reden, die Tschechen beharrten nachdrücklich auf der ihren.

Mährerland ist abgebrannt.

Sie landete im Lager Wasseralfingen, wie Ruth und Mutter vordem auch.

In einer Woche werde sie abgeholt. Es seien noch eine Menge Formalitäten zu erledigen.

Stunden vorher war sie fertig zum Aufbruch, das Gepäck getürmt. Sie saß wieder auf einem Koffer, schaute zum Lagereingang.

Ruth lief auf sie zu, am Schluß rannte sie.

Sie hat noch immer dünne Beine, dachte Lea, und ich bin eine alte Frau. Was hat das miteinander zu tun, dachte sie.

Als sie Ruth im Arm hielt, fühlte sie sich an wie früher, knochig und widerspenstig.

Also denk bloß nicht, sagte Ruth nach einer Weile, das Leben sei hier ein Zuckerschlecken.

XVIII

Ruth hat sich nicht auf einmal umgesetzt, den Sessel mit dem Stuhl gewechselt. Sie möchte keinen Streit mit Lea, sie nicht unnötig beunruhigen.

Es bereitet ihr immer größere Mühe, aus dem tiefen Sessel, in dem sie liest, den sie gewöhnlich vor den Fernsehapparat schiebt, wieder herauszukommen. Nicht nur ihr Gewicht und ihre schwachen Beine sind daran schuld, redet sie sich ein, sondern der fehlende Atem. Wann immer sie sich anstrengt, bleibt der Atem weg. Der junge Arzt, der die Praxis von Doktor Schneider übernahm, hat ihr allerdings neue Mittel verschrieben. Es könnte sein, sie hat sich noch nicht an sie gewöhnt.

Sie stellt den Stuhl nicht direkt neben Leas Sessel, prüft, ob Lea sie aus den Augenwinkeln noch sehen kann. Solange Lea sich in der Küche aufhält, probiert sie Entfernungen und Winkel zwischen Stuhl und Sessel aus, entwickelt eine Choreographie der Sitzmöbel. Als sie es zum ersten Mal abends wagt, auf dem Stuhl Platz zu nehmen, hält sie sich länger als üblich in der Küche auf. Die Nachrichten sind vorüber. Ein Krimi läuft, Lea beachtet sie nicht, als sie hereinkommt. Es kann sein, sie ist schon eingeschlafen. Meistens schläft sie schon vor neun vor dem Fernsehapparat ein.

Ruth setzt sich geräuschlos, hält den Atem an. Mit der Zeit wagt sie es, sich zu bewegen. Es gelingt ihr, nach dem Krimi aufzustehen und den Stuhl mit dem Sessel zu vertauschen. Sie weckt Lea, indem sie sich laut räuspert: Es ist Zeit, schlafen zu gehen.

Mehrere Abende schafft sie es, Lea zu täuschen.

Allmählich wird sie nachlässiger, achtet nicht mehr so penibel auf die überlegte Ordnung, rührt sich mehr, wenn sie den Bildern im Fernsehen folgt.

Lea dreht sich nicht zu ihr um: Kannst du mir erklären, was das soll?

Jesus, hast du mich erschreckt. Mich wird noch der Schlag treffen.

Reg dich nicht auf. Sag mir lieber – langsam und auch mit Mühe kehrt Lea sich ihr zu –, was dir einfällt, dich so hoch zu setzen. Fehlt dir die Übersicht?

Lea, ich bitte dich, werde nicht ausfällig. Du kannst dir denken, warum ich mich umgesetzt habe.

Wieso soll ich mir deine Narreteien erklären?

Ruth steht auf, schiebt den Stuhl wütend unter den Eßtisch, was Lea beifällig verfolgt: Dort gehört er hin.

Ruth bleibt mit dem Rücken zu ihr stehen und stützt sich auf der Stuhllehne ab. Die Sessel sind mir unbequem, Lea. Du weißt es, es fällt mir schwer, aus ihnen aufzustehen. Manchmal wird mir dabei sogar schwindlig.

Das kommt davon.

Wovon, Lea?

Daß du viel zu dick bist für deine dünnen Beine.

Ich kann nichts dafür, daß ich mit dünnen Beinen auf die Welt gekommen bin.

Sie sind nicht dicker geworden, weil du nie Sport getrieben hast.

Das ist Blödsinn, und du weißt es, Lea. Ruth verläßt ihren Platz und setzt sich, um Lea zu provozieren, auf den Couchtisch.

Wenn es dich nicht anstrengt, kannst du ja auch Tische rücken.

Manchmal könnt ich dich schlagen, Lea.

Tu's doch.

Ich würde eher weglaufen.

Das auch nicht. Setz dich wieder, ich bitte dich, rapple nicht unnötig herum. Vielleicht könnte dir unser Doktor einen Stuhl verschreiben.

Schon wieder fängst du an zu sticheln.

Ich fange nicht an, ich habe noch nicht aufgehört.

Ruth zieht den Stuhl unterm Tisch hervor, dreht ihn so, daß sie Lea im Blick hat.

Du kannst das Theater nicht lassen, Ruth.

Was soll das wieder bedeuten?

Ich komme mir vor, als würde ich von einem Hochsitz beobachtet. Jetzt sag mir lieber, was dir fehlt, Ruth.

Nichts, ich komme nur nicht mehr aus dem Sessel hoch.

Das ist mir schon länger aufgefallen.

Warum hast du nichts gesagt, Lea?

Ich habe mir gedacht: Sie soll ein bissel üben, sich anstrengen.

Dir wäre es egal, wenn ich dabei umkäme, Lea. Ruth beugt sich mit gespieltem Interesse nach vorn und starrt Lea an.

Ich habe die Sessel nicht erfunden und die Stühle auch nicht.

Ja, dir wäre es egal.

Wahrscheinlich sterbe ich früher als du, Ruth, obwohl ich noch mühelos aus dem Sessel komme.

Merkst du nicht, daß wir im Streit immer ekelhafter werden?

Wen soll das aufregen?

Ruth springt auf, ist mit zwei Schritten hinter Leas Sessel, rüttelt verzweifelt und wütend an der Lehne. Lea zieht den Kopf ein:

Wenn du es so weitertreibst, muß uns der Doktor auch noch einen Sessel verschreiben. Und nach einer Pause, in der sie vergeblich auf eine Antwort Ruths wartet, fügt sie Wort für Wort spitz betonend hinzu: Aber das wird die Krankenkasse nicht genehmigen.

Ruth läuft aus dem Zimmer. Lea schaut verdutzt auf die Tür, die Ruth mit aller Gewalt hinter sich zugeschlagen hat. Die Nachbarn werden aus dem Bett gefallen sein vor Schreck, ruft sie. Sie horcht, wartet noch eine Weile, schaltet den Fernsehapparat aus, stellt Stuhl und Sessel an ihre Plätze, schleicht zur Tür, öffnet sie so lautlos wie möglich, geht über den Flur zu Ruths Zimmer. Sie hört keinen Laut. Ebenso vorsichtig zieht sie sich zurück, setzt sich auf ihr Bett, hofft noch immer, daß Ruth reagiere. Aber die scheint schon zu schlafen.

Das zweite Leben

Schon nach wenigen Tagen fühlte sich Lea eingesperrt. In der engen Wohnung an der Marktstraße hatte sie keinen Platz, sich zurückzuziehen. Mutter und Ruth hingegen genossen es geradezu, sich zu reiben, aufeinander loszugehen.

Ruth begann, wieder zu streunen. Sie lud Lea dazu ein, aber die war darauf aus, endlich Arbeit zu finden, denn sie wisse von Mutter, daß sie von der Hand in den Mund leben und bald nichts mehr haben. Der ganze Schmuck sei versetzt oder verkauft, nur weil Ruth sich dieses lockere Leben angewöhnt habe. Sie sei, seit sie in N. angekommen seien, eine andere, nicht wiederzuerkennen.

Ruth reagierte auf ihre Vorwürfe hysterisch, zeterte, brach in Tränen aus, und Lea gelang es nicht, sie aufzuhalten.

Bei den Nachbarn seien sie verschrien wegen der entsetzlichen Auseinandersetzungen. Einmal sei sogar ein Polizist vorbeigekommen, aber Ruth habe ihn gekannt und sich herausgeredet. Lea hörte den Klagen Mutters zu und begann sich zu fragen, ob es nicht vielleicht besser gewesen wäre, als Deutsche unter

Tschechen ein verborgenes, aber freundliches Leben zu führen.

Fast jede Nacht sah sie im Traum Jiři gekrümmt am Sekretär. Sie konnte ihm nie ins Gesicht sehen. Manchmal hörte sie seine Musik, aber es war nicht, was sie selbst im Traum erstaunte, Janáček, sondern Lehar.

Sie begleitete Mutter in die Stadt zum Einkauf, wunderte sich, wie wenig der Krieg Menschen und Häusern angetan hatte und daß fast alle nötigen Lebensmittel ohne jede Beziehungen zu haben waren. Anfangs verstand sie die Einheimischen kaum. Das lege sich, versicherte ihr Mutter, man gewöhne sich, aber für Lea bedeutete es eine verrückte Umstellung. Drei Jahre lang hatte sie nicht deutsch gesprochen, am Ende auch tschechisch gedacht und war begierig gewesen, endlich wieder in ihre Sprache zurückfallen zu können, es bequem zu haben. Nun mußte sie wieder verstehen lernen.

Manchmal begegneten sie Ruth in der Stadt, meistens in Begleitung von Frauen, Flüchtlinge wie sie, auffällig und laut ihre schlesische, siebenbürgische, böhmische Redeweise gegen das Schwäbische ausspielend.

Sie weigern sich, anzukommen, sagte Mutter. Es strengt nur unnötig an. Das ist alles.

Immerhin verdankte Lea einer der Frauen, Rosalinde Mitschek, ihre Arbeit. Bei Schreiner sei die Stelle einer Lageristin frei geworden.

Lea wollte sich sofort vorstellen. Ruth hielt sie auf, versuchte es ihr auszureden. Sie wußte, daß der

Druck, die schweifende, freie Existenz aufzugeben, nun von beiden stärker würde.

Du kannst dich nicht mit einer solch primitiven Arbeit zufriedengeben.

Ich muß irgendwo anfangen.

Warte ab.

Einmal, in einem endlosen abendlichen Streit, hatte Ruth gestanden, daß sie ein Gegenleben führen müsse, sich nicht dieser Spießermentalität anpassen könne, daß sie ihre Herkunft nicht verraten wolle, und als Mutter sich Carlo am Leben wünschte, denn er würde sie zur Besinnung bringen, wenn es schon ihr und Lea nicht gelänge, brach sie zusammen, und Lea wurde klar, wie angestrengt Ruth ihre Verzweiflung und Erschöpfung verbarg.

Lea bekam die Stelle. Tag für Tag schleppte sie Behälter und Pakete, lud sie auf Lastwagen, ertrug die derben Scherze der Männer, lernte das Schwäbische zu verstehen, und Mutter hielt sich manchmal über ihre rauhe Ausdrucksweise auf.

Sie drängte Ruth nicht, hoffte, ihr Beispiel würde auf ihrem Gewissen lasten.

Ruth ließ sich Zeit. Immer öfter nahm sie Aufträge an und setzte sich an die Nähmaschine.

Mutter, die sich die Jahre nach der Flucht nichts hatte anmerken lassen, darauf bedacht war, Haltung und Stil zu bewahren, auch im Güterwagen eine Serviette ausbreitete, wenn sie aß, Mutter gab, als habe sie sich selber vergessen, plötzlich auf. Ruth entdeckte, daß sie die Zeitung verkehrt hielt und vorgab zu lesen; daß sie plötzlich sehr schlecht hörte oder nicht hören wollte; daß sie keine Lust mehr hatte, für sie zu kochen, sondern Ruth darum bat: wenigstens solange du keine feste Arbeit hast.

Es handle sich um keinen Schlaganfall, vielmehr um einen psychischen Einbruch, befand der Arzt. Sie solle viel spazierengehen. Genau das, was sie ihr Leben lang ungern getan hatte. Ruth gelang es nur wenige Male, sie hinaus auf den Hügel zu locken. Da spaziere sie geradenwegs auf ihr Grab zu.

Mit der Zeit besserte sich ihr Befinden. Sie überwand sich, ging wieder in die Küche, kochte, doch ohne Lust. Sie puppte sich, wogegen sie sich vorher herrisch gewehrt hatte, in ihre Erinnerung ein, redete, wenn überhaupt, von Otto, Carlo, von den Sommertagen in Franzensbad, von Zdenka, der guten Seele, und Pan Lersch.

Ruths Fertigkeit als Näherin sprach sich herum. Sie bekam ein Angebot als Zuschneiderin. Dieses Mal zögerte sie nicht.

Nun waren sie beide, wie Lea ohne jeden Anflug von Spott feststellte, Arbeiterinnen. Wir sind in einem anderen Leben angekommen, ob es uns gefällt oder nicht.

Ruth wehrte sich nicht mehr. Und Mutter schickte sich in den veränderten Tageslauf, allein zu sein und das Abendessen vorzubereiten für die abends heimkehrenden Töchter.

Ein Brief aus Wien verwirrte sie und rüttelte sie auf. Hugo meldete sich mit einer Einladung. Er habe ihre

Adresse über die Brünner herausbekommen und wünschte sich, sie, Ruth und auch Lea, wiederzusehen. Ruth begann unverzüglich zu planen. Sie fänden bestimmt eine Bleibe bei Vera Weinberger.

Sie redeten sich die Reise gegenseitig ein und wieder aus, fragten sich, ob sie Mutter allein lassen könnten, ob es ihnen gelingen würde, gemeinsam Urlaub zu bekommen. Bis Mutter ihrer Unentschlossenheit ein Ende machte. Sie freue sich darauf, einmal eine Woche lang für sich zu sein. Ich bitte euch, fahrt, Kinder, nutzt diese Gelegenheit.

Am Tag vor der Abreise zogen sie sich immer von neuem um, zeigten sich einander, traten vor den Spiegel, setzten Hüte auf und ab, fanden Kleider, die sie seit langem nicht mehr getragen hatten, und Ruth war mit ihrer Nähmaschine gefordert: da müßte sie ein wenig abnähen, da ein wenig kürzen.

Findest du nicht, Lea, daß wir übertreiben?

Mir gefällt das. Ich komme mir vor wie neu.

Am Ende stellten sie sich Mutter vor: Was meinst du?

Sie lachte, seit langem lachte sie zum ersten Mal: Fragt mich nicht. Ihr gefallt mir in eurer Maskerade.

Maskerade nennst du das?

No, wenn das keine ist, sagte sie und fügte leise und nachdenklich hinzu: geworden ist.

Vera lief ihnen auf dem Bahnsteig entgegen, noch größer und mächtiger, als Ruth sie in Erinnerung hatte. Sie umschlang Ruth, drückte ihr den Atem ab, küßte Lea auf die Wangen, wirbelte und verdrängte

Raum und ließ sie nicht zu Wort kommen, bis sie die Lichtenthaler Straße erreicht hatten, in der von Geröll und Trümmern nichts mehr zu sehen war.

Ehe Vera die Wohnungstür aufschloß, ging sie ein wenig in die Knie und meinte beiläufig: Sei bitte nicht überrascht, Ruth, wenn du Hansi nicht antriffst. Mein Weinberger, mein verschollener Hauptmann, ist vor einem Jahr unerwartet und sehr lebendig aufgetaucht, und Hansi hat das Feld räumen müssen. Wir können halt alle nicht aus unserer Haut, sagte sie.

Das Feld, fand Ruth, war nicht bloß geräumt. Es war neu bestellt. Nichts erinnerte sie mehr an die belebende Unordnung, an die tollen Feste. Alles war an seinen Platz gerückt, fleckenlos und staubfrei. Nur eine Veränderung schien Ruth kaum der Rede wert: Der Hauptmann glich Hansi wie aus einem Musterbogen geschnitten. Er war ebenso klein, beweglich, vielleicht um eine Spur gedrungener. Vera hatte einfach die Namen ausgetauscht. Aus Hansi war Karli geworden. Karli gehorchte ihr, im Gegensatz zu Hansi, aufs Wort, blieb still, mischte sich nicht ein.

Ihr hättet ihn früher erleben sollen, sagte Vera, als Karli einmal aus dem Zimmer war, er sprühte vor Leben, war ein geistreicher Unterhalter. Das alles ist ihm in der Gefangenschaft ausgetrieben worden.

Von Hugo erwartete sie ein Billett: Er lade die Schwestern zum Abendessen in den »König von Ungarn« ein. Was Vera mit einem »nobel geht die Welt zugrunde« kommentierte, worauf Lea, Ruth mit ihrer Schlagfertigkeit überraschend, antwortete: Die

Welt wäre schon längst untergegangen, so nobel, wie wir sind. Oder zu sein glauben.

Sie gingen zwischen den Tischen durchs Lokal, suchten nach ihm. Eine vertraute Stimme rief: Lea. Ruth dachte, er ruft sie, nicht mich. Er war noch magerer und grau, doch elegant wie stets. Tweed hält sich, dachte Ruth.

Sie saßen sich gegenüber, er erzählte von seiner Wohnung, direkt am Dom, seiner Arbeit für eine deutsche Illustrierte. Noja, sagte er, ich schreibe keine große Literatur.

Ruth sah auf seine sprechenden Hände, spürte sie, wie damals in Prag, auf der Brust, auf dem Bauch, spürte, wie sie streicheln und sie an den Hüften packen. Unterm Tisch preßte sie die Beine zusammen. Er flirtet nur mit Lea, dachte sie. Mich hat er vergessen.

In der Tram, auf der Fahrt zur Lichtenthaler, saßen sie wortlos nebeneinander, und erst kurz, bevor sie ausstiegen, brach es aus Ruth heraus: Er hat nur dich gesehen, nur mit dir gesprochen.

Lea widersprach ihr nicht. Er ist nicht gerade jünger geworden, sagte sie.

In den nächsten Tagen hielt sich Ruth an Vera, sie wanderten durch die Stadt, besuchten Cafés, saßen im Kino und schwärmten hernach von »Anna Karenina« mit der Garbo, ließen sich von Karli vor den Fassaden vom Belvedere und von Schönbrunn fotografieren, bummelten an den Schaufenstern der Kärntner und der Mariahilfer entlang, und Lea war bei Hugo.

Am letzten Abend, als sie aufgekratzt von einem Abschiedsessen mit Vera und Karli wach nebeneinander in dem großen Bett lagen, wagte Ruth Lea zu fragen, ob sie mit Hugo geschlafen habe. Lea begann zu kichern wie ein beschämtes Mädchen, boxte Ruth in die Seite: Ich weiß überhaupt nicht mehr, wie das geht, sagte sie. Ruth versuchte, in Leas Kichern einzufallen. Aber ihr stiegen die Tränen in die Augen.

Lea fuhr danach noch zweimal nach Wien, ohne Ruth. Ihr genüge der monatliche Einkaufsbummel in Stuttgart, behauptete sie.

Die Ausflüge hatten ein Ende. Die Frauen stellten sich auf ihr zurückgenommenes Leben ein. Immer seltener begehrten sie auf, stemmten sich mit ihrer Erinnerung gegen den grauen Lauf der Tage. Die Gestalten, die sie begleitet hatten, Jiři und Kostka, Waldhans und Maminka, Pan Lersch und die Ribaschs, traten zurück, verloren ihre Stimmen. Das Haus am Domberg wurde zum Stichwort für einen Ort, über den sie sich erinnernd nicht einmal mehr einig waren. Meine Terrasse, deine Terrasse. Sie lag für jede in einem andern Licht.

Mutter stand immer öfter am Fenster, ein sich schwarz füllender Schatten, und schaute zum Friedhof auf dem Hügel. Es ist wie ein Sog, sagte sie und beklagte sich über eine Müdigkeit, die ihr alle Kraft nehme.

Sie tappte in der Wohnung herum und wußte nicht mehr, wo sie sich befand. Sie kleckerte beim Essen und war entsetzt über sich. Sie stellte am Herd das Gas an und vergaß, die Flamme anzuzünden.

Im Juli 1953 legte sie sich ins Bett und weigerte sich, wieder aufzustehen. Sie drehte sich zur Seite und starb drei Tage lang.

Zu ihrem Grab oben auf dem Friedhof, den sie täglich sah und nicht ein einziges Mal besuchte, begleiteten sie Lea und Ruth und ein paar Bewohner aus dem Haus. Der Pfarrer wiederholte in seiner Predigt Wort für Wort, was ihm Ruth über Mutter berichtet hatte. Nur einen Satz kannte sie nicht. Er traf sie mit Wucht: Wir alle hätten ihr gegönnt, neben ihrem Mann ruhen zu dürfen.

Anfangs besuchten sie das Grab täglich, spazierten den Hügel hinauf und nahmen unterwegs aus der Gärtnerei einen Strauß mit.

Wir sind zwei alte Vollwaisen.

Später wurde ihnen der Weg beschwerlich. Das Grab wurde nach zwanzig Jahren aufgelassen, ohne daß sie die Mitteilung darüber zur Kenntnis nahmen.

Ab und zu luden sie Rosalinde Mitschek zum Kaffee ein. Einmal erschreckte sie die Schwestern mit der Frage: Könnt ihr euch vorstellen, ohne die andere zu leben?

XIX

Lea wehrt sich. Sie wolle nicht schon wieder ins Krankenhaus. Der junge Herr Doktor, wie sie den Nachfolger von Doktor Schneider nennt, besteht jedoch darauf und hat den Krankenwagen bestellt.

Ruth redet ihr gut zu: Es ist besser, sie operieren dich gleich.

Vom Krebs bleibt immer ein bissel übrig, das ist bekannt.

Das redest du dir ein.

Nichts rede ich mir ein. Für die bin ich ein Versuchskarnickel.

Ruth winkt dem Rotkreuzwagen nach. Suchend läuft sie in der Wohnung umher und setzt sich schließlich in der Küche zwischen Tisch und Fenster. Sie atmet schnell und hat das Gefühl, sie renne in sich selber herum.

Wie schon beim ersten Krankenhausaufenthalt besucht sie Lea jeden Tag. Der Gang zum Bus und die Fahrt setzen ihr zu. Die Operation sei erfolgreich verlaufen.

Die ärztlichen Beschwichtigungen versetzen Lea in Rage: Bei denen verläuft alles erfolgreich. Du gehst sogar mit Erfolg ein.

Versündige dich nicht, Lea.

Das wird mir kaum gelingen.

Da sie das lange Liegen nicht verträgt, bekommt sie offene Stellen am Rücken und an den Fersen.

Bring mich nach Hause, bittet sie.

Das kann ich nicht entscheiden, Lea.

Du hast dich auch schon mit den Weißmänteln verbündet.

Der Besuch eines alten Mannes, der mit ihr im Warenlager der Fabrik arbeitete, erfüllt sie mit Genugtuung: Dort bin ich nicht vergessen. Immerhin habe ich über fünfundzwanzig Jahre für die geschuftet.

Und ich noch länger in meiner Fabrik.

Das stimmt nicht, Ruth, du hast später angefangen als ich und ich früher aufgehört als du. Das gleicht sich aus.

Du fängst womöglich noch im Krankenhaus zu streiten an.

Hol mich lieber heim.

Ruth muß die Ärzte nicht überreden. Frau Pospischil, ihre Schwester, habe für ihr Alter eine erstaunliche Konstitution. Sie müsse zwar noch liegen. Das könne sie aber zu Hause, wenn für Pflege gesorgt werde.

Ruth empfängt sie glücklich und voller Angst. Ihr Herz drückt wie ein kantiger Stein gegen die Rippen und schmerzt.

Jeden Tag erscheint eine Schwester und wechselt die Verbände um den Rücken, das Bein.

Ich verfaule.

Aber nein, Frau Pospischil. Sobald Sie wieder aus dem Bett sind, werden die Wunden schnell verheilen.

Seit Wochen bin ich von Propheten umgeben, und ich glaub ihnen nicht mehr.

Abends sitzt Ruth regelmäßig eine Stunde an ihrem Bett. Sie reden nicht viel.

Nun fall ich dir doch zur Last.

Rede keinen Unsinn, Lea.

Weißt du, manchmal habe ich dich kaum mehr ertragen, und jetzt bin ich froh, daß es dich gibt, daß du neben mir sitzt.

Prügeln hätt ich dich können, Lea.

Ich dich auch.

Und jetzt?

Jetzt haben wir's beinahe hinter uns.

Sag das nicht.

Als der junge Doktor nach ihr sieht, kann Lea sich schon ohne Hilfe aufsetzen. Er beugt sich über sie, massiert behutsam ihren Nacken: Schmerzt das, Frau Pospischil?

Kaum der Rede wert, erwidert sie. Und: Ich müßte unbedingt zum Friseur, ich sehe aus wie ein Staubwedel.

Der Doktor kommt nicht dazu, ihr ein Kompliment zu machen, denn Ruth betritt das Zimmer, sie stolpert, streckt ihre Hand gegen eine Wand aus, die sie aufhalten soll, aber sie stürzt hindurch und bleibt, ohne sich noch einmal zu bewegen, auf dem Boden liegen.

Sie ist verrückt geworden, sagt Lea.

Der Arzt kauert sich neben Ruth, sucht an ihrem Hals nach dem Puls.

Mein Gott, sagt er, sehr leise: Ihre Schwester ist tot, Frau Pospischil.

Ich sag doch, sie ist verrückt geworden.

Er stellt sich zwischen Lea und ihre tote Schwester und drückt Lea vorsichtig in die Kissen. Schlafen Sie ein wenig, Frau Pospischil. Ich werde für alles sorgen.

Später glaubt sie, sie habe geträumt. Sie fragt nach Ruth, bekommt ausweichende Antworten, und als sie schließlich begreift, ist Ruth schon beerdigt.

Wahrscheinlich ist kein Mensch beim Begräbnis gewesen.

Als ihr beteuert wird, die halbe Belegschaft von Ruths Firma habe sie zur letzten Ruhe begleitet, gibt sie sich zufrieden: Also, das wird bei mir genau so sein.

Da hat man sie schon ins Pflegeheim gebracht.

Sie bewohnt ein Zimmer für sich allein.

Sie lernt keine Namen mehr. Alle Schwestern bleiben die eine Schwester, und die jungen Pfleger werden zu einem Buben.

Bekommen die Frauen in den Nachbarzimmern Besuch, werden auf dem Gang Stimmen laut, zieht sie sich auf den Balkon zurück.

Geduldig nimmt sie alles hin. Nur einmal widersetzt sie sich. Als einer der Buben ihr Windeln anlegen will, treibt sie ihn schreiend aus dem Zimmer und ist danach kaum zu beruhigen: Was bilden die sich ein? Ich bin noch immer eine Dame.

Bei den Mahlzeiten besteht sie darauf, im Speisesaal an einem Tisch für sich allein zu sitzen, und am Nachmittag besucht sie die Cafeteria stets kurz, bevor sie geschlossen wird und die Gäste sie verlassen haben: Nur auf eine Kuchenlänge, bittet sie.

Nie fragt sie nach Ruth.

Wie lange bin ich schon hier?

Schon fast ein Jahr, Frau Pospischil.

Ich hatte gar nicht vor, so lang zu bleiben.

Ohne daß es Vorzeichen dafür gab, verändert sie sich, wird unruhig und laut, hastet zuerst ziellos durchs Haus, beginnt, plötzlich Türen aufzureißen, in andere Zimmer einzudringen, die Patienten zu belästigen. Sie ist sicher, daß Ruth sich im Heim aufhält und sich vor ihr versteckt.

Aber Ihre Schwester –

Ich weiß, sie hat einen Freund, und sie hat es mir verschwiegen, sie geht mit ihm aus, treibt sich herum, ich weiß es.

Aber Ihre Schwester, Frau Pospischil, lebt nicht mehr.

Sie tanzt! Plötzlich kann sie tanzen. Da hat sie sich immer blöd gestellt. Und jetzt, wo ich nicht bei ihr bin, tanzt sie.

Sie wird lästig und mit Medikamenten ruhiggestellt.

Ich weiß, daß Ruth hier ist.

Nach diesem Ausbruch lassen ihre Kräfte rasch nach, gibt sie auf.

Sie nimmt kaum mehr etwas zu sich, bleibt im Bett. Sie zieht sich zurück, ehe sie stirbt.

Einer der Schwestern sagt sie, bevor sie endgültig aufhört zu sprechen: Sie können Ruth ausrichten, daß sie sich nicht mehr vor mir zu fürchten braucht. Sie kann kommen.

Inhalt

I	7
Die Maus	14
II	25
Mizzis Hut	30
III	38
Das Teppichzelt	44
IV	55
Getrennte Wege	61
V	70
Ein Schlag	77
VI	87
Das Ende der Unzertrennlichkeit	92
VII	106
Jedes Jahr in Franzensbad	112
VIII	129
Abschiede und Anfänge	134
IX	152
Liebe	161
X	171

Hüben oder drüben	176
XI	190
Ein erster Abschied	197
XII	206
Einmarsch und Exodus	210
XIII	225
Hugo	231
XIV	244
Flieger und Fliehende	248
XV	259
Der andere Himmel	262
XVI	278
Verluste im Zeitraffer	282
XVII	302
Lea	305
XVIII	324
Das zweite Leben	328
XIX	337

Peter Härtling im dtv

»Er ist präsent. Er mischt sich ein. Er meldet sich zu Wort und hat etwas zu sagen. Er ist gefragt und wird gefragt. Und er wird gehört. Er ist in den letzten Jahren zu einer Instanz unserer (nicht nur: literarischen) Öffentlichkeit geworden.«
Martin Lüdke

Nachgetragene Liebe
dtv 11827

Niembsch
oder Der Stillstand
Eine Suite · dtv 11835

Ein Abend, eine Nacht,
ein Morgen
dtv 11837

Der spanische Soldat
dtv 11993

Felix Guttmann
Roman · dtv 11995

Schubert
Roman · dtv 12000

Herzwand
Mein Roman
dtv 12090

Das Windrad
Roman · dtv 12267

Der Wanderer
dtv 12268

Božena
Eine Novelle
dtv 12291

Hubert
oder Die Rückkehr nach
Casablanca
Roman · dtv 12439

Waiblingers Augen
Roman · dtv 12440

Die dreifache Maria
Eine Geschichte
dtv 12527

Schumanns Schatten
Roman · dtv 12581

Zwettl
Nachprüfung einer
Erinnerung
dtv 12582

Große, kleine Schwester
Roman · dtv 12770

Janek
Porträt einer Erinnerung
SL 61696

»Wer vorausschreibt, hat
zurückgedacht«
Essays
SL 61848

Christa Wolf im dtv

»Grelle Töne sind Christa Wolfs Sache nie gewesen;
nicht als Autorin, nicht als Zeitgenossin hat sie je zur
Lautstärke geneigt, und doch hat sie nie Zweifel an
ihrer Haltung gelassen.«
Heinrich Böll

Der geteilte Himmel
Erzählung
dtv 915

Unter den Linden
Erzählung
dtv 8386

Nachdenken über Christa T.
dtv 11834

Kassandra
Erzählung · dtv 11870

Voraussetzungen einer Erzählung: Kassandra
Frankfurter Poetik-Vorlesungen
dtv 11871

Kindheitsmuster
Roman · dtv 11927

Kein Ort. Nirgends
dtv 11928
Fiktive Begegnung zwischen Karoline von Günderrode und Heinrich von Kleist.

Was bleibt
Erzählung · dtv 11929

Störfall
Nachrichten eines Tages
dtv 11930

Im Dialog
dtv 11932

Sommerstück
dtv 12003

Auf dem Weg nach Tabou
Texte 1990–1994
dtv 12181

Medea. Stimmen
Roman
dtv 12444 und
dtv großdruck 25157

Gesammelte Erzählungen
dtv 12761

Die Dimension des Autors
Essays und Aufsätze,
Reden und Gespräche
1959–1985
SL 61891

Christa Wolf,
Gerhard Wolf
Till Eulenspiegel
dtv 11931

Heinrich Böll im dtv

»Man kann eine Grenze nur erkennen, wenn man sie
zu überschreiten versucht.«
Heinrich Böll

Irisches Tagebuch
dtv 1

Zum Tee bei Dr. Borsig
Hörspiele
dtv 200

Ansichten eines Clowns
Roman · dtv 400

Wanderer, kommst du nach Spa...
Erzählungen · dtv 437

Ende einer Dienstfahrt
Erzählung · dtv 566

Der Zug war pünktlich
Erzählung · dtv 818

Wo warst du, Adam?
Roman · dtv 856

Billard um halb zehn
Roman · dtv 991

**Die verlorene Ehre der Katharina Blum
oder: Wie Gewalt entstehen und wohin sie führen kann**
Erzählung
dtv 1150

Das Brot der frühen Jahre
Erzählung · dtv 1374

Ein Tag wie sonst
Hörspiele · dtv 1536

Haus ohne Hüter
Roman · dtv 1631

Du fährst zu oft nach Heidelberg und andere Erzählungen
dtv 1725

Fürsorgliche Belagerung
Roman · dtv 10001

Das Heinrich Böll Lesebuch
dtv 10031

**Was soll aus dem Jungen bloß werden?
Oder: Irgendwas mit Büchern**
dtv 10169

Das Vermächtnis
Erzählung · dtv 10326

Die Verwundung und andere frühe Erzählungen
dtv 10472

Heinrich Böll im dtv

Frauen vor Flußlandschaft
Roman · dtv 11196

Eine deutsche Erinnerung
dtv 11385

Rom auf den ersten Blick
Landschaften · Städte · Reisen · dtv 11393

Nicht nur zur Weihnachtszeit
Erzählungen · dtv 11591

Unberechenbare Gäste
Erzählungen · dtv 11592

Entfernung von der Truppe
Erzählungen · dtv 11593

Gruppenbild mit Dame
Roman · dtv 12248

Die Hoffnung ist wie ein wildes Tier
Briefwechsel mit Ernst-Adolf Kunz 1945-1953
dtv 12300

Der blasse Hund
Erzählungen · dtv 12367

Der Engel schwieg
Roman · dtv 12450

Und sagte kein einziges Wort
Roman · 12531

In eigener und anderer Sache. Schriften und Reden 1952-1985
9 Bände in Kassette
dtv 5962
In Einzelbänden:
dtv 10601-10609

H. Böll/H. Vormweg
Weil die Stadt so fremd geworden ist ...
dtv 10754

NiemandsLand
Kindheitserinnerungen an die Jahre 1945 bis 1949
Herausgegeben von Heinrich Böll
dtv 10787

Über Heinrich Böll:

Marcel Reich-Ranicki:
Mehr als ein Dichter Über Heinrich Böll
dtv 11907

Bernd Balzer:
Das literarische Werk Heinrich Bölls
dtv 30650

Siegfried Lenz im dtv

»Siegfried Lenz gehört nicht nur zu den ohnehin raren großen Erzählern in deutscher Sprache, sondern darüber hinaus auch noch zu den ganz wenigen, die Humor haben.«
Rudolf Walter Leonhardt

Der Mann im Strom
Roman
dtv 102

Brot und Spiele
Roman
dtv 233

Jäger des Spotts
Geschichten aus dieser Zeit
dtv 276

Stadtgespräch
Roman
dtv 303

Das Feuerschiff
Erzählungen
dtv 336

Es waren Habichte in der Luft
Roman
dtv 542

Der Spielverderber
Erzählungen
dtv 600

Haussuchung
Hörspiele · dtv 664

Beziehungen
Ansichten und Bekenntnisse zur Literatur
dtv 800

Deutschstunde
Roman
dtv 944 und
dtv großdruck 25057
Siggi Jepsen hat einen Deutschaufsatz über ›Die Freuden der Pflicht‹ zu schreiben. Ein Thema, das ihn zwangsläufig an seinen Vater denken läßt...

Einstein überquert die Elbe bei Hamburg
Erzählungen
dtv 1381 und
dtv großdruck 2576

Das Vorbild
Roman
dtv 1423

Der Geist der Mirabelle
Geschichten aus Bollerup
dtv 1445

Siegfried Lenz im dtv

Heimatmuseum
Roman
dtv 1704

Der Verlust
Roman
dtv 10364

**Die Erzählungen
1949–1984**
3 Bände in Kassette
dtv 10527

**Elfenbeinturm und
Barrikade**
Erfahrungen am
Schreibtisch
dtv 10540

**Zeit der Schuldlosen und
andere Stücke**
dtv 10861

Exerzierplatz
Roman
dtv 10994

Ein Kriegsende
Erzählung
dtv 11175

Das serbische Mädchen
Erzählungen
dtv 11290 und
dtv großdruck 25124

**Leute von Hamburg
Meine Straße**
dtv 11538

Die Klangprobe
Roman
dtv 11588

**Über das Gedächtnis
Reden und Aufsätze**
dtv 12356

Die Auflehnung
Roman
dtv 12155

Ludmilla
Erzählungen
dtv 12443

**Lehmanns Erzählungen
oder So schön war mein
Markt**
Aus den Bekenntnissen
eines Schwarzhändlers
dtv großdruck 25141